O TEMPO
QUE EU QUERIA

Fabio Volo

O TEMPO
QUE EU QUERIA

romance

Tradução
Joana Angélica d'Avila Melo

Copyright © 2009 Arnoldo Mondadori Editore S.p.A., Milano.

Título original: *Il tempo che vorrei*

Capa: Humberto Nunes
Foto de capa: Photononstop/Latinstock
Editoração: DFL

Texto revisado segundo o novo
Acordo Ortográfico da Língua Portuguesa

2011
Impresso no Brasil
Printed in Brazil

CIP-Brasil. Catalogação na fonte
Sindicato Nacional dos Editores de Livros, RJ

V895t	Volo, Fabio, 1972-
	     O tempo que eu queria/Fabio Volo; tradução Joana Angélica d'Avila Melo. – Rio de Janeiro: Bertrand Brasil, 2011.
	     294p.: 23 cm
	
	     Tradução de: Il tempo che vorrei
	     ISBN 978-85-286-1528-9
	
	     1. Romance italiano. I. Melo, Joana Angélica d'Avila II. Título.
	
	                                     CDD: 853

11-6434	CDU: 821.131.1-3

Todos os direitos reservados pela:
EDITORA BERTRAND BRASIL LTDA.
Rua Argentina, 171 – 2º andar – São Cristóvão
20921-380 – Rio de Janeiro – RJ
Tel.: (0xx21) 2585-2070 – Fax: (0xx21) 2585-2087

Não é permitida a reprodução total ou parcial desta obra, por
quaisquer meios, sem a prévia autorização por escrito da Editora.

Atendimento e venda direta ao leitor:
mdireto@record.com.br ou (21) 2585-2002

À minha irmã Cristina

Lo que me gusta de tu cuerpo
es el sexo.
Lo que me gusta de tu sexo
es la boca.
Lo que me gusta de tu boca
es la lengua.
Lo que me gusta de tu lengua
es la palabra.

JULIO CORTÁZAR

Cometi o pior dos pecados
que um homem pode cometer.
Não fui feliz.

JORGE LUIS BORGES

Sou filho de um pai nunca nascido. Compreendi isso observando sua vida. Até onde vai minha memória, não recordo ter visto nunca o prazer em seus olhos: poucas satisfações, talvez nenhuma alegria.

Isso sempre me impediu de desfrutar plenamente a minha vida. De fato, como pode um filho viver a sua se o pai não viveu a dele? Há quem consiga, mas ainda assim é cansativo. É uma oficina de sentimentos de culpa que trabalha a todo vapor.

Meu pai tem sessenta e sete anos, é magro e tem cabelos grisalhos. Sempre foi um homem cheio de força, um trabalhador. Agora, porém, está fatigado, cansado, envelhecido. Foi decepcionado pela vida. Tão decepcionado que, quando a descreve, muitas vezes se repete. Vê-lo nessa condição desencadeia em mim um forte sentimento de proteção. Isso me enternece, me desagrada, eu queria fazer algo por ele, queria ajudá-lo de algum modo. E me sinto mal, pois me parece que nunca faço o suficiente, que nunca sou o suficiente.

Com frequência, sobretudo nos últimos anos, observo-o às escondidas. Olho-o atentamente e, em geral, acabo me comovendo sem uma razão válida, a não ser pelo emaranhado interior que sinto desde sempre e que me mantém ligado a ele.

Tivemos uma relação difícil, e nosso amor é daquele tipo que só quem teve a coragem de se odiar pode conhecer. Aquele amor verdadeiro, ganhado, suado, procurado, lutado.

Para aprender a amá-lo, precisei dar a volta ao mundo. E, quanto mais me afastava dele, mais estava me aproximando, na verdade. O mundo é redondo.

Houve um longo período em que não nos falávamos. E não falar com um genitor significa ter joelhos frágeis, significa precisar de repente se sentar por um instante. Não porque você fica tonto, mas porque seu estômago dói. Meu pai sempre foi minha indigestão. Por isso, só comecei a amá-lo de verdade depois que consegui vomitar toda a minha raiva, meu ódio e minha dor, já que muitas dessas sensações tinham o nome dele.

Quando eu era pequeno, queria brincar com ele, mas seu trabalho sempre o levava embora. Recordo-o sobretudo em duas situações: quando se preparava para ir trabalhar e quando descansava exausto do trabalho. Em qualquer caso, eu devia esperar: para ele, eu vinha sempre depois.

Meu pai sempre me fugiu, e até hoje é assim. Antes, era o trabalho que o levava para longe de mim, agora quem o leva, devagarinho, é o tempo, um adversário com o qual não posso medir forças, com o qual não posso competir. Por isso, agora, vivo a mesma sensação de impotência que experimentava quando menino.

Sobretudo nos últimos anos, constato, sempre que o vejo, que ele está cada vez mais velho e, lentamente, dia após dia, sinto que me escorrega das mãos. E já não me resta senão apertar com força a ponta dos seus dedos.

Na idade de trinta e sete anos, olhando este homem jamais nascido, me ocorre a frase que Marlon Brando mantinha pendurada no quarto: "Você não está vivendo se não souber como viver." Até hoje me pergunto o que posso fazer por ele. Ainda que agora o veja frágil, indefeso, envelhecido, ainda que eu já pareça mais forte do que ele, na

O TEMPO QUE EU QUERIA

realidade sei que não é assim. Ele é sempre mais forte do que eu. Sempre foi. Porque lhe basta uma palavra para me magoar. Ou melhor, menos ainda: uma palavra não dita, um silêncio, uma pausa. Um olhar voltado para outro lugar. Eu posso me esgoelar e me debater durante horas, passar aos xingamentos, enquanto a ele, para me derrubar, basta uma pequena careta, feita com o canto dos lábios.

Se na vida de adulto meu pai foi minha indigestão, na de criança era meu torcicolo. Porque eu fazia tudo sempre com a cabeça voltada para ele, para um olhar seu, uma palavra, uma simples resposta. Mas sua reação era apressada: uma breve penteada nos cabelos, um beliscãozinho na bochecha, o desenho que eu tinha feito para ele esquecido rapidamente sobre o aparador. Meu pai não podia me dar nada mais, porque não só nunca percebeu minhas dores, minhas necessidades e meus desejos como também nunca se deu conta sequer dos seus. Nunca se habituou a expressar os sentimentos, a levá-los em consideração. Por isso eu digo que ele nunca viveu realmente. Porque se deixou à parte.

Talvez, por esse motivo, eu também, estupidamente, nunca o tenha visto como uma pessoa que pudesse ter desejos, medos, sonhos. Ou melhor, cresci sem pensar que ele fosse uma pessoa: era simplesmente meu pai, como se uma coisa excluísse a outra. Somente quando me tornei adulto e, por um instante, esqueci que era seu filho, compreendi como ele realmente é e o conheci. Gostaria de ter sido adulto quando criança para falar com ele de homem para homem; assim, quem sabe, poderíamos ter encontrado uma solução para nossos problemas, um caminho diferente para percorrermos juntos. Em vez disso, agora que compreendi muitas coisas a seu respeito, tenho a sensação de haver chegado tarde. De ter pouco tempo.

Agora, quando o observo, tenho plena certeza de saber coisas das quais ele nem suspeita. Aprendi a ver e a compreender o que ele esconde dentro de si e que não consegue expor.

A esse homem, durante anos, pedi amor de um jeito equivocado. Procurei nele o que não existia. Eu não enxergava, não entendia, e agora me envergonho um pouco disso. O amor que ele me dava estava escondido em seus sacrifícios, nas privações, nas infinitas horas de trabalho e na opção por arcar com todas as responsabilidades. Pensando bem, não era uma opção, talvez aquela fosse a vida que todos haviam levado antes dele. Meu pai é filho de uma geração que recebeu ensinamentos claros e essenciais: casar, ter filhos, trabalhar para a família. Não havia outros assuntos sobre os quais se interrogar, só papéis preestabelecidos. É como se ele tivesse casado e tido um filho sem jamais ter desejado verdadeiramente tudo isso. Sou filho de um homem que foi chamado às armas pela vida, para combater uma guerra particular: não para salvar um país, mas para salvar sua família. Uma guerra feita não para vencer, mas para equilibrar as contas, para sobreviver. Para seguir em frente.

Amo meu pai. Amo-o com todo o meu ser. Amo esse homem que, durante minha infância, nunca sabia quantos anos eu tinha.

Amo esse homem que até hoje não consegue me abraçar, que até hoje não consegue me dizer: "Eu lhe quero bem."

Nisso, somos iguais. Aprendi com ele. Também não consigo dizer isso.

1

A persiana sempre quebrada

Nasci numa família pobre. Se tivesse de resumir em poucas palavras o que significa para mim ser pobre, eu diria que é como viver num corpo sem braços diante de uma mesa servida.

Não conheço a pobreza que se costuma ver na televisão, aquela de gente que morre de fome e não tem nada. Eu conheço a pobreza de quem possui alguma coisa, de quem tem o que comer e tem até um teto, uma televisão, um carro. A pobreza de quem pode fingir que não é pobre. É uma pobreza cheia de objetos, mas também de datas de vencimento. Nesse tipo de pobreza, você é sortudo e azarado ao mesmo tempo: há quem esteja melhor do que você e quem esteja pior. Mas, de qualquer jeito, é vergonha, é culpa, é castração contínua. E também ansiedade, precariedade de tudo: é raiva reprimida, é baixar sempre a cabeça. Você não é tão pobre que só tenha a roupa do corpo, mas, em geral, os trajes que usa o deixam nu e revelam seu segredo. Basta um remendo para dizer quem você é. É um pensamento contínuo que lhe ocupa o cérebro e não deixa espaço para mais nada, sobretudo para nenhum tipo de beleza, porque a beleza não é funcional, não é útil. É um luxo que não lhe pertence.

Com frequência você vive uma vida aparentemente normal aos olhos dos outros, mas, na realidade, está sujeito a uma lei diferente: a da privação. E, aos poucos, vai aprendendo a mentir. Esse tipo de pobreza é feito de mentiras. Às vezes grandes, às vezes pequenas. Você aprende a dizer que o telefone de casa está quebrado quando, na verdade, foi desligado; que não pode sair para jantar porque tem um compromisso; que está sem carro porque o emprestou, mas o fato é que não pagou o seguro ou não tem grana para encher o tanque.

Você se torna perito na arte de mentir e sobretudo na de dar um jeito: a arte de consertar, remendar, colar, pregar. Esse tipo de pobreza é a persiana quebrada que você mantém enrolada travando o cordão com um pedacinho de cartolina, o qual, se por acaso se soltar, faz a persiana descer de repente como uma guilhotina. É o azulejo que falta no banheiro, é o buraco embaixo da pia que deixa entrever o encanamento, é o pedaço de fórmica que falta no cantinho do guarda-louça. É a gaveta que fica em sua mão quando você a puxa. É a porta do armário que, para fechar, tem de ser levantada. São as tomadas que ficam penduradas porque saem da parede quando você tira o plugue e, para colocá-las de volta ali dentro, você tem de desempenar os dois ferrinhos dentados. É a mancha de umidade na cozinha, com a tinta que incha como massa fermentada, e aquelas nuvenzinhas são tão convidativas que você precisa lutar contra a tentação de pegar uma escada e subir para estourá-las. São as cadeiras que se desconjuntam, e fica perigoso se sentar nelas.

O TEMPO QUE EU QUERIA

É uma pobreza feita de objetos remontados com cola e fita adesiva, uma pobreza que precisa de uma gaveta cheia de ferramentas para reparar uma realidade que se despedaça por todos os lados. Tudo é precário, tudo é provisório, tudo é frágil e espera momentos melhores. Mas esses objetos consertados, na verdade, acabam durando a vida toda. Nada é mais duradouro do que uma coisa provisória.

Na primeira vez que ouvi meu pai dizer "sou um falido", eu não podia ter a mínima ideia do que isso significava. Era criança demais. Quando ele disse essa frase, tinham vindo ao bar uns senhores para levar umas coisas. Ali aprendi outra palavra: "penhora". Desde então, sempre que desconhecidos entravam no bar ou em casa e levavam um objeto, eu não perguntava mais nada. Porque, embora não soubesse, entendia. E eu, menino, aprendia. Por exemplo, não sabia o motivo, mas compreendia que era por culpa daquelas pessoas que o carro do meu pai estava em nome do meu avô, o pai da mamãe. Assim se dizia, "em nome de": eu não fazia a mínima ideia do que isso significava. Não sabia nada, mas entendia tudo.

Cresci vendo meu pai se matar de trabalhar na tentativa de resolver os problemas.

Ele tinha um bar e trabalhava ali o tempo todo, mesmo que estivesse doente. Até aos domingos, quando o bar ficava fechado, passava grande parte do dia lá dentro, arrumando, ajeitando, limpando, consertando.

Nunca saí de férias com meus pais. No verão, eu era depositado nas mãos dos meus avós maternos, que alugavam uma casa na montanha.

Aos domingos, a mamãe ia me ver, sozinha, e me levava lembranças do meu pai. Não tínhamos sequer uma fotografia de nós três juntos em alguma localidade turística. Não podíamos nos permitir sair de férias juntos. Não havia dinheiro.

Dinheiro... Vi meu pai pedir emprestado a todo mundo. Parentes, amigos, vizinhos de casa. Eu o vi se humilhar e ser humilhado. Quantas vezes, em criança, me acontecia ir à casa de amigos dele, gente que eu nem conhecia, e esperar na cozinha. Às vezes em companhia da dona, enquanto ele ia a outro aposento com o amigo para fazer "uma coisa". A senhora desconhecida me perguntava se eu queria algo e eu sempre dizia que não. Não falava muito, sempre me sentia pouco à vontade e todos me pareciam gigantes. No fundo, acho que era a mesma sensação experimentada pelo meu pai.

Ele pediu dinheiro a todo mundo, realmente a todo mundo. Até a mim, que era um menino. Um dia, veio me ver no meu quarto porque eu tinha febre. Eu estava mal, mas me sentia feliz porque minha mãe acabara de me dizer que o motivo da febre era que eu estava crescendo: assim que ela passasse, eu estaria mais alto.

— Sabia, papai, que quando eu sarar vou ter crescido? Ficado grande como você?

— Claro, até maior do que eu.

Antes de sair do quarto, ele pegou meu cofrinho, um hipopótamo vermelho. Disse que ia colocar o dinheiro no banco. Convenceu-me dizendo que devolveria ainda mais, quando eu pedisse a grana de volta.

Com o tempo, compreendi como estavam realmente as coisas em relação ao meu cofrinho e me senti traído, enganado. Aprendi, desde então, a confiar pouco nos adultos e, por isso, cresci com uma fragilidade dentro de mim, obrigada forçosamente a se mascarar. Não tive ao meu lado uma figura forte que me desse segurança, que fizesse com que eu me sentisse protegido. Muitas pessoas, ao crescer, percebem que aquele gigante que é o pai não é, afinal, tão poderoso assim. Eu descobri isso desde menino. Como todo mundo, também queria considerar meu pai invencível, mas para mim essa ideia durou pouco.

Meu pai trabalhava, trabalhava, trabalhava. Lembro-me dele cochilando à mesa enquanto assistia ao telejornal. Sua cabeça ia caindo para a frente devagarinho até que um golpe final, como uma chicotada desferida com o pescoço, o acordava. Ele olhava ao redor para perceber onde estava e para saber se eu e minha mãe o tínhamos visto. Fazia toda essa inspeção movendo o queixo, como se estivesse mastigando. Como fazem as vacas. Eu o observava e via, antes da chicotada, a cabeça ir cedendo aos poucos, e ficava esperando a queda mais forte. E ria. Quando ele compreendia que eu estava observando e percebendo tudo, me sorria e me piscava o olho. Isso me deixava feliz. Sempre que ele me piscava o olho, talvez às escondidas de minha mãe, eu me sentia cúmplice e próximo dele: aquilo parecia uma coisa só para nós dois, os homens. Então tentava imitá-lo, mas, como não conseguia, fechava os dois olhos. Ou então só um, usando o dedo. A cada vez esperava que aquele momento fosse o início de uma nova amizade entre nós, mais íntima. Que ele finalmente tivesse resolvido brincar um pouco mais comigo e me levar sempre em sua companhia. Ficava tão feliz que minhas pernas, pendentes da cadeira, começavam a balançar para a frente e para trás. Como se eu nadasse naquela sensação. Mas nada, a cumplicidade acabava ali. Depois de comer, ele se levantava para ir resolver pequenas coisas ou para voltar ao trabalho. Eu era pequeno e não entendia, simplesmente pensava que ele não me queria, não desejava estar comigo.

Minhas tentativas para atrair sua atenção e seu amor falhavam sempre. Com a mamãe eu conseguia; com ele, nada. Quando eu dizia algo divertido, ela ria, me elogiava, me abraçava, e eu me sentia dono de um poder desmesurado: podia mudar o humor de minha mãe, podia fazê-la rir. Com ela eu tinha superpoderes. Mas com meu pai eles não funcionavam. Eu não conseguia fazê-lo se encantar comigo.

Recordo perfeitamente algumas coisas boas que ele fez para mim e em minha companhia. Como quando a mamãe foi internada no hospital para uma pequena intervenção e minha avó veio passar uma temporada para nos ajudar. A vovó dormia no meu quarto, e eu ficava com ele na cama grande. Naqueles dias, de manhã, antes de descer ao bar para trabalhar, ele me preparava um mingau sabor baunilha para o desjejum. Recordo até como a mesa era arrumada.

Ou como naquela noite de sábado em que eu, ele e minha mãe fomos comer numa pizzaria. Era a primeira vez que eu saía para jantar com eles. A mamãe disse:

— E na segunda-feira, quando o funcionário da companhia que fornece água vier cobrar, o que vamos fazer?

— Não sei, amanhã resolveremos — respondeu ele.

Enquanto nos dirigíamos à pizzaria, meu pai me colocou em seus ombros. Recordo tudo perfeitamente. No começo, ele mantinha minhas mãos entre as dele, depois me segurou pelos tornozelos e eu apoiei minhas mãos em sua cabeça, agarrando-me aos seus cabelos. Ainda tenho a sensação de seu pescoço entre minhas pernas. Fiquei altíssimo. Meu coração nunca estivera tão no alto. Naquela noite, não sei o que lhe deu, mas ele era um pai. Até fatiou a pizza para mim. A única vez em toda a sua vida. Estava simpático, ria das minhas tiradas. Minha mãe também ria. Naquela noite, éramos uma

O TEMPO QUE EU QUERIA

família feliz. Sobretudo ele. Talvez o homem que vi naquela noite fosse meu verdadeiro pai. Ou, pelo menos, o que ele teria sido sem todos os seus problemas.

Ao voltar para casa, no carro, de pé atrás deles, entre os dois assentos, desejei que aquela noite não acabasse nunca. Então pedi:

— Quando a gente chegar, posso ficar acordado mais um tempinho com vocês?

Mas depois adormeci dentro do carro.

Na manhã seguinte, tudo estava como sempre. Era domingo. A mamãe na cozinha, o papai no bar, arrumando.

— Esta noite vamos sair para comer pizza de novo?

— Não, esta noite vamos ficar em casa.

2

Ela

Ela foi embora há dois anos, ou ontem à noite, ou talvez nunca, não sei. Quando você não está mais com a pessoa com quem queria estar, a lembrança dela lhe entra na cabeça nos momentos mais inesperados. De repente você é assediado por recordações e imagens. Isso acontece sempre que o presente parece passar pela sua vida sem sequer lhe lançar um olhar, e então resulta que viver nos recantos e nas dobras dos dias passados é mais bonito do que aquilo que você está vivendo. *"I'd trade all my tomorrows for a single yesterday..."*: eu trocaria todos os meus amanhãs por um só ontem, como canta Janis Joplin.

Não estar mais com a pessoa com quem você queria estar significa estender a mão no meio da noite, no escuro, para procurá-la. Significa acordar de manhãzinha e, voltando-se para o lado dela na cama, esfregar os olhos esperando que seja somente cansaço. Significa ter o fogão sujo de café por

20

O TEMPO QUE EU QUERIA

você não se lembrar de ter deixado a cafeteira sobre a chama. Significa botar sal na massa duas vezes. Ou não botar sal nenhum.

Não estar mais com a pessoa com quem você queria estar significa refazer: um monte de coisas, um monte de pensamentos. Significa limpar, raspar, desencrostar, recolher, reorganizar, jogar fora. Significa bater pregos na parede, na madeira, no vazio. Significa comprar coisas para preencher espaços. Significa voltar atrás ao ler um livro porque você não capta as palavras e, quando percebe, está num ponto da história que não dá para entender. Significa voltar atrás até com os DVDs, apertar REWIND, porque não está compreendendo o que aconteceu.

Não estar mais com a pessoa com quem você queria estar significa simplesmente voltar atrás. Olhar para a retaguarda muito mais do que para a frente. É uma viagem que você faz debruçado na amurada da popa, e não na da proa.

Não estar mais com a pessoa com quem você queria estar significa não precisar telefonar do trabalho para avisar que vai se atrasar. Não interessa a ninguém, ninguém está à sua espera. Significa também não poder reclamar da jornada quando você volta para casa. E isso não é pouca coisa.

Significa se dar conta de todas as mudanças, até das menores, práticas, aquelas que sem uma mulher em casa acontecem: o saco de lixo permanece ali dentro durante dias, mesmo que você o coloque diante da porta da rua. No banheiro, o papel higiênico fica pousado no chão ou em cima do aquecedor, nunca no lugar certo. Os lençóis não são cheirosos como antes. Ainda recordo o perfume dos lençóis dela numa das primeiras noites em que dormi em sua casa. Na minha, só houve aquele perfume quando se tornou a nossa casa. Agora voltou a ser a minha, e ela levou até todos os cheiros gostosos. Desde que ela foi embora, nem sequer os silêncios são os mesmos. Aconteciam com frequência entre nós porque uma coisa bonita da nossa relação era que um não se sentia no dever de entreter o outro. Com ela os silêncios eram belos, eram redondos, suaves e acolhedores, ao passo que agora são incômodos, ásperos e longos. E, para ser sincero, para mim são até muito ruidosos. Não me agradam nem um pouco.

Antes de conhecê-la, eu tinha algumas convicções a meu respeito. Ela procurou me fazer compreender que estavam erradas e finalmente, depois de muito tempo, eu consegui perceber. Demorei um pouco, ou melhor, demorei demais, e, quando cheguei lá, ela já fora embora.

Ela me faz falta. Nunca amei nenhuma mulher como a amei. Agora que entendi muitas coisas e mudei, não consigo estar com nenhuma outra. Não me encaixo mais: para isso, ainda precisaria das minhas velhas convicções.

Poucas vezes fui para a cama com outras mulheres. E, quando aconteceu, foi sempre com aquelas que levam tudo consigo, até as lembranças que poderiam deixar em mim. Com uma, chegou a ocorrer que, quando estávamos pelados na cama, percebi que o cheiro de sua pele era diferente daquele pelo qual eu ainda era apaixonado e me senti cons-trangido. Vesti-me de novo, pedi desculpas e me mandei.

Há histórias que duram anos e, nesses anos, os dois se apaixonam um pelo outro e se desapaixonam. Alguns param de se amar, mas mesmo assim continuam juntos. Outros resolvem se deixar, mas para isso precisam de tempo. Antes, tentam compreender se têm mesmo certeza ou se é apenas uma crise passageira. Se, no final, se convencem de que realmente acabou, ainda assim precisam encontrar um jeito de se separar, encontrar as palavras certas para aliviar a dor. Há pessoas que podem perder nisso vários meses, às vezes até anos. Também há quem tenha perdido nisso uma vida, sem nunca dar o passo decisivo. Muitos não conseguem se largar, simplesmente porque não sabem para onde ir ou então porque não suportam a ideia de ser responsáveis pela dor do outro. Uma dor intensa, que só alguém com quem vivemos em intimidade pode sentir. Tem-se a convicção de que uma dor repentina é muito forte e faz mais estrago do que uma dor menor, mas repetida em doses diárias.

Essas relações continuam até mesmo se quem está para ser deixado já tiver entendido tudo. Porque prefere fingir que não é nada. Quando nenhum dos dois consegue enfrentar a situação, o mecanismo emperra. Ambos são sobrepujados pela própria incapacidade e pela incapacidade do outro. Então, levam tempo. Perdem tempo. Esgotam o tempo.

A pessoa que está para ser deixada quase sempre se torna mais afetuosa, mais gentil, mais maleável; não percebe que desse jeito piora a situação, porque qualquer pessoa condescendente demais perde o fascínio. Quanto maior é a demora, mais a vítima se enfraquece.

Há também quem adie a decisão na esperança de que o outro dê um passo em falso, cometa um erro, manifeste nem que seja uma pequena debilidade a fim de poder se agarrar a essa falha e usá-la como pretexto para não se sentir algoz.

Às vezes, mesmo quando não se amam mais e impossibilitam reciprocamente suas vidas, os dois continuam tendo ciúme. E só não se separam para impedir que outros se aproximem.

São muitos os motivos pelos quais as pessoas se mantêm juntas. Talvez, numa relação de cinco anos, tenham se apaixonado e se amado somente durante dois, ou três, ou quatro. Por isso, a qualidade de uma relação não pode ser medida pela duração. Não importa o quanto, mas o como. Meu caso com ela durou três anos e eu acreditava tê-la amado por mais de quatro. Pensava que meu amor havia ultrapassado o tempo da nossa história. Até pouco tempo atrás, estive convencido de tê-la amado em silêncio até nestes dois anos em que ela já não está comigo. Depois compreendi que não a amava, simplesmente porque não era capaz disso. Porque sempre fui uma pessoa distanciada. Nunca experimentei verdadeiramente o amor, não fazia mais do que me identificar com as emoções alheias, como um ator faz com um personagem. Sempre chorei no cinema, ou ao ver um cão mancando, ou por um luto, ou pelas desgraças vistas no telejornal. Talvez isso seja típico de quem não sabe amar verdadeiramente.

Meu amor, na realidade, era uma encenação. Sentida, mas ainda assim uma encenação. E eu nem percebia. Não fingia amar com o objetivo de enganar. Não disse a ela "te amo" sabendo que não era verdade. Eu também era traído por mim mesmo, eu também acreditava amá-la realmente. E, nos três anos passados juntos, acreditava ter me apaixonado por ela ao menos duas ou três vezes.

Eram essas as minhas convicções equivocadas, aquelas que ela me ensinou a descobrir e a encarar. Porque estava com a razão quando dizia que eu não sabia amar. Que eu não era capaz disso. Que confundia amar com me adaptar.

"É sua máxima expressão de amor. Na verdade, você confunde essas duas coisas. Quando se adapta, pensa que está amando."

O TEMPO QUE EU QUERIA

Com ela, eu devia ficar muito atento, porque ela percebia tudo o que eu sentia e fazia. Existem mulheres para as quais você pode mentir: diz coisas exageradas, absurdas, que soam até ridículas, e percebe que mesmo assim elas acreditam. Com ela, não. Se eu dizia uma coisa não verdadeira, embora plausível, ela me olhava com uma expressão intrigada, como se perguntasse "mas com quem você acha que está falando?", ou então ria diretamente na minha cara.

Quando me dizia que eu fazia confusão entre amor e adaptação, eu achava que ela estava errada, que essas eram simplesmente maldades proferidas durante uma briga. Mas ela estava com a razão.

Ela queria de mim algo que eu não estava em condições de lhe dar e, ainda por cima, nem conseguia entender o que era. Pensava até que eram inseguranças suas, paranoias. Porque, se eu analisava meu jeito de ser, pensava: "Não sou ciumento, nunca lhe peço que faça alguma coisa que não queira fazer, não me enfureço praticamente nunca, deixo-a completamente livre, quando sai nem sequer pergunto aonde vai, o que posso fazer além disso?"

Não compreendia o que ela queria de mim. Depois, tudo ficou claro. Levei algum tempo, mas consegui: infelizmente, o resultado desta minha lentidão é que na cama, ultimamente, sinto frio nos pés.

Agora mudei e, por esse motivo, há cerca de um mês recomecei a procurá-la. A telefonar para ela. Como hoje:

— Oi, sou eu.

— Eu sei. Atendi só para dizer que você deve parar de me ligar.

— Mas...

Clic.

Compreendi que a amo e que estou pronto para nos reconciliarmos. Para dar a ela tudo o que ela quer. Justamente por isso, fiquei transtornado quando Nicola, dias atrás, me falando dela, me deu a notícia.

3

Uma notícia a meia-voz

Se alguém me pergunta que trabalho eu faço, tento sacar se posso dizer *copywriter* ou se devo me limitar a um genérico "invento publicidade". Às vezes me engano na avaliação e, depois que digo *copywriter*, muitos me perguntam o que significa. A essa pergunta costumo responder: "Sou pago para disparar besteiras" ou, para cortar o assunto, digo que sou profissional liberal. É a resposta que menos me agrada, mas encerra logo a discussão.

Nos períodos em que uma propaganda feita por mim tem sucesso, digo: "Sabe aquele *spot* no qual dizem...? Pois é, fui eu que o redigi."

Como todos os *copywriters*, trabalho em dupla com um diretor de arte. No meu caso, o colega em questão se chama Nicola. Como o nosso é um trabalho criativo, se a cabeça emperrar, já era. Por isso ele esperou terminarmos a campanha na qual estávamos trabalhando para me dar a notícia que me desestabilizou: sabia que depois disso eu ficaria travado. Eu não achava que aquelas palavras me deixariam arrasado: embora devesse esperar por aquilo, na realidade não imaginava que fosse reagir tão mal.

De qualquer forma, foi melhor que tenha sido ele a me dar a notícia.

Nicola e Giulia, minha vizinha de casa, são os amigos com quem mais convivo neste período. Somos tão íntimos que, no interfone ou no telefone, nunca nos identificamos pelo nome, dizemos apenas "sou eu".

Giulia, em relação a Nicola, é uma amizade mais recente. Com ela, afino melhor certos estados de espírito. Às vezes preciso disso, como se faz com os instrumentos. Só com as mulheres consigo ter esse tipo de relação. Exatamente como um musicista, muitas vezes faço a afinação sozinho, no silêncio da minha casa. Outras vezes, porém, preciso de outro musicista, de quem espero que me dê o tom. Giulia sempre consegue me dar o tom certo. Já Nicola é excelente com uma simples tirada que desdramatiza tudo, levantando-me o moral com uma frase ou com um gesto. Nisso, ele é incomparável. Sou um sortudo por ter dois amigos assim.

Giulia vem frequentemente à minha casa, à noite; muitas vezes, eu telefono e, se ela ainda não tiver jantado, convido-a para vir. É bom cozinhar para você mesmo, e, para outros, ótimo. E também as receitas para dois, além de serem mais saborosas, eu recordo melhor. Às vezes ela também me convida; no trabalho, me chega uma mensagem no celular: *Esta noite lá em casa, arroz e verduras?*

Somos apenas amigos, entre nós não há nada. Talvez porque, quando conheci Giulia, ela, a minha ela, me deixara pouco tempo antes, e Giulia estava saindo de um casamento. Não havia espaço em nossas vidas... no máximo haveria para umas trepadas, mas certamente não com o vizinho de casa. Em suma, passou o momento. E também se pode sentir uma pequena atração até sexual por outra pessoa sem por isso se sentir obrigado a fazer algo a respeito.

Na primeira vez que Giulia veio jantar na minha casa, bati à sua porta.

— Vim buscá-la porque sou um homem à antiga.

Ela riu e, como não estava pronta, me convidou para entrar. Olhei ao redor: era bem o apartamento de uma mulher, limpo e arrumado.

No fim da noite, acompanhei-a de volta.

— Vou com você, não confio em deixá-la ir sozinha para casa a esta hora.

Cerca de um mês depois daquele nosso primeiro jantar, eu já estava com as chaves do apartamento dela, e ela com as do meu. Recordo como se fosse ontem um dos primeiros serões passados com Giulia, no qual me senti num filme de Tarantino. Durante o dia, eu tinha lhe mandado um SMS: *Peixe?*

Ela respondeu logo, e começamos então uma troca de mensagens.

Sim, mas confira se está fresco, eu tenho uma espécie de intolerância, depois lhe explico.

Melhor uns pastéis congelados? Brincadeirinha. Quer que eu cozinhe outra coisa?

Não, peixe, tudo bem. Basta que seja fresco.

Vou pescá-lo antes de voltar para casa.

OK, então peixe, às nove. Chego, tomo um banho e vou para sua casa.

Passo para buscá-la, como sempre. Tchau, até mais tarde.

Às oito e meia ouvi o ruído dela chegando e às nove fui buscá-la.

Em casa estava quase tudo pronto: salada, arroz basmati e uma dourada ao forno, com batatas e tomates cereja de Pachino.

Abrimos o vinho. Mesmo para acompanhar o peixe, preferimos um tinto: uma garrafa de Montecucco.

Ela disse:

— Preciso lhe falar uma coisa, mas não se assuste — e puxou um tubinho amarelo com uma agulha na ponta. Como se fosse uma seringa. — Quando estivermos comendo o peixe, se você vir que eu comecei a falar com dificuldade, a engrolar as palavras, ou perceber que não estou muito bem, tire esta tampinha e me dê uma injeção. É adrenalina.

— Que história é essa, ficou maluca? Está brincando, não?

— Não, sou intolerante à histamina, e o peixe, se não estiver fresco, tem um monte. Então, se eu passar mal, basta você me dar esta injeção.

— Mas que diabo, por que não me disse antes? Eu fazia uma massa ou um peito de frango...

— Porque, de vez em quando, tenho vontade de comer peixe. Como até sushi. Só que, por precaução, vou logo avisando, talvez depois não consiga me explicar bem, porque me dá dificuldade de falar e então eu desmaio.

— Não, não, não... Você é doida, eu não quero esta ansiedade. Vou lhe fazer um prato de massa. Acha que vou comer peixe correndo o risco de você cair dura, e aí eu tenho de lhe dar uma injeção no coração, como em *Pulp Fiction*? Não sou John Travolta. Só de falar minhas pernas tremem.

— Não tem de ser no coração, pode ser bem aqui, na coxa.

O TEMPO QUE EU QUERIA

— Mas para mim tanto faz, fico nervoso até cortando as unhas; acha que posso pensar em você no chão, mastigando palavras incompreensíveis e eu lhe injetando na coxa uma dose de adrenalina?

— Veja bem, isso só me aconteceu uma vez, dois anos atrás, quando estive na América. Por isso me deram esse troço. Vamos, eu comi sushi na semana passada, avisei só por precaução, mas na verdade não acontece nunca. O peixe está fresco, não?

— Sim, está fresco. Mas talvez não tanto quanto deveria estar, não sei, agora me deu uma paranoia. O olho era de peixe fresco, e ele até me deu uma piscadela e disse "me coma". Ficou no carro por vinte minutos, o tempo de chegar em casa, e depois o coloquei no forno.

— Então não há problema.

— Não sei...

Comemos o peixe.

A cada trinta segundos, eu perguntava:

— Como você está? Como está? Como está?

— Se não estivesse fresco eu já estaria mal, portanto relaxe. Não aconteceu nada.

— Você não é normal. Por que come peixe?

— Porque gosto.

Peguei o tubinho amarelo e o devolvi a ela.

— Gostou do jantar?

— Gostei.

— Outras intolerâncias? Se na próxima vez eu cozinhar um peru, o que devo fazer? Atirar um supositório em você com estilingue?

— Amanhã lhe trago a lista das coisas que não devo comer, tipo enlatados, queijos curados, tomate... Assim, quando me convidar, você saberá o que me oferecer. Eu sei, sou um pé no saco.

— Não, não é. Deve ser só para você.

Uns dois meses depois que conheci Giulia, organizei um jantar para apresentá-la a Nicola, que já estava curioso por conhecê-la. Eu falava demais sobre minha vizinha, e ela estava se tornando uma figura mitológica, um mistério lendário. Agora os dois são amigos e são as pessoas com quem mais convivo.

Só existe uma coisa que não entendo em relação à afinidade que tenho com Giulia. Ainda que me compreenda e me conheça de modo verdadeiramente profundo, ela sempre se engana sobre meus gostos em matéria de mulheres. Acontece com frequência. Não sei quantas vezes me disse: "Quero lhe apresentar uma amiga muito bonita, você vai gostar dela, com certeza." Depois aparecia com a amiga e eu pensava que ela havia me falado de outra. Não podia ser aquela. Uma vez me disse que a moça não só era bonita como também a pessoa certa para mim. Depois que conversei cinco minutos com a tal, me vi pensando: "Giulia não entendeu nada a meu respeito." Não consigo entender como pôde imaginar, mesmo que só por um instante, que aquela jovem me agradaria.

Com Nicola não tenho esse problema, até porque ele nunca me diria: "Quero lhe apresentar uma amiga que é a pessoa certa para você." No máximo, diria: "Quero lhe apresentar uma amiga que, na minha opinião, vai dar rapidinho para você."

Juntos, fizemos até o "pacto da gaveta". Cada um de nós três mantém coisas fechadas numa gaveta que não deve jamais ser aberta. O pacto consiste em que, se um de nós morrer de repente, os outros dois devem entrar na casa do falecido e

O TEMPO QUE EU QUERIA

dar sumiço ao conteúdo da gaveta para evitar surpresas desagradáveis aos parentes. Na realidade, embora o tenhamos chamado de pacto da gaveta, no meu caso e no de Nicola, é simplesmente uma caixa, e contém mais coisas...

O conteúdo da gaveta de Giulia é algo que não convém deixar sua mãe ver. "Brinquedinhos", como ela os chama, "brinquedinhos vibrantes", como eu e Nicola os chamamos. O conteúdo da caixa de Nicola são os filminhos dele fazendo amor com umas ex. O conteúdo da minha caixa é... bem, vamos deixar para lá que é melhor.

Na noite em que me deu a notícia, Nicola estava jantando em minha casa. Ia sair com Sara, mas durante a tarde ela havia lhe telefonado dizendo que não estava se sentindo bem. Então o convidei para jantar. É muito frequente ele vir passar o serão comigo. Em geral, comemos e assistimos a um filme. Na minha videoteca pessoal, podem-se pescar títulos como *Era uma vez na América, Os bons companheiros, O chefão, A grande guerra, Os eternos desconhecidos, Umberto D., Nós que nos amávamos tanto, A batalha de Argel, O conformista, Um estranho casal, Se meu apartamento falasse, Os sete samurais, Confusões à italiana, Manhattan, Em busca do ouro*. Esses, porém, eu costumo ver sozinho. Juntos, em geral assistimos a filmes como *Non ci resta che piangere,* O jovem Frankenstein, A dupla explosiva, Eles me chamam Trinity, Vieni avanti, cretino,** Zoolander, Borotalco**** e o primeiro *Vacanze di Natale*.

---

* "Só nos resta chorar" (1984, dir. Roberto Benigni), sem título comercial no Brasil. (N.T.)

** "Venha cá, cretino" (1982, dir. Luciano Salce), igualmente sem lançamento por aqui. O título homenageia um famoso bordão dos irmãos De Rege, dupla de comediantes que fez grande sucesso nos anos 1930-1940. (N.T.)

*** "Talco" (1982, dir. Carlo Verdone) e, a seguir, "Férias de Natal" (1983, dir. Carlo Vanzina) também não foram lançados no Brasil. (N.T.)

Quando ele entrou, perguntei como estava Sara.

— Melhor. É sempre assim, todos os meses. No primeiro dia do ciclo é obrigada a ficar de cama por causa das cólicas. Só porque precisou interromper a pílula por algum tempo. Assim que recomeçar, isso não vai mais acontecer.

— Nunca ouvi dizer que uma mulher não consegue se levantar da cama por causa disso.

— Não é igual para todas. Depende. Quando as mulheres ficam assim tão mal, quase sempre é porque o organismo produz pouco estrogênio e pouca progesterona, e tem baixa quantidade de serotonina. A pílula resolve o problema porque ajuda a não ter grandes alterações hormonais.

— Mas como diabos você sabe dessas coisas? O que é progesterona? Um animal pré-histórico que vive nas cavernas? Nunca ouvi falar, e você me vem com... ora, bolas!

— Por que não saberia?

— E por que sabe?

— Veja bem, outro dia jantamos com Giorgio e ele nos explicou por duas horas os vários tipos de pesca, de linhas, de molinetes, de flutuadores...

— E daí?

— Daí que cada um tem suas paixões. Eu não entendo nada de equipamentos de pesca. Mas, quanto a este outro assunto, estudei, me informei.

— E fez o quê? Um curso noturno sobre menstruação? Que droga de paixão é essa?

— Acabei de dizer que me informei. Do mesmo jeito como alguém que é apaixonado por máquinas e entende de motores. Afinal, o que isso tem de errado?

— Não, por favor... não tem nada de errado, apenas me parece um pouco estranho que você saiba dessas coisas, enquanto eu sinto nojo só de falar... ou seja, nunca me passaria pela cabeça começar a estudar hormônios, pílula, menstruação e protes... ou lá como se chame, progesterona. A única coisa que sei sobre o assunto é que, se uma mulher toma a pílula habitualmente, as menstruações são mais regulares ou então que, se ela vive ou mantém contato frequente com outras mulheres, todas tendem a menstruar no mesmo período. Ponto final.

— Bom, então você já sabe um monte de coisas em comparação com a média...

— O que você quer para jantar?

— Gostaria de um primeiro prato... fazemos uma massa?

— Que tal risoto?

— Ok, risoto. Bem — acrescentou Nicola —, não que eu queira voltar ao assunto, mas, como sei que lhe agrada ser corrigido quando está errado, saiba que isso que você disse sobre pílula e menstruações é um equívoco.

— Como assim?

— Se uma mulher toma a pílula, os sangramentos não se chamam menstruações.

— Não? E como se chamam?

— Hemorragias de suspensão. Como a pílula inibe a ovulação, o nome certo é esse. São hemorragias. Já que não são menstruações, mas apenas perdas que não servem para nada; imagine que na América inventaram a pílula que as suspende quase totalmente. Acontecem só três vezes por ano, de quatro em quatro meses, e não a cada vinte e oito dias.

— Mas você realmente começou a estudar essas coisas, a se informar sobre o ciclo menstrual das mulheres?

— Pois é, parecem coisas sem importância, mas não é assim. As mulheres são complicadas também por uma questão hormonal muito complexa. Saber como e quando elas têm o ciclo é útil para muitas coisas.

— Tipo?

— Por exemplo, nas duas primeiras semanas do ciclo menstrual o cérebro aumenta as conexões no hipocampo em mais de vinte por cento, e isso torna as mulheres mais despertas, mais velozes, mais lúcidas e predispostas ao bom humor. Depois os ovários começam a produzir progesterona, destruindo o trabalho que os estrogênios fizeram antes. Então, aos poucos, o cérebro vai ficando cada vez mais lento. Lá pelos últimos dias do ciclo, a progesterona despenca. É como se o organismo fosse privado de repente de uma droga calmante, e as mulheres ficam mais nervosas, sensíveis e irritáveis. Nos dias anteriores ao ciclo, a minha ex chorava só de folhear uma revista: se visse um filhotinho de cachorro enrolado em papel higiênico, não conseguia conter as lágrimas. Acha que é besteira saber dessas coisas? Se você, por exemplo, pretende passar dois ou três dias na praia com ela, é melhor que vá no fim das duas primeiras semanas: nas últimas, corre o risco de brigar por qualquer coisinha.

— Você não é normal. Não pode ser verdade que organiza os fins de semana com uma mulher baseado nas descompensações hormonais dela...

— Não, mas em geral eu tento ver se...

— Você está se drogando de novo, fale a verdade.

— Só uns baseados... junto com você, aliás. Você subestima o aspecto biológico, admita. Acha mesmo que não é útil saber que a mulher, quando está no período da ovulação, é mais sensível à atração dos feromônios masculinos? Acha que isso é bobagem? Por exemplo, se eu gosto de uma e descubro quando está ovulando, não uso desodorante. Funciona.

O TEMPO QUE EU QUERIA

Você também é condicionado pelos hormônios... Sabia que certas mulheres, durante a ovulação, passam um dedo dentro e depois o esfregam no pescoço como se fosse um perfume... e nós nos sentimos atraídos por elas?

— Acho que não entendi o que você quer dizer com "dentro", ou melhor, *espero* não ter entendido.

— As mulheres molham os dedos metendo-os na vagina e depois passam no pescoço como se fosse um perfume. Nós não sentimos os feromônios vaginais porque eles só são perceptíveis pela parte posterior do septo nasal. Não nos damos conta, mas acabamos sentindo. E eles nos atraem. Os feromônios fornecem informações genéticas: se forem semelhantes aos nossos, repelem; se forem diferentes, atraem. Às vezes, você gosta de uma mulher, mas, assim que sente o cheiro dela, não gosta mais. Significa que, geneticamente, os dois são muito semelhantes. Minha ex usava essa tática para arranjar namorado e funcionava. Pergunte a uma mulher com quem tenha intimidade.

— Que nojo.

— Pode até lhe dar nojo, mas são coisas sérias, na verdade não sei se você notou que eu disse "vagina", e não "xoxota".

— Claro que notei. Acho que, desde que o conheço, foi a primeira vez que o ouvi dizer "vagina". Seja como for, de que lhe serve saber essas coisas todas? Vai me dizer que, quando sabe, trepa melhor?

— Não. Não creio. Mas, quando falo disso, as mulheres acham que sim.

— Ah, então é por isso: não melhora o desempenho, mas serve para convencê-las. E são esses os seus argumentos para entreter as mulheres? Bom, parabéns.

— Se você exibe um conhecimento sobre motores, as pessoas lhe abrem logo o capô. Confiam. Existem homens por aí que ainda tocam e trepam como se tivessem de quebrar o asfalto com martelo pneumático... ao passo que, falando dessas coisas, você passa a ideia de ser alguém que sabe onde botar a mão. No mínimo, elas ficam curiosas. E também você sabe que eu gosto de ficar amigo das mulheres; e, quanto mais cedo a gente trepa, mais cedo pode iniciar uma relação profunda de amizade.

— Por quê? Sem trepar, você não consegue?

— É mais difícil. Em todo caso, é melhor trepar logo, ou pelo menos o mais cedo possível. Há um monte de vantagens em fazer isso logo.

— Tipo?

— Bah... agora não me ocorre nada, mas vou pensar e lhe faço uma lista. Estou com fome. Tem alguma coisa para beliscar enquanto cozinhamos?

— Abra a geladeira. Tem uns frios fatiados e queijo, se você quiser.

Nicola se sentou à mesa e começou a comer presunto e mozarela.

— Como é que você consegue manter a despensa e a geladeira cheias? Quando faz as compras?

— Na volta do escritório. Eu me despeço de você, saio e vou fazer.

— Que inveja. Já eu me despeço de você, saio e vou tomar um aperitivo. Sabia que este risoto é meu primeiro jantar quente em uma semana? Faz dias que me alimento só de tira-gostos. Eu me mantenho de pé com cerveja e batatinhas.

O celular tocou, ele atendeu de boca cheia e foi falar na varanda.

O TEMPO QUE EU QUERIA

Antes que Nicola se afastasse, perguntei:

— Prefere risoto ao açafrão ou aos quatro queijos?

— Quatro queijos? O que houve, já sarou?

— Sim, estou sarando.

— Eu preferiria açafrão, mas fico feliz por ver sua melhora.

— Vamos devagar, sem pressa.

Risoto aos quatro queijos era o prato que ela fazia melhor. Ninguém jamais fez um risoto aos quatro queijos tão gostoso. Em nenhum restaurante. Para nós, era quase um hábito: risoto aos quatro queijos e *tiramisù*.

Desde quando ela me deixou, parei de cozinhar e de comer risoto aos quatro queijos. Daí o espanto de Nicola.

Quando ele voltou da varanda, eu disse:

— Você virou um adolescente de quinze anos com esse celular desde que está com ela.

— Estávamos falando de você. Tenho uma coisa para lhe contar, mas... não sei... Sara acha que eu já devia ter contado.

— Ela está grávida?

— Não, não é uma coisa que tenha a ver conosco, mas sim com você, ou seja, não diretamente...

— Você e Sara conversam sobre meus assuntos? Quero dizer, com ela você já tem segredinhos a meu respeito? Não sei se posso lhe perdoar isso.

— Sossegue, você continua sendo meu preferido. De qualquer modo, faz alguns dias que devo lhe dizer uma coisa, mas, como suponho que você vai ficar chateado, estou tentando encontrar o momento certo. Esperei terminarmos o trabalho que estávamos fazendo, para evitar deixá-lo de cabeça quente... mas talvez me engane e você não dê muita bola.

— Tudo bem, vamos, pare com isso, diga logo o que é.

— Ela... a sua ela, aquela que desde quando se separaram você me proibiu até de mencionar o nome...

— O que houve?

— Vai casar daqui a um mês e meio.

4

Um menino

O primeiro bar do meu pai era daqueles que abrem no fim da manhã e fecham no fim da noite. Aqueles onde você precisa até aprender a administrar os clientes bêbados. Por isso, toda tarde, depois do almoço, ele ia dormir. Em casa era preciso andar devagar, tudo ficava lento e leve: os talheres eram guardados na gaveta com delicadeza, os pratos arrumados no aparador sem fazer barulho, as cadeiras bem levantadas na hora de deslocá-las, a televisão em volume baixo e com a porta da cozinha fechada. Falava-se baixinho para não incomodar. Somente uma vez fiz birra e o acordei. Ele entrou na cozinha de cueca, descabelado e furioso. Não fiz mais isso. Até porque, tendo menos intimidade com meu pai do que com minha mãe, as reprimendas vindas dele pareciam mais graves e me assustavam mais. Por exemplo, quando ela dizia "chega", eu podia continuar, obrigando-a a repetir; com meu pai, bastava uma vez: eu parava na hora. No entanto, a autoridade paterna era também alimentada pela mamãe, que muitas vezes ameaçava: "Quando seu pai voltar esta noite, vou contar a ele..."

Um dia meu pai veio a saber que havia à venda na cidade, numa zona residencial, um bar com boa freguesia. Um bar de tipo diferente, daqueles que abrem cedo e servem desjejuns. Em resumo, o contrário do que ele tinha: abria ao amanhecer e fechava por volta das sete. Meu pai queria mudar, e o novo bar prometia um faturamento diário de quase o dobro. Então, decidiu tentar. Nós nos mudamos para uma zona rica da cidade.

Infelizmente, porém, assim que ele assumiu o local, o faturamento não foi como se esperava. Nos primeiros tempos, as dívidas aumentaram.

Eu estava na segunda série primária, mais ou menos no meio do ano. A casa continuou a mesma por alguns meses, e depois nos mudamos. Terminei a série na minha classe e no ano seguinte fui transferido para outra escola. Era mais bonita, mais limpa e, no inverno, o aquecimento funcionava sempre; à diferença da primeira, eu podia ir à aula sem manter o pijama por baixo das roupas.

Quando meu pai ainda trabalhava no bar até tarde, eu passava os serões só com a mamãe. Muitas vezes pedia para dormir em sua cama, e ela deixava. Eu adormecia com minha mãe e acordava na minha cama. Meu pai, quando voltava, me tomava nos braços e me levava para meu quarto. Isso acontecia praticamente todas as noites.

Um pai que separa um menino da mãe faz nascer no inconsciente dele um estranho mecanismo. Torna-se quase um rival com quem a gente passa a competir. Porque aquelas noites em que eu ficava sozinho com minha mãe me davam

O TEMPO QUE EU QUERIA

a sensação de ser o homem da casa, o único em condições de estar perto dela e protegê-la.

No entanto, depois que mudou de bar, meu pai começou a passar os serões conosco: em consequência, vivi uma fortíssima sensação de impotência e frustração, e o via como aquele que me afastava da mulher que eu amava. Um rival grande demais, que eu não podia derrotar. Talvez tenha sido justamente por essa situação que mais tarde, na vida adulta, sempre fui competitivo com os homens.

À noite, éramos três à mesa, e no fundo eu gostava que ele estivesse presente; ao mesmo tempo, porém, detestava não poder mais dormir com a mamãe. Sentia-me deixado de lado, relegado a um canto. Isso não me parecia justo. Ele se metera entre mim e minha mãe. Agora, os únicos momentos em que eu ficava sozinho com ela eram quando voltávamos mais cedo do bar para casa, a fim de fazer o jantar e botar a mesa. Eu gostava de ajudá-la. Ela cozinhava, eu arrumava a mesa. Era uma coisa que ela nem sequer me pedia para fazer, eu sabia que era tarefa minha.

Um dia ouvi meus pais conversando e comentando que, com o início do ano letivo, as despesas aumentariam e eles não sabiam como enfrentá-las. Pasta, estojo, cadernos, livros... Em minha cabeça, comecei a formular o pensamento de ser um peso, de ser a causa dos problemas da minha família. Como quando os pais se separam e os filhos se sentem responsáveis.

Cresci cheio de sentimentos de culpa e, assim, desde criança, procurei não criar problemas nunca e me comportar sempre bem.

Recordo que desejava um relógio como o do meu pai, mas não ousava pedir e então me fazia um com a marca dos dentes, dando uma mordida em meu pulso. Um relógio que, além de me fazer imaginar a hora, me demonstrava que eu tinha alguns dentes tortos. Infelizmente, durava pouco. Menos do que o tempo.

Meus livros escolares nunca eram novos. Íamos comprá-los de segunda mão, nas bancas de usados ou até na casa das pessoas. A mamãe os folheava sob o olhar de outra mãe. Eram famílias com os mesmos problemas, mulheres desprovidas de qualquer talento para o comércio, mais levadas a condescender do que a trapacear.

Antes do início das aulas, ela comprava um papel plastificado e os forrava. Por fora, ficavam todos iguais. Para saber que livro era, eu colava uma etiqueta no centro com a matéria: HISTÓRIA, MATEMÁTICA, GEOGRAFIA. Se não encontrássemos usado algum livro de que eu necessitava e tivéssemos de comprá-lo novo, eu devia tratá-lo bem; se precisasse sublinhar, usava lápis. Às vezes, durante o ano, os usados se descolavam e, enquanto a mamãe não os consertava, eu ia à escola levando o livro sem capa, com a primeira página diretamente à vista.

Quando as capas dos meus livros de segunda ou terceira mão se descolavam, a professora me criticava: "Mas isso é jeito de manter um livro?"

Aquela professora não gostava de mim. Eu não compreendia exatamente o porquê, talvez fosse simplesmente por eu ser pobre. A pobreza é uma condição pela qual às vezes você é repelido como se fosse portador de uma doença contagiosa. Eu não entendia, mas tinha uma sensação estranha: a de não ser aceito, benquisto, de não fazer parte, e então me refugiava nas minhas fantasias. Distraía-me e não acompanhava a aula, até porque a obrigação de ficar parado num lugar, escutando coisas que não me interessavam, me induzia a devanear. Eu passava a manhã olhando lá fora pela janela, observava o galho de uma planta que chegava à altura da nossa sala e imaginava escapulir por ali. Inventava histórias nas quais percorria o mundo. Sonhava sair para correr e brincar, conhecer gente, viajar de navio para descobrir terras distantes. Sempre me perguntava como era o mundo de manhã, fora da escola. Eu só o conhecia de tarde. Sonhava recuperar a vida da manhã que a escola estava me roubando.

O hábito de fantasiar olhando pela janela permaneceu: até hoje, às vezes, durante as reuniões preciso me levantar e olhar lá fora. Não consigo ficar sentado por muito tempo.

Depois de anos, posso dizer que, seguramente, aquela professora me ensinou uma coisa: o ódio. Até então, eu jamais havia odiado alguém. Ao me humilhar, ela me ensinou o ódio. Meu corpo começou a se rebelar: na escola, eu tinha fortíssimas dores de barriga, espasmos que só passavam quando minha mãe ia me buscar e me levava para casa.

Em silêncio, me rebelava contra as humilhações da professora com pequenas vinganças. Uma era o modo como eu escrevia: não mantinha o caderno reto, como todos os meus colegas, mas com as linhas na vertical; assim, em vez de escrever da esquerda para a direita, escrevia de baixo para cima. Até mesmo me dobrando um pouco de lado. Várias vezes ela tentou me endireitar, mas no final não conseguiu e acabou desistindo. Até porque minha letra era bonita. Naquela posição, todas as letras, sobretudo as altas, se inclinavam para diante, como topos de árvores dobradas pelo vento. Até hoje escrevo assim.

Minha outra forma de rebelião era não estudar. Mamãe, por outro lado, se preocupava mais com que eu fosse educado.

Para ela, a boa educação era tudo. Mantinha o volume da televisão baixo para não incomodar os vizinhos. Sempre cumprimentava todos, mesmo os que jamais cumprimentavam primeiro. Essa mania das boas maneiras permaneceu a tal ponto na minha cabeça que, na primeira vez que andei de avião, quando a aeromoça passou e me perguntou "café?", respondi: "Se for fazer para a senhorita, então eu aceito uma xicrinha."

Não podendo ter férias em família, às vezes meus pais me mandavam para uma colônia. Antes da partida, mamãe costurava minhas iniciais em todas as minhas roupas, cuecas, meias e toalhas.

Na colônia dei meu primeiro beijo, em Luciana. No entanto, a lembrança mais forte que tenho daqueles verões é menos romântica. Eu tinha começado a brigar com Piero quando, a certa altura, ele me disse:

— Cale a boca, você nem devia estar aqui. Quem lhe deu dinheiro para vir à colônia foi o padre Luigi.

Gritei:

— É mentira!

— É verdade, mamãe foi quem me disse, ela recolheu o dinheiro e você não pagou... quem pagou foi a paróquia.

Pulei no pescoço dele e o espanquei, chorando. Quando nos apartaram, fugi. Depois o padre Luigi veio me procurar. Eu estava mal, achando que todos sabiam e me olhavam de través.

Na verdade, eu já havia notado todas as diferenças entre minha família e as outras. Enquanto você está em casa, o mundo é aquele mesmo, mas nas comparações a pobreza é mais perceptível. Na escola, por exemplo: além dos livros usados, eu não tinha a pasta com os personagens dos desenhos animados da época. E meus cadernos eram todos de uma só cor; meu pai os comprava nas lojas de atacado, onde se abastecia de tudo para o bar. O estojo era confeccionado pela mamãe, com uns jeans velhos.

Eu vivia a minha condição e a da minha família como uma doença, uma punição divina, tanto que num domingo, quando o padre Luigi nos falou de Pôncio Pilatos, que havia pronunciado a frase "lavo minhas mãos", achei que Deus tinha feito o mesmo com a minha família.

Naqueles anos, eu sempre usava roupas que já tinham sido de outros: primos, vizinhos de casa, filhos de amigos. Numa tarde de domingo, fomos almoçar na casa de minha tia, irmã da mamãe. Meu primo, dois anos mais velho, quando me viu entrar, reconheceu o suéter que eu estava usando. A peça tinha sido dele e, como todas as crianças que nem se lembram de uma coisa mas a querem de volta quando a veem nas mãos dos outros, ele começou a gritar:

— Devolva, é meu!

Começou a me puxar pelo suéter, tentando arrancá-lo.

— Devolva, devolva... Ladrão, ladrão!

Eu não sabia que aquela roupa havia sido dele, por isso não entendia. Acabei voltando para casa sem o suéter. Mas não chorei. Não como daquela vez em que sempre ele, meu primo, me dissera que eu tinha sido adotado e que a mamãe não era minha verdadeira mãe. Daquela vez, sim, chorei muito.

No carro, voltando para casa sem suéter, para me vingar do meu primo, quebrei uma promessa que lhe havia feito. Contei à minha mãe que ele arrancava os adesivos dos quadrinhos do cubo mágico para depois pregá-los em outros quadrinhos e montar corretamente todos os seis lados.

E acrescentei: "Quando percebi, ele me fez prometer que não contaria a ninguém, mas agora estou lhe contando." Depois, porém, me senti culpado por não ter mantido a palavra dada.

Com frequência, também meus sapatos eram usados, e sempre maiores do que meu número. Até nas poucas vezes em que íamos comprar novos, eles os escolhiam com dois números acima. O vendedor, para ver se calçavam bem, esmagava a ponta com o polegar; se a marca do dedo permanecesse por alguns segundos, dizia:

— Seria melhor um número mais baixo...

— Não, estes aqui servem — respondia sempre minha mãe.

Tive de perder logo o péssimo hábito de frear a bicicleta com as pontas dos pés. Eu gostava muito de descer as garagens, de bicicleta, apontando os pés para o chão. De qualquer jeito, mesmo sem aquele péssimo vício, meus sapatos, que não eram de grande qualidade, se estragavam logo. Em geral se descolavam no bico. Recordo sapatos abertos que pareciam bocas, com aquelas solas penduradas. Então meu pai passava cola neles e os metia embaixo da perna da mesa ou do aparador para mantê-los pressionados até a cola secar. Um dia, eu já era adolescente, fui com uns sapatos de ginástica brancos a um centro esportivo onde havia quadras de tênis. Sem que ninguém me visse, sujei os sapatos, novos em folha, com o vermelho do saibro das quadras. Eu tinha notado que todos os garotos ricos jogavam tênis, e seus calçados de ginástica eram sujos de terra vermelha.

Minha mãe também era eficiente nas compras de casa e economizava em tudo. Com o bar, nós já conseguíamos adquirir muitos alimentos a preços inferiores. De fato, ter o bar significava ter embalagens grandes de tudo. Tudo era em formato gigante. O atum comprado no representante era de cinco quilos. A maionese vinha praticamente num balde. E assim era com os picles, os embutidos, os queijos. O mundo, para mim, era sempre em dimensões exageradas.

Depois do Natal, comia-se panetone durante semanas, porque estavam em oferta, três pelo preço de um. As vantagens do bar não estavam só nos preços. Por exemplo, eu tinha quase todos os brindes obtidos com os pontos dos produtos: a malha vermelha de ginástica, o rádio em forma de moinho, os carrinhos de corrida na caixa do ovo de Páscoa.

Quando meus pais me levavam à escola, eu pedia a eles que parassem longe porque me envergonhava do carro, um velho Fiat 128. Naquela idade, não sabia se um carro era bonito ou não. Para mim era só um carro, mas havia os colegas curtindo com a minha cara, me fazendo notar a diferença. Um dia mamãe foi me buscar na escola a pé, dizendo que o papai tinha sofrido um pequeno acidente. Nada de grave, apenas uma batidinha num caminhão. Por ora, nada de carro, que estava na oficina. Fiquei contente.

O 128 do papai era branco, mas quando voltou do conserto estava com um capô marrom. Como não havia dinheiro para peças novas, o cara da oficina havia usado o de um desmanche; para meu azar, não era da mesma cor, e meu pai, por economia, tinha desistido de pintá-lo. De manhã minha mãe me levava à escola no 128 bicolor, e durante o trajeto eu ia escorregando do assento; quando chegava em frente à escola, praticamente estava deitado no tapetinho.

Uma vez saí da escola com meus colegas e fingi não ver que ela estava me esperando no automóvel. Continuei a pé na direção de casa e pouco depois escutei as buzinadas. Na primeira não me voltei, mas na segunda, sim, e entrei no carro. Mas já estava atrás da esquina da escola e ninguém tinha me visto.

Por sorte, pouco depois meu pai arranjou um carro novo. Não era muito bonito, mas pelo menos era de uma cor só. Um Fiat Panda. Eu tinha o máximo respeito por aquele carro: ele partia sempre.

5

Basta um telefonema

Quando tenho de fazer compras de casa às pressas, vou ao supermercado. Entro e, sem sequer me deter, pego a cestinha na entrada. Se as coisas de que preciso forem muitas, pego duas. Nunca uso o carrinho.

Sou rápido. Se devo comprar algo no balcão de frios, vou logo retirar a senha e, com base em quantas pessoas estão na minha frente, me movimento pelo supermercado. Em certos dias, quando chega a minha vez, já acabei de circular entre as gôndolas.

Nunca olho os preços. Sempre levo as mesmas coisas e, se estiverem mais caras, não percebo. Os mesmos biscoitos, a mesma massa, sempre o mesmo atum: quando faço as compras, sou monótono. Só me toco para a possibilidade de levar coisas diferentes quando vou a um supermercado que não é o de sempre. Mas isso é algo perigoso de fazer, porque, se eu compro um produto novo que não existe no meu supermercado, depois tenho de voltar ao lugar onde o adquiri. Assim, há dias em que faço compras de casa duas vezes.

Mas, quando não estou com pressa, prefiro comprar frutas, verduras e carne nos locais especializados. Meu quitandeiro é um senhor de uns sessenta anos que trabalha nisso desde sempre. Mantém a caneta presa em cima da orelha por hábito, porque hoje em dia faz as contas na caixa registradora. Começou assim e já me disse que, para ele, tirá-la seria como despir a calça de trabalho.

Dias atrás, eu tinha pressa e poucas coisas para comprar. Peguei de passagem uma cestinha no supermercado e fui retirar a senha no balcão da gastronomia. Trinta e sete.

— Estamos servindo agora o número trinta e três.

Resolvi ir pegar as outras coisas. Quatro números me bastariam para achar tudo o que eu precisava.

Ao sair de cada gôndola, dava uma olhada no painel para ver se já era hora de voltar à base ou se podia continuar. Diante do frigorífero de laticínios, quando eu ia pegando o iogurte, meu celular tocou. Era minha mãe.

— Oi, mamãe.

— Oi, estou atrapalhando?

— Não, estou fazendo supermercado.

— Certo.

— Como vão vocês?

— Bem... bem...

A voz dela me pareceu esquisita.

— Aconteceu alguma coisa? Você está com uma voz estranha...

— Não, mas preciso lhe dizer uma coisa. Escute...

O TEMPO QUE EU QUERIA

Quando minha mãe diz "escute", significa que aconteceu algo; é como quando me diz "você parece bem" e quer dizer que eu engordei.

— O que houve?

— Não é para você se preocupar, mas preste atenção. É uma coisa que tem a ver com seu pai.

— O que aconteceu com ele?

— Veja bem, talvez não seja nada. Na semana passada ele se submeteu a uns exames, uns controles, e numa radiografia encontraram uma coisa... então resolveram fazer uma TAC* e uma biópsia para ver do que se trata. Entendeu?

— Mas é algo sério?

— Não se sabe, por isso resolveram fazer esses outros exames, para ver o que é... entendeu?

— Claro que entendi... e quando é que ele vai fazer?

— Já fez, na sexta-feira passada...

— Como assim, já fez? Por que eu só soube agora? Por que vocês não me contaram?

— Não queríamos preocupá-lo, talvez não seja nada. Achamos melhor não lhe dizer enquanto não tivéssemos os resultados e soubéssemos exatamente o que era. Não adiantava deixar você nervoso sem motivo...

— Mas deviam ter me dito do mesmo jeito... e quando vão buscar os resultados?

— Amanhã de manhã. Temos de estar lá às nove.

— E pode ser algo grave?

— Bem... um pouco, sim.

— O que significa "um pouco, sim..."? O que é?

---

* Tomografia axial computadorizada. (N.T.)

— Depende. Encontraram uma coisa que se chama nódulo pulmonar e poderia ser... espere, eu tenho aqui o papel que pedi ao doutor para escrever, porque não quero dar informações erradas... Aqui está, o médico diz que poderia ser um adenocarcinoma ou um carcinoma neoplásico. No segundo caso, seria mais sério. Ele teria até de fazer químio.

— Químio? Mas, mamãe, você não percebe que, não me dizendo as coisas para não me preocupar, acaba contando tudo de uma vez só no telefone, de repente...?

— Eu sei, nós erramos, mas vai dar tudo certo... — Ela encerrou o telefonema me dizendo: — Lamento ter lhe contado desse jeito. Você vai ver, será tudo uma bobagem...

Desliguei e fiquei com a cestinha das compras na mão, olhando o nada diante de mim. Só depois de alguns minutos me reapareceram os potinhos de iogurte com seu prazo de validade. Ouvi dizerem ao longe "trinta e sete... trinta e sete", mas, quando me toquei e percebi onde estava, no balcão dos frios já estavam chamando em voz alta o trinta e oito. Larguei a cestinha no chão e voltei para casa.

Meus pais são pessoas reservadas, educadas e respeitosas. Até comigo. Minha mãe, especialmente, quando me telefona sempre pergunta se está atrapalhando e se eu posso falar. Às vezes, antes mesmo de ouvir minha resposta, acrescenta: "Se for o caso, posso ligar outra hora..."

Eles jamais querem me criar preocupações, mas às vezes esse jeito de me proteger é excessivo e, no fim, como nesse caso, venho a saber das coisas todas de uma vez, sem chance de fazer um percurso, sem ter podido elaborar nada. Por isso, tento lhes explicar que é melhor me manterem a par do que está acontecendo, sobretudo com eles dois.

Uma vez em que eu tinha ido a Cannes a trabalho, a irmã de minha mãe foi internada. Uma internação de urgência.

O TEMPO QUE EU QUERIA

Quando ligava para casa, eu sempre perguntava como ia passando a titia, e a mamãe respondia que eu não devia me preocupar, que estava tudo em ordem.

— Você parece preocupada, mamãe. Quer que eu volte? Está precisando de mim?

— Não, que maluquice! Você está trabalhando. E também não pode fazer nada.

Dias depois, quando voltei, minha mãe me disse que a titia havia morrido e já fora enterrada.

Meus pais são pessoas simples, nunca andaram de avião, não saem da cidade onde moram nem para tirar férias. O fato de muitas vezes me ouvirem falar inglês ou de me verem pegar um avião mais vezes do que eles pegam o automóvel os faz pensar que eu vivo num mundo distante e diferente, onde não posso ser incomodado por suas pequenas coisas.

Depois do telefonema de minha mãe, saí do supermercado sem comprar nada e fui ver Giulia. Quando abriu a porta e me viu, pálido e transtornado, ela pensou que eu estava doente. Sentei no sofá e contei sobre o telefonema.

— É chato, mas sossegue. Talvez seja somente um adenocarcinoma e, se não houver metástase, podem operá-lo. Removem o nódulo e ele não deve nem precisar fazer químio. Não é uma operação complicada. Meu tio também teve uma doença dessas.

— Ou, então, pode ser o quê? Você entende disso?

— Depois da experiência com meu tio, sim, um pouco... quer saber a verdade?

— Não... sim. Disseram à minha mãe que poderia ser também outra coisa, cujo nome não recordo, e que, se fosse, ele teria de fazer quimioterapia.

— Carcinoma neoplásico.

— Sim, isso aí... Mas o que acontece, se for?

Giulia fez uma cara que dispensava palavras. Estava consternada.

— Diga, vamos.

— Se for isso, o que ainda não sabemos, não podem nem mesmo operá-lo. Ele teria de fazer químio, mas não haveria muitas esperanças.

— O que você quer dizer com "não haveria muitas esperanças"?

— Se assim fosse, seria a pior das hipóteses, como eu lhe disse... ele poderia viver alguns meses. Mas não adianta pensar nisso agora. Primeiro, é preciso saber do que se trata. Você vai ver que é um adenocarcinoma. Com os nódulos pulmonares, na maioria das vezes é assim.

— Você teria um copo de vinho? Se não tiver, vou buscar um lá em casa...

Enquanto ela ia buscar o vinho, fiquei no sofá, fitando a televisão desligada. Via minha imagem esfumada e pouco nítida, refletida no vidro negro. Exatamente como eu me sentia.

6

Ela (que desejava um filho)

O roubo está um pouco na base de qualquer trabalho criativo. Eu e Nicola também fazemos isso. Rouba-se de filmes, de canções, de conversas escutadas quando se está na fila do supermercado ou num trem. Como vampiros, os profissionais de criação sugam o sangue de qualquer forma de vida. Ouvem por acaso uma palavra, uma frase ou um conceito e, como uma lampadinha que se acende, percebem que era justamente o que estavam procurando. E não acreditam estar roubando, pensam que simplesmente aquilo está ali para eles. Por isso as palavras de Jim Jarmusch são a bíblia do profissional de criação: "A questão não é de onde você tira as coisas, a questão é para onde as leva."

Nossas antenas ficam sempre ligadas, mesmo quando não estamos trabalhando. Eu e Nicola, além de nos mantermos sempre atentos quando devemos iniciar uma nova campanha publicitária, temos um método que nos ajuda muito: fazemos rankings. Serve para nos aquecer. É o nosso *warm-up*. Se, por exemplo, eu digo: "Sons e ruídos de que gostamos na vida", Nicola pega sua bolinha antiestresse na escrivaninha e pensa um pouco. Em seguida, me diz sua lista:

"O rangido do portão de casa quando eu era pequeno, e que não escuto há anos.

"O ruído da corrente da bicicleta quando eu pedalava para trás.

"O som da chuva, sobretudo quando, de manhã, você ainda está na cama e compreende que está chovendo pelo chape-chape dos carros que passam e parecem ondas.

"O borbulhar da moka quando o café sobe.

"O chiado que o refogado faz quando você joga a cebola.

"O tilintar das chaves quando uma pessoa por quem você está esperando as mete na fechadura para entrar em casa.

"O rumor das xícaras no bar."

Além de ativar o cérebro e a fantasia, às vezes de uma lista de coisas assim sai uma sobre a qual trabalhamos e aquilo vira uma campanha. Acontece com frequência, menos com os rankings das coisas vulgares que Nicola propõe de vez em quando: essas, mantemos para nós, só para nosso divertimento.

Em uma listagem intitulada "Coisas bonitas que você viu", certa vez Nicola incluiu as crianças que empurram carrinhos de bagagem pequeninos nos aeroportos. Algum tempo atrás, essa imagem entrou numa campanha publicitária nossa.

Nicola é alguém que, quando diz uma coisa, faz. Ele tinha me prometido uma lista de bons motivos pelos quais é melhor não demorar a fazer amor com uma mulher. E de fato, poucos dias depois, me disse todos:

O TEMPO QUE EU QUERIA

"Para poder circular nu pela casa, com a outra pessoa presente, sem ter de se enrolar numa toalha ao sair do chuveiro.

"Para beber diretamente no gargalo da garrafa sem ter de se justificar com frases do tipo: 'Tinha pouca água, então acabo logo com ela.'

"Para poder decidir se é melhor se tornarem apenas amigos.

"Para deixar de ser gentil mesmo quando não se tem vontade.

"Se houve um jantar programado, é preferível fazer antes (de estômago vazio se faz amor melhor, e depois do sexo se come com mais gosto. E, também, fazer amor depois do jantar é um clichê).

"Para não ficar olhando seu decote enquanto ela fala.

"Para saber se a partir do dia seguinte os dois ainda vão se telefonar."

Nicola também me disse uma versão à feminina: fazendo amor logo, ela pode finalmente contar algo interessante, entrando em detalhes, à amiga para quem leu todos os SMS que recebeu do cara nos dias anteriores. Porque as mulheres querem os detalhes.

Ao terminar, comentou:

— Para nós, homens, é mais fácil. Entre homens, a pergunta é: "Comeu?" Entre mulheres: "O que você acha, ele vai telefonar de novo?"

No dia seguinte falamos do assunto com Giulia, só que ela não se mostrou de acordo quanto à pergunta das mulheres. Afirmou que depende muito da mulher, sobretudo da idade. Na opinião dela, as novas gerações estão mais próximas da pergunta que Nicola atribui aos homens. Mas a considera, como diz, "nojenta".

Sempre me diverte muito a relação entre Nicola e Giulia. Ela é reservada, discreta, até com toques de refinamento; Nicola, quando ela está presente, se torna ainda mais malicioso e vulgar, porque se diverte em provocá-la. Entra nos detalhes, aqueles que às vezes são exagerados até para mim. Mas me faz rir muito.

Um dia desses, Giulia perguntou se eu tinha creme para as mãos. Respondi que ela o encontraria no banheiro. Ao voltar, enquanto massageava as mãos, disse:

— O perfume do Nivea me lembra o verão.

E Nicola, na lata:

— Pois a mim lembra relações anais... Não me olhe desse jeito, usei-o algumas vezes porque não tinha outro. Imagine que, quando sinto o cheiro do Nivea, me vem uma ereção. É um reflexo condicionado, tipo o dos cães de Pavlov.

A cara de repulsa de Giulia se fixou para sempre em minha memória.

Nicola adora provocar, molestar, irritar. Até quando conheci a minha ela, a mulher que me deixou e que daqui a um mês e meio vai se casar, ele foi logo perguntando se havíamos transado, e tivemos até certo bate-boca, porque eu não queria falar disso. Não sei por quê. Assim como nunca entendi por que ela me faz tanta falta, já que no último período que passamos juntos eu sofria muito.

Foi minha história de amor mais importante. Chegamos até mesmo a morar na mesma casa; e compreendemos que, na realidade, a convivência piorava nossas vidas, nossa relação e até cada um de nós. Como coabitantes, éramos pessoas piores. E é extraordinário o fato de termos conseguido nos dizer isso, de termos conseguido compreender e nos confessar uma realidade tão delicada. Em vez de mentir para não

O TEMPO QUE EU QUERIA

nos magoar, preferimos falar do assunto. Devíamos ter mentido, ambos. Há quem faça isso: nenhum dos dois está bem, mas ninguém diz nada.

Podíamos nos permitir ter duas casas e estivemos prestes a abandonar a convivência para salvar nossa relação; mas, enquanto nos preparávamos para isso sem pressa, nos deixamos totalmente.

Para ser mais exato, foi ela que me deixou.

É que, às vezes, nos vinham dúvidas. É normal, imagino. Todos os nossos amigos moravam juntos, somente nós éramos diferentes. Isso nos perturbava, embora estivéssemos convencidos de que alguns deles, mais do que se amarem, se suportavam.

Na realidade, nossas crises, nossas incertezas, afloraram quando começamos a falar de filhos. Afinal, pode-se fazer um filho e viver em casas separadas? Porque continuar juntos, sem filhos, e morar em casas diferentes era a solução ideal para nós; mas, e com um filho?

Para nós, instantes de solidão e momentos sem a companhia do outro eram fundamentais. Isso nos deixava mais completos, nos melhorava. Quando olhávamos nossos amigos, não os víamos particularmente satisfeitos. Não digo felizes, o que talvez fosse pedir muito, mas nem sequer satisfeitos. Todos nos diziam que a alegria deles eram os filhos. A única coisa bonita. Meio como se a relação fosse o preço a pagar pela reprodução.

Quem tinha filhos nos dizia que não compreendíamos. Muitas vezes eram pessoas cheias de medos, paranoias e idiotices, mas, alguns meses depois do nascimento de um filho, tornavam-se repentinamente sábias, mestres de vida. Por qualquer coisa, em qualquer ocasião, olhavam para você de alto a baixo e diziam: "Enquanto você não tiver um filho, não vai entender."

Eu e ela sempre ríamos dessa frase. Era divertido ver como eles tinham entrado no personagem, como representavam bem o papel, tanto que usávamos a frase para tudo, como um bordão:

— Quer um copo-d'água?

— Quero, obrigado.

— Certamente, enquanto não tiver um filho você não vai entender o quanto é importante beber água.

Não conhecíamos amigos que tivessem se tornado pessoas melhores depois do casamento. Mais do que amor, o que havia entre eles era compromisso; mais do que desejo, dever; mais do que diálogo, era "vamos deixar assim". Os que estavam juntos pelos filhos ou por medo da solidão eram em maior número do que os que realmente desejavam isso.

Acabamos resolvendo experimentar mesmo assim. Estávamos prestes a interromper nossa convivência a fim de nos prepararmos para ter um filho quando eu não me mostrei à altura e desisti.

Não me sentia pronto para me tornar pai.

Minha vida foi difícil, digamos que sempre trabalhei muito e pensei pouco em mim mesmo, em quais eram os meus desejos. Com um filho, eu tinha medo de precisar recomeçar tudo desde o início. Fazer um filho me dava a sensação de acrescentar mais trabalho e mais responsabilidades às que eu já enfrentava. E, também, como podia desejar um filho se ainda estava desejando um pai?

Ela queria um filho justamente no período em que eu, ao contrário, queria curtição e leveza. E pensar que no início, assim que ficamos juntos, eu o teria feito logo não porque

O TEMPO QUE EU QUERIA

tivesse refletido e me sentisse pronto, mas justamente porque estava tomado por uma loucura e não tinha realmente pensado nisso... Só assim eu poderia fazer um filho: embalado por aquele primeiro período de louca paixão. Ela, justamente, achou que seria melhor esperar um pouco para ver como ficavam as coisas; e depois eu, já com os pés de volta ao chão, não tive mais coragem.

Para falar a verdade, penso que ela foi embora não só porque eu não queria ter um filho, mas sobretudo porque eu não deixava que me amasse.

7

Um rastro de raiva

Terminado o ginásio, achei que seria melhor, em vez de continuar os estudos, trabalhar no bar com meu pai. A decisão também foi condicionada pelo fato de que me angustiava fazê-lo gastar mais dinheiro com livros e todo o resto durante outros cinco anos, os do liceu. Não me animei.

Resolvi ir para o bar, pelo menos eu tinha essa possibilidade. Além do mais, se trabalhasse com meus pais, custaria menos do que um empregado. Tudo me parecia já estabelecido: um dia, o bar seria meu.

Trabalhando com eles, realmente me dei conta das condições em que estávamos. Meu pai sempre procurava nos manter longe de todos os seus problemas econômicos e não nos dizia muitas coisas. Minha mãe já não perguntava muito, confiava e o amava. Eu também gostava dele, mas queria saber. Conferia, me informava. E fiquei sabendo.

O TEMPO QUE EU QUERIA

Estávamos soterrados pelas promissórias. Em casa e no bar, em qualquer gaveta que se abria havia uma promissória a pagar ou, em alguns raros casos, já paga.

Quando não dava para liquidá-las no vencimento, por três dias elas ficavam no cartório, onde ainda podiam ser saldadas com os respectivos encargos. Se isso não fosse feito nesse prazo, era necessário ir ao tribunal, onde, por alguns dias, era possível pedir o cancelamento dos protestos, em papel almaço devidamente estampilhado. Era uma coisa trabalhosa, havia um verdadeiro calhamaço a redigir. Um dia, para compilar o pedido, eu me apoiei num balcão, até que um funcionário da repartição, um homem baixinho de cabelos vermelhos, veio me dizer: "Você não pode fazer isso, o balcão não está aqui para seu conforto. Mais respeito."

Em um gesto automático, baixei reverentemente a cabeça e pedi desculpas. Saí e, para escrever, me apoiei num banco. A posição era desconfortável, e então me coloquei de joelhos. Naqueles anos, repeti tantas vezes esse gesto que as palavras permaneceram em minha mente como uma prece: "À cortês atenção de Vossa Senhoria Ilustríssima, o infra-assinado..."

Na conclusão do pedido, era preciso escrever: "Com a Máxima Observância." Recordo bem esse final porque um dia cometi um erro e tive de comprar outra folha de papel almaço para reescrever tudo. Por sorte, ainda não tinha colado as estampilhas. O erro era gravíssimo: eu havia escrito as palavras "máxima" e "observância" com inicial minúscula.

Quanto eu não daria para ter uma foto minha de joelhos, escrevendo aquelas palavras: "Vossa Senhoria Ilustríssima..." Devia ter acrescentado: "Santíssimo Savonarola."

Recordo as situações embaraçosas e humilhantes que vivemos, todas as pessoas desagradáveis, mal-educadas, arrogantes e presunçosas que conheci. Gente habituada a ser forte com os fracos e fraca com os fortes.

Recordo meu pai quando, de manhã, esperava os representantes com quem tinha dívidas, mas para os quais entoava sempre a mesma cantilena: não havia dinheiro, eles deviam passar outra hora. Numa das primeiras vezes, quando falava com um desses sujeitos, virou-se para mim, não sei por quê, e eu que o fitava me senti encabulado por ele. Desde então, quando vinha um representante, em geral eu me afastava.

Quantas vezes fiquei de pé com minha mãe no caixa para poder pegar o dinheiro que faltava e correr logo para pagar, antes que o banco fechasse... Às vezes faltava pouquíssimo, mas já tínhamos esvaziado todos os bolsos, conferido todos os capotes nos armários, pedido aos amigos. A certos amigos não podíamos pedir mais, porque ainda devíamos restituir a eles os empréstimos anteriores, e por isso era melhor deixar para lá. Que vida: tudo às pressas, com ansiedade, com o coração na garganta por causa de cifras ridículas. Um dia, faltavam vinte e sete mil liras e esperávamos que cada cliente que entrava não pedisse apenas um café, mas também uma torrada, um sanduíche, uma cerveja. Qualquer coisa que custasse um pouco mais.

Uma vez, depois de ter catado o dinheiro, guardei-o numa sacola de papel, peguei a bicicleta e fui pagar correndo. Pelo menos duas vezes, quase fui atropelado. Cheguei sem fôlego ao tribunal e me apresentei ao oficial judiciário explicando que estava ali para pagar uma promissória. Era um senhor de seus sessenta anos, um tampinha, pouco mais de um metro de altura, que me encarou e disse: "Não adianta vir correndo agora para pagar: antes de mais nada, vocês não devem assiná-las se não tiverem dinheiro."

O TEMPO QUE EU QUERIA

Depois pegou a sacola e começou a contar, organizando as cédulas.

— Na próxima vez, traga todas em ordem, viradas para o mesmo lado.

Fiquei com vontade de pegar uma cadeira e espatifá-la na cabeça dele. Eu não sabia, mas estava aprendendo, dia após dia, que fazia parte da categoria de pessoas que devem calar o bico e engolir sapos do tamanho de um frigobar de quarto de hotel. O homenzinho estava me explicando quem eram eles e quem era eu. Estava me ensinando como é a situação no mundo. Aqueles eram meus verdadeiros cursos de formação. Meus mestrados.

Eu não podia responder à altura porque na vez seguinte talvez chegasse atrasado, mesmo que só um minuto ou dois, e ele poderia me dizer que não dava mais tempo. Mas, se eu me comportasse bem, ele talvez fizesse o favor de fechar um olho. E eu ainda devia agradecer a gentileza, ainda que ele certamente não demorasse a observar: "Por esta vez, serei condescendente, mas que isso não se torne um hábito."

Aprender a ficar em silêncio e a manter a cabeça baixa: essa é a verdadeira política social.

Um dia, levei ao cartório o dinheiro de uma promissória vencida. O homem virou o saquinho com o dinheiro em cima da escrivaninha e reclamou:

— Mas que mixórdia é esta?

— O dinheiro que eu trouxe para a promissória vencida, que não conseguimos pagar a tempo.

— Na próxima vez, traga em cédulas de valor mais alto, não podemos perder a tarde inteira contando.

"Pois você devia passar a tarde me chupando o pau, seu merda", pensei, e de bom grado teria destruído outra cadeira naquela cara bronzeada. Teria arrancado o quadrinho do Lions que ficava na entrada para lhe meter garganta abaixo, seguramente em pedaços grandes para não fazê-lo perder uma tarde mastigando. Ele que era o resultado daquelas vidas estéreis, cheias de hipocrisia como seus leilões beneficentes de Natal e a necessidade de colocar a tabuleta bem à vista numa ambulância ou em qualquer outra coisa doada por eles. Um homem escravo do desejo de pertencer e da generosidade ostentada. Que elegância.

Eram essas as minhas fantasias: espatifar as cadeiras na cabeça de certa gente. Minha realidade, porém, era outra. Na verdade, também daquela vez baixei o olhar e murmurei: "Tudo bem, desculpe." Já era um reflexo automático, eu nem pensava mais no assunto. Aquele tabelião era somente mais uma pessoa que estava me dando uma lição de vida.

Eu aprendia a reprimir a raiva e isso me ajudava em muitas coisas, sobretudo a limpar bem o piso do bar. A raspar e remover as manchas, desencrostar a fundo, esfregar cuidadosamente nos cantos, às vezes até com a unha do polegar se fosse o caso. Até o vaso sanitário usado pelos clientes, aqueles que nem sequer puxavam a descarga. Porque era aquilo que eu estava destinado a fazer na vida. E ainda devia ser grato porque o bar era do meu pai e eu havia encontrado facilmente um local de trabalho.

O bar abria às sete. Meu pai descia às cinco e meia, e eu mais ou menos uma hora depois. Nós mesmos fazíamos os *cornetti*,* as minipizzas, os sanduíches. Muitas vezes, eu readormecia depois que o despertador tocava. Não me parecia

---

* "Chifrinhos", pãezinhos em forma de meia-lua. Equivalem aos *croissants* franceses. (N.T.)

O TEMPO QUE EU QUERIA

verdade que já fosse de manhã, eu achava que havia acabado de ir me deitar. Esperava que fosse um erro, que eu o tivesse regulado mal. Então meu pai, quando não me via descer, telefonava para casa; minha mãe entrava no quarto e dizia: "Lorenzo, você dormiu de novo. Acorde..."

Eu me levantava num pulo e, em dois minutos, estava lá embaixo. Depois das nove, começavam os telefonemas dos três bancos. Éramos clientes de mais de um, porque três bancos significavam três contas-correntes e, portanto, mais talões de cheques. Mais tarde meu pai foi protestado e, por cinco anos, não pôde abrir uma conta-corrente. Por sorte, eu já era maior de idade e logo abri uma para mim. Até que, um dia, o gerente me convocou ao seu escritório, onde me fez devolver o cartão de crédito e o talão de cheques. Saí do banco me sentindo um leproso.

Ter mais de uma conta-corrente é indispensável para quem não tem dinheiro. Quase sempre pagávamos com cheques pré-datados. Ou "cheques voadores",* como se chama em gíria. Eram contra a lei, mas muitas vezes a ilegalidade é a única saída para certas pessoas. Não se sai das regras para ficar mais rico, mas para sobreviver. Em casa, tínhamos nos tornado verdadeiros especialistas em ganhar tempo com cheques pré-datados: tentar o máximo possível fazê-los na sexta-feira, mas à tarde, porque os bancos estavam fechados e teríamos à disposição o faturamento do sábado; ou então escrever o nome de uma cidade diferente na linha do local de emissão, aquele que nos cheques vem identificado como "praça". Bastava colocar uma cidade diferente daquela da agência e o cheque voava por alguns dias antes de ser descontado.

---

* Em italiano, diz-se *assegno missile*, "cheque míssil". (N.T.)

Uma vez meu pai me acompanhou no carro para levar o estojinho* com o dinheiro a ser depositado no caixa eletrônico após o fechamento do bar. Quando abri a portinhola do caixa, lá dentro encontrei um estojo que não tinha caído no buraco. Abri-o: estava cheio de dinheiro. Então o peguei e o levei para o carro.

— Achei isto aqui, está cheio de dinheiro.

Meu pai olhou aquilo e, após um segundo de silêncio, me disse:

— Feche-o bem, jogue de novo lá dentro e verifique se dessa vez ele entrou.

Esse é meu pai: mesmo nos momentos mais difíceis, a honestidade e o respeito vêm antes de tudo. Eu era um garoto e tinha dificuldade de entender certas coisas. Ele me ensinava esses valores e vivia cheio de problemas, ao passo que as pessoas arrogantes e mal-educadas que me tratavam sem respeito eram sempre vitoriosas e admiradas por todos. Isso me parecia uma injustiça. Eu não entendia, ficava confuso. Desconfiava que os ensinamentos da minha família não eram afinal muito convenientes para a vida.

Os novos representantes que vinham oferecer seus produtos no bar se informavam antes se meu pai era bom pagador. Todos confirmavam que meu pai tinha dificuldades e quase nunca pagava no vencimento, mas seguramente saldaria suas dívidas.

Certa manhã, um fiscal da vigilância sanitária entrou no bar para fazer uma inspeção. No ano anterior, ele tinha vindo

---

* Na Itália, além de envelopes, usa-se o chamado *bussolotto portavalori*, pequeno estojo disponível em mais de um tamanho. (N.T.)

e nos mandara fazer "pequenas modificações", como as defi-
nira. A pia no aposento dos fundos, onde preparávamos os
sanduíches e as saladas, devia ser de aço, e a torneira tinha
de ser acionada por cotovelo. Trata-se de uma torneira com
uma haste comprida que pode ser aberta e fechada com o
cotovelo, como fazem os médicos antes de entrar no centro
cirúrgico. E, no banheiro, o vaso sanitário devia ser substituído pelo modelo à turca. Para nós, despesas inesperadas.
Para ele, nada, "umas bobagens", como afirmara antes de ir
embora.

Quando voltou no ano seguinte, disse que as torneiras a
cotovelo não funcionavam bem e tinham de ser acionadas
por pedal, até mesmo no banheiro, e que talvez o vaso turco
não fosse tão necessário assim.

— Mas isso é uma sacanagem! Foi o senhor mesmo que,
no ano passado, nos fez trocar tudo! — gritei.

— Como se permite, rapazinho?

Meu pai me conteve, me disse "saia daqui" e logo pediu
desculpas ao homem. Eu tirei o avental e corri para a pracinha,
depois de encher de chutes e socos uma caçamba de lixo na
rua. Quando retornei ao bar, meu pai me deu uma bronca da
qual me lembro até hoje. Mas as palavras que mais me ficaram
na memória foram que na vida eu devia aprender a "engolir".
Meu pai concluiu o sermão com a frase: "O pão dos patrões
tem sete crostas e sete crostões. E eles são os patrões." Depois
acrescentou: "Agradeça que o fiscal não tenha se enfurecido.
Porque, se quisesse, nos mandava fechar o bar. Sabe o que
isso significa?" Éramos sempre reféns de todo mundo. Até de
sujeitinhos sem importância.

Certa manhã recebemos de um funcionário da defesa do
consumidor uma multa equivalente a mais da metade da

receita diária por não termos exposto na porta os horários de abertura e fechamento.

Eu me sentia cada vez mais indignado. Dentro de mim, estava se armando uma bomba-relógio. Jamais havia ficado assim, sempre fora um garoto tranquilo e responsável. Tinha tanta raiva reprimida naqueles anos... Meus desafogos eram dois: puxar um fumo, que me acalmava, e frequentar o estádio aos domingos.

No estádio, os torcedores do time adversário eram todas as pessoas que durante a semana me arruinavam a vida: contra eles eu gritava de tudo, desabafava insultando-os e ameaçando-os. A tentação de aderir às brigas físicas era forte, mas durou pouco, afinal eu não tinha o temperamento adequado à violência e ficava só nas palavras. Mas como berrava! Saía do estádio sem um fio de voz.

No entanto, eu não era como os rapazes que encontrava no estádio todos os domingos; eu me sentia diferente. Então, passei a seguir outros amigos que frequentavam discotecas. Naqueles anos havia explodido a moda dos *paninari** e entrei nela em cheio. Se as coisas já eram complicadas antes, agora tudo se tornava ainda mais difícil para mim. Até as meias, naquele período, começaram a ter um nome. Era claro que eu não podia nem sonhar com um par de Timberland ou com um Moncler. Certa vez, fui a uma loja da periferia que

---

* Subcultura jovem, nascida em Milão no início dos anos 1980 e depois disseminada em toda a Itália e em outros países europeus. Privilegiava o uso de roupas e acessórios de grife e adotava um estilo de vida baseado no consumo, na diversão e no alheamento político. O nome se originou no bar milanês *Panino* ("sanduíche"), que era frequentado por esses grupos. Seriam, mal comparando, os nossos "mauricinhos". Em meados daquela década, a dupla inglesa Pet Shop Boys, inspirada neles, compôs a música *Paninaro*. (N.T.)

O TEMPO QUE EU QUERIA

vendia roupas de marca, mas com pequenos defeitos. Levei uns jeans da Stone Island com uma mancha no bolso. Mesmo assim, eram caros e eu não podia me permitir mais nada. Em compensação, tinha cinco pares de meias Burlington falsificadas e um par original. Compradas sem dizer aos meus pais quanto custavam. Obviamente no domingo à tarde, na discoteca, eu usava as originais, até que Greta percebeu e me apontou a todo mundo, dizendo: "Afinal, você usa sempre as mesmas meias?" Todos riram. Na semana seguinte, eu não sabia se era pior usar aquelas ou as falsificadas. Acabei não indo à discoteca. Não saí de casa por culpa de um par de meias: assim era eu. Uma vida para me envergonhar.

Um dia, um amigo do meu amigo Carlo fez uma festa pelos seus dezoito anos. Carlo perguntou se poderia me levar e o outro disse que a festa seria numa discoteca, que não haveria problema e eu também poderia ir. Era um rapaz que todos nós conhecíamos na cidade. Bonito, fazia judô a nível nacional, agradava a um monte de garotas e tinha dinheiro. Sua família era uma das mais abastadas da cidade. Para mim era importantíssimo ir àquela festa. Eu quase nem acreditava. Mas precisava ir "bem-vestido".

"Se não quiser usar gravata, tudo bem, mas vá, pelo menos, de calça social e paletó. Nada de jeans."

Para mim, era como o baile de Cinderela. Não lembro a quem minha mãe pediu dinheiro emprestado, se à irmã ou a alguma amiga. O fato é que, uma tarde, eu e ela fomos a uma loja enorme e compramos um paletó, uma calça e, em vez da gravata, um lenço Ascot; conseguimos até comprar uma camisa.

Fui à festa. Todos os rapazes de famílias ricas estavam lá, e eu com eles, no Olimpo. Vestia uma roupa nova, mas o problema não era esse, mas sim os sapatos. Gastos, sobretudo do lado externo, por causa da minha postura errada. Os sapatos denunciavam minha verdadeira identidade. Mas não só os sapatos me entregavam. Havia outra coisa, o mesmo problema que Cinderela também deve ter tido. De fato, sempre achei que Cinderela pode até ter ido ao baile com um vestido novo, os cabelos com a ondulação perfeita, o sapatinho de cristal, mas as mãos... suas mãos eram seguramente diferentes das de outras damas presentes no salão. Cinderela, como eu, devia ter as de quem torce o pano de chão quando lava o piso, de quem limpa o banheiro e usa detergentes. Minhas mãos eram diferentes das dos meus amigos, eram cheias de cortes, arranhões, calos.

Em todo caso, eu me sentia feliz por me encontrar naquela festa. Estava animado e cumprimentava todo mundo, só que ninguém me dava muita bola. Via-se logo que eu era diferente. Eles se reconheciam pelo faro: mesmo que nunca tivessem se encontrado antes, mesmo que algum tivesse vindo de outra cidade, tinham todos o mesmo odor. Assim como o tem a pobreza, aquela que eu trazia escrita na cara. A certa altura, eu, que estava todo excitado por me ver ali com eles, me senti ferido e resolvi ir embora.

Quando ia descendo, perto da entrada onde ficava o vestiário, conheci Sabrina. Ela não tinha notado meu paletó, talvez porque estivesse completamente bêbada; o fato é que, depois de dois minutos, acabamos num canto e nos beijamos. Dez segundos depois, obviamente eu já estava apaixonado. Saí eufórico da festa.

No dia seguinte, iniciou-se a caça ao número. Eu sabia apenas que ela se chamava Sabrina, mais nada. Carlo me disse que aquela moça era famosa por ter feito um boquete em dois rapazes ao mesmo tempo durante uma festa. A mim ela parecera tão doce que eu não conseguia acreditar, não a imaginava de joelhos diante de dois rapazes. Fosse como fosse, graças a ele consegui o telefone da casa dela. Na época não existia celular. O telefone de casa significava que, quando você ligava, não era garantido que a pessoa certa atendesse. Podia ser o irmão, a mãe ou, pior ainda, o pai. Naquele dia, eu ainda não sabia que os genitores dela eram separados e que o pai não morava mais lá.

Telefonei e a mãe atendeu.

— Bom-dia, meu nome é Lorenzo. Posso falar com a Sabrina?

— Um momentinho. Sabrinaaaa... telefone para você. Lorenzo.

Em seguida, me disse:

— Ela não pode atender agora, está tomando banho. Deixe-me seu número, e ela liga de volta.

Antigamente, quando ainda não havia celulares, se você ligasse para alguém que estava no banheiro, muitas vezes quem atendia informava que a pessoa estava tomando banho para não dizer coisas menos elegantes. Hoje, porém, todo mundo atende mesmo que esteja sentado no vaso, e, se do outro lado perguntam o que você está fazendo, sempre dá para responder: "Estou na cozinha, arrumando as coisas." Mesmo quando a gente estava esperando um telefonema, não era como agora, que com o celular no bolso você pode até sair para jantar. Antes, na época em que não existiam nem aparelhos sem fio, você praticamente acampava diante do telefone de casa se estivesse esperando muito por aquela chamada. Não ia nem mesmo ao banheiro, por medo de que ligassem justamente naqueles dois minutos. Porque, se alguém ligava, não se podia recuperar depois o número do telefonema perdido. Quando estava perdido, perdido estava, e aí você iniciava uma série de chamadas: "Foi você quem me ligou?" E dizer essa frase a uma pessoa que lhe agradava ficava logo parecendo um pretexto.

Além das longas horas passadas quase sempre rabiscando com caneta o catálogo telefônico ou desenhando um dente preto no sorriso de algum ator ou apresentador de tevê encontrado numa revista, o pior do telefone de casa era que você devia falar sem poder se afastar. E muitas vezes tinha de fazer isso diante de todo o núcleo familiar. Eu sonhava ter aqueles telefones dos filmes americanos, cujo fio tinha uns dez metros de comprimento. Na verdade, quando apareceu o celular, as pessoas que viveram naqueles anos usavam o delas caminhando, e no final você as encontrava a quilômetros de distância. Sei de umas que estavam falando ao celular e se perderam: foi necessário usar cães farejadores para encontrá-las.

Esperei o telefonema de Sabrina com medo de que ela não ligasse de volta. Assim que me afastei do aparelho, ela telefonou. Minha mãe atendeu e me avisou: "É para você."

Eu estava com a garganta seca. Tinha preparado e ensaiado pelo menos umas vinte vezes a frase que diria, para decorá-la. Assim que disse "alô", esqueci tudo. Até porque ela estava ligando sem saber para quem, pois a primeira coisa que disse foi:

— Quem é você?

— Eu sou... Lorenzo. Não sei se você se lembra de mim, nós nos conhecemos na festa de Alberto. Ou melhor... até nos beijamos.

— Claro que me lembro.

O TEMPO QUE EU QUERIA

— Queria saber se daria para a gente se ver... isto é, se rever.

— Claro. Mais tarde, vou ao centro e, se você quiser, podemos nos encontrar em frente ao teatro lá pelas quatro, tudo bem?

— Sim, sim...

Eu não conseguia acreditar. Expliquei ao meu pai que naquela tarde precisaria sair às três e meia, e às quatro em ponto estava diante do teatro.

Namorei Sabrina. Ficamos juntos quase duas semanas. Na primeira tarde em que fui à casa dela, senti pavor de que a certa altura aparecesse alguém rindo na minha cara, de que fosse um trote. Talvez até organizado pelos mesmos caras que haviam rido de meu paletó. Levei quase uma semana para confiar e perceber que era tudo verdade: mais ou menos no meio do nosso caso. Em suma, eu não estava habituado a uma coisa bonita e desconfiava logo. Enquanto a beijava, às vezes abria os olhos para ver onde estava a gozação. Parecia-me impossível que dissessem dela aquelas coisas. Sabrina era linda e muito gentil. Tive até a tentação de lhe perguntar sobre a tal história, mas não tive coragem e também talvez não quisesse saber realmente. Mas continuava intrigado sobre o porquê de ela estar comigo. Até pensei que seria para dar um desprazer aos pais. Sobretudo ao pai, que largara a família por sua jovem secretária. Como no mais clássico dos chavões.

Um dia, porém, eu e meu amigo Alessandro nos demos conta de uma estranha coincidência.

— Oi, Alê, como vai?

— Bem, e você?

— Estou namorando.

— Caralho, conseguiu... Quem?

— Chama-se Sabrina.

— Minha garota também se chama Sabrina.

— Ela mora na colina.

— Ah... a minha... também!

Quando ele me disse o sobrenome, eu não quis acreditar. Éramos namorados da mesma moça. Fomos imediatamente a um telefone público e ligamos para ela.

— Oi, Sabri, estou aqui com Alessandro, e ele me contou que vocês estão namorando.

Dois segundos de silêncio, depois *tu-tu-tu-tu-tu-tu-tu-tu*. Ela havia desligado.

Alessandro me parecia furioso. Eu estava arrasado. Se houvesse um ranking das mulheres que mais me fizeram sofrer, Sabrina ficaria nos primeiros lugares, embora só estivéssemos juntos havia pouco mais de dez dias. Mas a decepção foi enorme. Naquela idade, o coração ainda é mole e não é preciso muito para destruir a gente.

No dia seguinte, ela me telefonou para o bar e pediu que eu fosse à casa dela. Fui. Sabrina me pediu desculpas e disse que, à diferença de Alessandro e dos seus namorados anteriores, eu era o único que a compreendia. E que eu era um rapaz muito meigo, ao contrário de todos os outros, que só queriam levá-la para a cama. De fato, com Alessandro ela havia transado e comigo não, porque eu, romanticamente, passava o tempo conversando e lhe prometendo amor eterno. Para obter o perdão e me convencer a não terminar, tentou me fazer um boquete. Eu, como um idiota, recusei, e ela então puxou de uma gaveta um suéter que comprara para mim. Quando o vi, senti um baque no coração. Era um suéter azul, com losangos coloridos na frente. Da grife Les Copains. Minha emoção não foi tanto pelo suéter em si, mas pelo que ele representava. Era o suéter usado por todos os que não saíam de manhã para cancelar promissórias, os que jamais haviam encarado um gerente de banco enfurecido, os que eram filhos daqueles que lançavam ofensas na minha cara e na do meu pai, os que nunca na vida tinham limpado um vaso sanitário nem torcido um pano de chão. Os que eu deveria odiar, mas, ao contrário, invejava: queria ser um deles.

Ela sabia disso e puxara a carta da manga. Aquele suéter deixou em crise minha dignidade. Respondi que ia pensar... mas, de bom grado, aceitei o suéter. O boquete não, mas o suéter sim: fiquei em péssima situação.

Não reatei com ela. Não consegui perdoá-la. Mas mantive o suéter do mesmo jeito. Vestia muito bem.

8

Ela (que voltou)

O fato de ela ter ido embora porque eu não a deixava me amar me impeliu a uma reflexão. Às vezes, acontece de amarmos uma pessoa mais pelo bem que lhe fizemos do que pelo que ela fez a nós. Não deixando que me amasse, eu lhe negava essa possibilidade.

Quando estávamos juntos, muitas vezes reclamei que precisava do meu espaço. Depois, compreendi que ela era o único espaço de que eu precisava.

Ela me deixou duas vezes. De fato, quatro meses antes da vez definitiva, já havia experimentado. Recordo suas palavras antes de ir embora, a propósito dos meus medos: "A vida não tem garantia. Não é uma máquina de lavar que, se pifar, alguém a conserta para você. Se pifar, pifou. Você pode se manter fora da vida, construindo para si um mundo de certezas, mas é só uma ilusão. Não dá para fazer nada."

O TEMPO QUE EU QUERIA

Quando ela foi embora pela primeira vez, ambos havíamos compreendido, desde há algum tempo, que era necessário um fim. Algo devia acabar, porque daquele jeito não podíamos prosseguir. Não fui capaz de matar uma parte de mim e matei nossa relação. Não fui capaz de estar à nossa altura.

Depois que ela se foi, enlouqueci. Não conseguia mais viver sem ela. Fiz de tudo para convencê-la a voltar. Fui comprar tinta vermelha e desenhei um coração na calçada em frente à casa dela. Bombardeei-a com telefonemas, mensagens e faxes com desenhos, enviados do escritório. Esperei-a em frente ao prédio dela, sentado na calçada, junto do coração vermelho. Mandei-lhe flores, anéis, lápis coloridos, bolhas de sabão e, sobretudo, certezas. Enchi de chamadas até suas amigas, até a elas pedi ajuda. Uma vez passei a noite inteira em frente à casa dela, completamente bêbado, pedindo que me deixasse subir, porque eu queria fazer um filho com ela.

Por fim, consegui convencê-la. Ela voltou.

Os primeiros dias foram como deviam ser sempre. Nunca vivi com tanto amor. Fazer amor, jantar, esperá-la em casa depois do trabalho. Senti a imensa alegria de amar sendo amado. Pelo menos, assim acreditava.

Depois não aguentei, e, lentamente, tudo voltou a ser como antes.

Percebemos logo. Ela ainda quis acreditar mais um pouco, mas depois foi embora de novo.

No dia do adeus, virou-se para mim na porta de casa, me fitou por um instante, com lágrimas nos olhos, e disse:

— Sabe, Lorenzo, só você conseguiu fazer com que eu me sentisse tão idiota. Ainda nem me parece verdade que voltei. A verdade é que, no início da nossa história, foi bonito e instigante lidar com sua fantasia, seu modo de agir e de viver. Eu achava que conseguiria fazer você mudar certas ideias, tive a estúpida presunção de pensar que conseguiria fazer você se tornar quem merece ser. Talvez o tenha idealizado, superestimado... Não sei, não entendo mais nada.

"Ao longo desses anos, você teve belíssimas atenções comigo. Você é bom nessas coisas. Não estou falando do que fez para me convencer a voltar. Estou falando de antes. Quando recebia todas essas atenções, eu achava que você estava me amando, que só uma pessoa apaixonada era capaz de certos gestos. Mas estava enganada. Ou não, eu não estava enganada e por alguns minutos você conseguiu estar realmente apaixonado. Talvez você consiga amar e abrir a porta por alguns instantes, mas depois a fecha logo. Até compreendi por quê. Não é pelo medo de alguém entrar, mas pelo terror de você mesmo sair, de você mesmo escapar.

"Não o culpo de nada, Lorenzo, você é assim. Eu é que estava enganada. Admito, achei que comigo você poderia até aprender a amar. Mas, na verdade, só é capaz disso por breves instantes. Você se adapta, essa é sua máxima expressão de amor. Porque só pensa nos seus gestos, só se concentra naquilo que faz, naquilo a que renuncia. E pensa que tudo isso é a prova do seu amor. Nem sequer vê as renúncias dos outros. Acha que é fácil estar em sua companhia? Você acha que sim, porque não incomoda, não pede ajuda, não se enfurece nunca, não briga. Pois, então, saiba que ficar ao seu lado é penoso. Você nem imagina quantos pensamentos, quantas esperas, quantas decepções, quantas lágrimas e prantos. Todos em silêncio. Eu nunca lhe disse nada para não magoá-lo e porque, conhecendo-o, a gente aprende a não lhe dizer nada, porque já sabe sua resposta: 'Se é penoso estar comigo, por que não vai embora?' Você esmagou todas as emoções. Por isso não se enfurece, e não porque é equilibrado, mas simplesmente porque reprimiu as emoções: nada de amor, nada de raiva, tudo é escondido em seu trabalho. Todo mundo sabe que seu trabalho é importante, mas para nós dois também foi motivo de infinitos nãos. Jantares não acontecidos, filmes não vistos, concertos, passeios, fins de semana cancelados na última hora... Tudo eliminado, esmagado, cancelado. Como se só você trabalhasse no mundo. Você é tão centrado em si mesmo que nem se dá conta de tudo o que uma pessoa suporta para estar em sua companhia. Veja agora, por exemplo: eu estou indo embora, largando você, dessa vez para sempre, e você não diz nada, como se não tivesse nada a ver com isso. Diga que eu sou uma egoísta, uma babaca que o larga em vez de ficar e aceitá-lo do jeito que você é. Grite, fique puto, faça alguma coisa em vez de ficar aí plantado..."

Ela estava parada na porta de casa, com os olhos cintilando, me implorando que eu não a deixasse ir embora. Era o que ela estava me pedindo. E eu só consegui responder:

– O que posso dizer? Tem razão, eu entendo você.

Ela me encarou com uma expressão desiludida e sibilou:

– Vá tomar no cu.

E saiu.

9

Um novo vizinho de casa

Eu tinha pouco mais de catorze anos, e Roberto cerca de trinta. Estava sentado numa caixa grandona em frente ao portão do meu prédio e arranhava displicentemente um violão. Foi nosso primeiro encontro.

— Você mora aqui? — perguntou.

— Sim, por quê?

— A partir de hoje, eu também. Sou o novo inquilino.

— Ah, prazer. Lorenzo. Você deve estar indo para o apartamento livre no segundo andar. Minha porta fica à esquerda, depois da sua. Vai entrar?

— Não, estou esperando um amigo com as outras caixas, que colocamos no carro dele. A gente se vê qualquer dia desses...

— Ok.

Há pessoas que, mesmo que você não as conheça, logo lhe dão a ideia de serem interessantes, e você imediatamente as sente próximas. Roberto era assim.

O TEMPO QUE EU QUERIA

Seu apartamento ficava ao lado do meu. Muitas vezes, à noite, eu escutava gente rindo, tocando, ouvindo música. Sentia curiosidade por tudo o que se referia a ele. Encostava o ouvido à parede, às vezes experimentava com um copo, mas depois descobri que dava para escutar melhor com um prato fundo, daqueles para massa. Não conseguia distinguir as palavras, mas compreendia que estavam se divertindo. Gostaria de ir até lá, mas eram todos rapazes em torno dos trinta, praticamente o dobro da minha idade, e nem me levariam em conta. Roberto, no entanto, sempre que eu o encontrava lá embaixo ou na escada, ou quando ele ia ao bar, me cumprimentava, me perguntava como eu ia e trocava umas palavrinhas comigo. Nunca me cumprimentou só por formalidade. Tinha consideração por mim, e eu sempre gostava de vê-lo; às vezes, quando estava em casa e o ouvia abrir sua porta, saía correndo, fingindo que ia descer para o bar. Ele me acolhia com um sorriso. O senso de liberdade que transmitia era o que eu sonhava para mim: viver sozinho e fazer o que me desse na telha. Ele representava o mundo fora da minha família, e isso me fascinava.

Um dia, entrou no bar e, em vez de tomar um café em pé no balcão e sair pouco depois, como costumava fazer, sentou-se.

— Fiquei preso do lado de fora e estou esperando um amigo que tem cópia das chaves. Achei que estavam no meu bolso, mas, assim que a porta se fechou com um *clic*, meu cérebro visualizou o chaveiro sobre a mesa da cozinha. Merda.

— Posso lhe oferecer alguma coisa?

— Eu tomaria uma cerveja, obrigado.

Lamentei por ele, mas, na realidade, me alegrei por vê-lo e por podermos conversar um pouco. Esperei que seu amigo chegasse o mais tarde possível.

— Posso me sentar à sua mesa?

— Claro, como não? Você trabalha aqui todos os dias?

— Menos aos domingos.

— E gosta?

— Sim... quer dizer, não me queixo... é um trabalho. Temos alguns problemas, mas quem não tem?

— Você já fala como adulto... não frequenta mais a escola?

— Não, parei ao terminar o ginásio, menos de um ano atrás.

— Gosta de ler?

— Mais ou menos. Não tenho propensão para os estudos, e também, você sabe como é, eu trabalho o dia inteiro e não me sobra muito tempo.

— Essa desculpa do tempo é a que usamos sempre. E o que faz à noite, quando não trabalha?

— Vejo televisão com meus pais ou então vou para meu quarto e assisto sozinho... Sei, você vai me dizer que, se eu vejo televisão, então teria tempo para ler. Tem razão, mas, depois de trabalhar o dia inteiro, é o que eu prefiro fazer, não tenho vontade de pensar. Tenho vontade de me distrair.

— Está certo. De que tipo de música você gosta?

— Vasco. Gosto de Vasco Rossi. Você também?

— Sim... Escute, eu tenho em casa um monte de discos e posso colocá-los para você ouvir, quem sabe assim não descobre outros tipos de música que podem lhe agradar?

— Qual é o seu time?

— Nenhum, não acompanho futebol. Mas, quando era garoto, torcia pelo Milan, porque era o do meu pai.

— Também sou torcedor do Milan. Perdemos no último domingo, mas merecíamos ganhar. Aquele gol, a dois minutos do final...

De livros e de música eu não entendia grande coisa, mas, se alguém começasse a falar de futebol, eu fazia o maior sucesso. Sabia todos os resultados não só do campeonato em curso mas também dos anteriores, as escalações e quem havia feito gol. Em certos casos, até o minuto em que o gol acontecera. No bar, os fregueses não falavam de outra coisa, sobretudo às segundas-feiras. O fato de Roberto não acompanhar o futebol me deixou desorientado, eu não sabia o que dizer. Comecei a ter uma sensação de desconforto. Talvez pelo fato de ele ter mais que o dobro da minha idade ou talvez porque para mim era importante fazer boa figura diante dele. Eu sofria de ansiedade de desempenho.

Naquele momento, fui salvo pelo amigo dele, que chegou com as chaves. Roberto deu um último gole na cerveja e se levantou.

— Quanto lhe devo?

— Nada, eu disse que ia lhe oferecer.

— Obrigado, então... Esta noite vou ficar sozinho em casa. Se quiser, depois do jantar vá até lá, e descobriremos que tipo de música lhe agrada.

— É mesmo?

— Claro.

Minha vontade era ir logo ao seu encontro, mas jantei em casa e avisei que depois ia escutar um pouco de música no vizinho. Não houve problema, porque Roberto era muito gentil e meus pais também gostavam dele. Era sedutor, tinha algo que fascinava todo mundo.

Depois do jantar, bati à sua porta.

— Entre, entre...

Cinzeiros cheios, capas de disco no chão, calças e camisas jogadas por todo canto. O serão, porém, foi inesquecível. Seu modo de falar me envolvia, suas palavras eram cheias de paixão, não se podia deixar de escutá-lo e de desejar fazer parte do seu mundo. Ele era o perfeito irmão mais velho, aquele que eu nunca tivera. Sabia um monte de coisas fascinantes e, sobretudo, queria ensiná-las a mim.

— Quer uma cerveja?

Eu não gostava de cerveja, mas respondi:

— Sim, claro. Obrigado.

Conversamos um pouco, ele colocou um disco dos Doors e começou a me contar por que eles se chamavam assim. O nome do grupo, The Doors, estava ligado à frase de William Blake sobre as portas da percepção. Depois de Blake, começou a me falar de *As portas da percepção*, o livro de Aldous Huxley que trata das experiências com mescalina. Explicou que esse escritor, que eu nem sabia quem era, tinha recebido um diagnóstico de câncer na laringe e passado seus últimos dias na cama, incapaz de falar. Então, escrevera à sua mulher um bilhete pedindo que ela lhe aplicasse uma injeção de LSD, morrendo na manhã seguinte, no mesmo dia em que o presidente dos Estados Unidos, John Fitzgerald Kennedy, foi assassinado. Depois me contou que Jim Morrison costumava ficar em cima do telhado de seu prédio em Venice, escrevendo e lendo, quase sempre sob o efeito de drogas.

— Já imaginou Jim Morrison sentado no telhado de casa, em Venice Beach, olhando o oceano e as pessoas na rua, escrevendo seus poemas ou lendo livros sem parar?

Eu não fazia a mais pálida ideia de quem eram todas aquelas pessoas nem de onde ficava Venice Beach. Sentia um

O TEMPO QUE EU QUERIA

pouco de vergonha de minha ignorância, mas ele me explicava tudo.

Não sei por quê, mas eu sempre tivera a sensação de que os livros, o teatro, certo tipo de música ou de cinema eram para os ricos. Os livros e o teatro me davam a mesma sensação de quando eu via um Mercedes ou uma casa com piscina: coisas destinadas a outro tipo de pessoa.

No entanto, Roberto, que não parecia um filhinho de papai ou um professor, estava compartilhando comigo o que ele sabia, falando justamente de tudo o que eu sempre havia considerado distante de mim. Ele era um de nós, não parecia um daqueles intelectuais eruditos, não se mostrava um sabichão presunçoso quando discorria sobre livros, mas alguém que os amava e os tornava acessíveis para mim. Todo assunto do qual Roberto me falava se ligava a outro e podia não acabar nunca.

A certa altura me disse:

— Pena que você não goste de ler, porque há histórias belíssimas que o empolgariam, tenho certeza. Mas não quero encher sua paciência com essa história de livros, você deve ter suas razões.

— Por que é tão importante ler em sua opinião? De que me serve a história de alguém que viveu anos antes de mim, numa cidade a milhares de quilômetros de distância? Com todos os problemas que tenho, por que eu deveria ainda me dar a canseira de ler?

— Se, para você, isso é uma canseira, então faz bem em não ler.

— Ler me tornaria uma pessoa feliz? Não creio. Certamente não vou resolver os problemas da vida lendo, mas trabalhando.

— Tem razão, mas muitas vezes a felicidade e a infelicidade também estão ligadas às ferramentas que a gente tem para enfrentar as coisas.

— Sim, mas meus problemas são práticos, e não de cabeça.

— Mas, às vezes, é com a cabeça que a gente os resolve. Não quero insistir, mas saiba que a leitura aciona tudo dentro da pessoa: fantasia, emoções, sentimentos. É uma abertura dos sentidos para o mundo, é ver e reconhecer coisas que lhe pertencem mas correm o risco de não ser percebidas. A leitura nos faz descobrir a alma das coisas. Ler significa encontrar as palavras certas, as palavras perfeitas para expressar aquilo a que não conseguimos dar forma. Encontrar uma descrição para algo que é difícil de resumir.

"Nos livros, as palavras de outrem ressoam como um eco dentro de nós, porque já existiam ali. Esse é o conhecimento de que Platão falava, aquele que já nos pertence, que está dentro de nós. Não importa se o leitor é jovem ou velho, se vive numa metrópole ou numa aldeia perdida no campo. Assim como é indiferente se o assunto sobre o qual estamos lendo se refere a uma época passada, ao tempo presente ou a um futuro imaginário; o tempo é relativo, e cada época tem sua modernidade. Além disso, ler é bom, ponto final. Eu, às vezes, depois de ler um livro me sinto alimentado, saciado, satisfeito e experimento um prazer físico."

Após essa longa conversa, escutamos mais música falando de uma coisa e outra, e mais tarde voltei para casa. Naquela noite, Roberto me parecera menos simpático. Uma parte dele me deixara pouco à vontade, mas algo continuava a me atrair.

Àquele primeiro serão seguiram-se muitos outros. Roberto continuava a me falar de livros, filmes e música, e por fim já não me desagradava enfrentar aqueles assuntos. Ele era realmente como um irmão mais velho, com a diferença de que eu o havia escolhido.

Mais ou menos um mês depois que comecei a frequentar a casa dele, perguntei se podia me emprestar um livro.

– Claro, só que depois você deve me devolver. Não empresto meus livros a ninguém, mas lhe abro uma exceção. Precisamos apenas estar atentos ao livro que você vai escolher, porque, se não gostar, acaba não querendo ler outros.

Fomos até a estante. Eu ia vendo os títulos e, diante de *Viagem ao fim da noite*, o livro que Jim Morrison lia no telhado de Venice, decidi que queria começar com aquele.

Roberto me disse que era melhor eu esperar um pouco por aquele livro, porque, como iniciação, seria árduo.

– É como café amargo. A gente precisa de tempo para apreciá-lo se sempre o tomou adoçado.

Confiei nele.

Minha segunda escolha também foi no palpite. Ele, sorrindo, me disse:

– Este é pior ainda, mas estou contente porque sua escolha significa que você tem bom faro para livros. Isso lhe será útil quando você entrar numa livraria e não souber o que levar.

Não era bom faro: eu tinha escolhido o *Ulisses* de Joyce só porque, tendo estudado a *Odisseia* no ginásio, achei que partiria com vantagem. Àquela altura, pedi que ele escolhesse por mim. Roberto pegou *On the Road – Pé na estrada*, de Jack Kerouac.

Antes que eu saísse da casa dele, avisou:

– Mudei de ideia, não vou lhe emprestar.

– Pois é... desculpe, imagine...

— Vou lhe dar de presente. E também um lápis, assim você sublinha o que lhe agradar.

Saí de lá com o livro e o lápis na mão. Fui para a cama e iniciei minha primeira viagem entre as páginas de um livro. O título era perfeito para representar o que eu estava começando a fazer. Li tudo em dois dias e, quando encontrei Roberto, disse:

— Mas isto não é um livro, é vida.

Ele sorriu.

— Me empresta outro? — pedi.

— Não, eu lhe compro. Você verá que, quando acabar de ler, terá vontade de conservá-los e se recusará a emprestá-los. E também, sendo o dono, fica livre para sublinhá-los.

Comprou para mim *O rastro dos cantos*, de Bruce Chatwin. Outro encantamento.

Em pouco tempo, a leitura se tornou para mim uma droga. Eu lia sem parar, havia livros que eu terminava numa só noite. Às vezes, gostava tanto de uma história que remanchava, me obrigava a não ir além de certa página para não concluir logo.

Depois de Kerouac e de Chatwin, passei a Huxley. Ainda recordo minhas primeiras leituras: *Pergunte ao pó*, de John Fante; todos os livros de Charles Bukowski; *Moby Dick*, de Herman Melville; *Ivanhoé*, de Walter Scott; *A lua e as fogueiras*, de Cesare Pavese; *O deserto dos tártaros*, de Dino Buzzati; *O sol também se levanta*, de Ernest Hemingway; *A educação sentimental*, de Gustave Flaubert; *O processo*, de Franz Kafka; *As afinidades eletivas* e *Os sofrimentos do jovem Werther*, de Goethe; *A ilha do tesouro*, de Stevenson; *A sangue frio*, de Truman Capote; *O retrato de Dorian Gray*, de Oscar Wilde; *Pontos de vista de um palhaço*, de Heinrich Böll; *As cidades invisíveis*, de

O TEMPO QUE EU QUERIA

Italo Calvino; *Cartas luteranas*, de Pasolini. Os livros de Dostoievski me empolgaram. Tinham um perfume de realidade que me transtornava. As escadas daqueles prédios, as tabernas, as cozinhas: eu sentia os odores, sentia frio quando lia sobre caminhadas pela neve, e calor quando os personagens aproximavam as mãos de uma estufa.

Meus amigos, aqueles que frequentavam a escola, estudavam durante o dia, e no tempo livre não tinham vontade de ler. Muitas vezes o que estudavam não lhes interessava e, por fim, após o período das arguições, não recordavam quase nada. Também na universidade o que contava era ser aprovado nos exames. Passavam a noite inteira mergulhados nos livros, nos dias anteriores a uma prova, mas, uma semana depois, na maior parte dos casos haviam esquecido quase tudo. Era como se empanturrar de comida e pouco depois vomitar e se sentir leve. Bulimia.

Comigo era diferente. Não conhecia a obrigação do estudo, eu me aproximava dos livros e escolhia os que me atraíam, sem pensar num objetivo final, numa nota, apenas pelo simples prazer de descobrir, de saber. Era a curiosidade que me impelia a ler, e não um dever. Era a vontade de saber sempre mais, porque me dava a impressão de crescer. Descobri o puro prazer de conhecer os personagens dos livros, de me comparar e até de me medir com eles. Meu mundo interior era intimamente ligado ao deles. Ler sobre gente que vivia situações difíceis, duras, até piores do que a minha me aliviava e fazia com que eu me sentisse menos só, graças a uma espécie de humilhação coletiva. Em algum lugar do mundo, havia outras pessoas como eu. Sentia-me menos abandonado e sobretudo aprendia muitas coisas que eu não conhecia. Porque, embora as histórias fossem inventadas, o sentimento era real, e percebia-se que o escritor sabia o que estava descrevendo. Minha vida se encheu de pessoas novas, dotadas do poder de mudar meu estado de espírito, de me sugerir pensamentos novos e novos modos de ser e sentir.

Em minha casa havia poucos livros. Os escritores eram para mim uns desconhecidos, meus pais nem sabiam quem eram muitos deles. O mundo estava cheio de oportunidades, mas, com os olhos da minha família, eu nunca as teria visto. Por isso, mesmo no tempo em que ainda ia à escola, fazer os deveres de casa era mais difícil para mim do que para outros. Especialmente os de inglês e matemática. Meus pais não podiam me ajudar. O que eles sabiam de símbolos gráficos como colchetes ou chaves? Quando eu lhes pedia ajuda para os deveres, nas primeiras vezes via o desprazer em seus rostos, pela impossibilidade de me ajudar.

Comecei a ler até no bar, não na parte da manhã, claro; mas, assim que havia um momento livre, sobretudo à tarde, me sentava a uma mesinha e lia. Não era simples, porque no bar sempre havia alguma coisa para fazer. Às vezes, quando um livro me envolvia muito, eu não conseguia esperar até a noite; então o escondia no banheiro e, de vez em quando, me trancava lá dentro para ler umas páginas.

Além de todos os novos nomes de escritores, minha vida estava se povoando também de grupos musicais, intérpretes e instrumentistas. Roberto me passava tudo: Sam Cooke, Chet Baker, Nancy Wilson, Sarah Vaughan, Muddy Waters, Bill Withers, Creedence Clearwater Revival, The Who, Janis Joplin, The Clash, AC/DC, Crosby & Nash, Dire Straits, The Doobie Brothers, Eric Clapton, Grand Funk Railroad, Iggy Pop, Led Zeppelin. Com frequência me traduzia as letras das

O TEMPO QUE EU QUERIA

canções e me gravava fitas com as que mais me agradavam. Passava do rock ao pop, ao jazz, ao blues, ao soul.

Uma noite, perguntei a ele:

— Como você fez para conhecer todas essas coisas? Quero dizer, você as ensina a mim, mas quem lhe ensinou?

— Meu pai. Cresci escutando essas músicas e ouvindo dele as histórias que lhe conto hoje. Quanto aos livros, desde minha infância ele os lia para mim à noite, para me fazer adormecer. Comecei a ler cedo. Aos quinze anos, comecei a devorar livros como um louco, tanto que minha mãe ficava preocupada ao me ver sempre fechado em casa, com um livro na mão, e muitas vezes me mandava parar e sair para tomar um pouco de ar fresco. Eu tinha uma estante no meu quarto. Pegava os livros do meu pai na da sala, lia e depois os guardava na minha. Meu objetivo era ver todos os livros da sala irem parar nas prateleiras do quarto. Virou uma espécie de obsessão... vê-los aumentar na minha estante me dava uma grande satisfação. Quando alguém queria me dar um presente, sabia que para me fazer feliz devia me comprar um livro. Minha mãe ficava cada vez mais preocupada. Uma vez me disse: "Se eu não o chamasse para jantar, você nem sequer comeria, para continuar lendo. Estou preocupada." Respondi que ela não se preocupasse e que, às vezes, eu simplesmente preferia passear entre as cidades invisíveis, ou em Macondo com os Buendía, ou em Los Angeles com Arturo Bandini. Minha resposta a deixou ainda mais inquieta, tanto que ela resolveu me mandar a um analista.

— E seu pai, o que dizia?

— Meu pai não podia dizer nada. Morreu quando eu tinha catorze anos e meio. Eu não estava pirado, simplesmente havia perdido a pessoa a quem mais amava no mundo, e ler seus livros ou escutar sua música me dava a sensação de ainda estar perto dele.

"Nas páginas daqueles livros eu encontrava meu pai. Sabia que ele havia passado por ali antes de mim e procurava cada um de seus mínimos rastros. Ele tinha estado à mesa de uma taberna com Raskolnikov em *Crime e castigo*, bebido o *narzan* com Berlioz em *O mestre e Margarida*. Meu pai tinha sentido antes de mim o perfume da pele de Catherine em *O morro dos ventos uivantes*. Tinha assistido às conversas entre Hans Castorp e Lodovico Settembrini, passeando com eles entre as páginas de *A montanha mágica*. Às vezes, nas descrições de objetos ou de situações, eu gostava de imaginar que talvez, no cinzeiro de um bar, houvesse uma guimba deixada pelo meu pai; numa praia, suas pegadas sobre a areia; ou que, ao volante de um carro que passava, estivesse ele mesmo. Eu sei, é uma loucura, mas essa fantasia me deixava feliz."

10

Ela (que agora ama outro)

"Tem razão, eu entendo você", foi meu comentário quando ela me deixou. Sei, é uma frase de merda, eu mesmo senti nojo quando me ouvi dizê-la, eu mesmo percebi o quanto era medíocre. Mas, nesses momentos, meus medos vêm à tona e me bloqueiam. Até fisicamente.

Eu estava perdendo uma pessoa importante por culpa da minha incapacidade de dar. Errei até mesmo no assunto dos filhos: nunca quis saber, nunca falei seriamente com ela sobre isso, me aborrecia só de aludir ao tema. Mas talvez estivesse fingindo ignorar o quanto era importante para ela.

Houve uma vez, além do momento de loucura inicial, em que pensei como seria bom ter um filho, mas logo mudei de ideia. Como sempre, tive medo. Aconteceu diante de uma imagem. Numa tarde de domingo, fomos à casa de amigos que tinham dois filhos, um dos quais com poucos meses de nascido. Ela brincou muito com os dois, sobretudo com o maior. Depois voltou à sala onde eu estava, trazendo o menorzinho nos braços. Vi uma madona: naquele instante, o rosto e a expressão dela com um bebê no colo, o amor nos seus olhos me fizeram compreender que já não podia me permitir dizer que a amava se depois a impedia de realizar seu maior desejo. Eu tinha de escolher: fazê-lo ou deixá-la ir.

Dizem que os filhos são a única coisa pela qual vale a expressão "para sempre". De certo modo, a mulher com quem eles são feitos também é para sempre: mesmo que a relação acabe, ela continuará ligada a nós.

Ser filho é mais fácil. Na condição de filho, não se pode escolher nada: não se escolhem o pai, a mãe, os irmãos, as irmãs. Ao passo que, num genitor, muitas vezes o fato de poder escolher cria ansiedade, por medo de fazer a escolha errada, e com frequência leva a adiar continuamente a decisão. Não era o meu caso. O problema não era ela, pelo contrário. Quando penso que ela me deixou porque deseja ser mãe, eu a aprecio ainda mais. Não é uma daquelas mulheres que renunciam à maternidade por causa de um homem.

Ela é a melhor mulher que eu podia ter. E a perdi. Por minha culpa. Sempre que ela me pedia mais atenções, sempre que se aproximava mais de mim, eu a mantinha a distância, mesmo que só com uma palavra. Agora, eu não desejaria mais aquela distância. Fazia isso porque sempre achei que ela nunca me deixaria. Estava claro que ela me amava. Era capaz disso e não tinha medo de expressar o que sentia. Eu pensava que seu amor por mim seria suficiente para superar minha indecisão. Um dia, porém, bastou-lhe um instante, uma fração de segundo, para dizer chega, e tudo mudou. E, em um instante, eu me dei conta da importância daquilo que joguei fora.

O TEMPO QUE EU QUERIA

Passeava pela rua com ela e todos a olhavam; no trabalho, os outros homens queriam possuí-la, beijá-la, cheirá-la, tocá-la, mas só eu podia. Era a minha mulher. Quando estávamos na cama, eu quase não acreditava que ela estava ali para mim e que eu podia acariciá-la, beijá-la, ficar bem juntinho. Essa possibilidade é melhor do que qualquer droga. Eu olhava, desejava, tocava. Podia transar com ela em cima da mesa da cozinha depois do jantar. Podia possuí-la como quisesse, e ela deixava. À noite, quando ela estava na pia do banheiro tirando a maquiagem, eu lhe levantava o vestido e transava ali mesmo, entrando bem fundo no calor de seu corpo. De repente. E a via, refletida no espelho, mordendo os lábios, via seu rosto na hora do gozo e suas mãos agarrando a beira da pia. E sentia que ela estava feliz, que aquilo era o que ela queria e que o queria vindo de mim. Isso me deixava aluci-nado. O mais incrível é que ela – tão bonita, tão desejada, tão fascinante – só queria fazer aquelas coisas comigo. Não desejava outros homens, talvez nem os percebesse. E agora, no entanto, eu sou um daqueles muitos. Um dos que podem apenas se masturbar imaginando fazer amor com ela. E nem sequer consigo, porque fico triste demais quando penso nela.

Não posso mais tê-la e penso que outro homem está agora lhe mordendo o pescoço, os mamilos, abrindo-lhe as pernas. Outro homem está lhe acariciando o dorso, cheirando-a, afastando os cabelos de seu rosto enquanto lhe fala. As mãos de outro homem estão lhe segurando a cabeça ou os quadris. E ela pensa somente em gozar e em me esquecer, ou talvez já o tenha feito. Transa sem pensar em mim, goza sem pensar em mim e é feliz sem pensar em mim. Finalmente feliz, porque ele lhe deu o que ela desejava e que eu não fui capaz de dar.

Tenho saudade. Tenho saudade de tudo. Se soubesse que aqueles eram os últimos dias com ela, teria ficado mais atento a fixar imagens novas em minha cabeça. Talvez até tirasse fotos, mas dificilmente a gente faz isso quando está triste. As fotografias têm sempre um sorriso. São o início.

Hoje as fotografias brotam de toda parte. Antigamente eram guardadas em álbuns ou em caixas que podiam ser trancadas num armário ou no porão, longe do alcance de lembranças dolorosas. Hoje, porém, encontram-se as fotos digitais no computador, num velho e-mail ou no celular. De repente somos assaltados pelo azul do mar de umas férias, por uma praia ensolarada, pelos olhos dela, pelo sorriso e pelos cabelos banhados de felicidade. As fotos digitais são como o herpes, podem ressurgir de repente.

Após o fim de uma relação, muitos começam a transar por aí para esquecer ou simplesmente porque era aquilo que desejavam. Eu, com as mulheres, por algum tempo decidi não estar presente. No início escolhi a solidão, a silenciosa fidelidade a uma lembrança, a uma sombra, a um eterno não estar mais com ela. Por isso, especialmente nos primeiros tempos, desejei infinitos silêncios. Depois, saí com algumas mulheres, mas continuei do mesmo jeito: sem estar presente, e isso me custou outras rupturas e separações. Porque, quando você não ama, depois de algum tempo as mulheres com quem sai lhe fazem um sermão e lhe dão suas sentenças: "Você é um homem apavorado, não quer se deixar levar, tem medo... Não é livre, pensa que é, mas, no fundo, é escravo de sua liberdade... Que afinal não é verdadeira liberdade, porque, se não se deixa levar realmente, que liberdade é essa? E também se limita a comer todas as que quiser, mas no final elas não lhe deixam nada, e isso é outro modo de fugir..."

O TEMPO QUE EU QUERIA

Eu sempre respondo que elas têm razão: é uma questão de tomar consciência e de ter coragem, e me faltam as duas coisas.

Ao menos uma vez, porém, eu gostaria de dizer o que realmente penso: "Nunca lhe passou pela cabeça, em vez de vir me cuspir sentenças, que talvez você tenha simplesmente viajado com base no que sente e que pode ser que para mim você não faça diferença, não seja importante para mim? Nunca lhe ocorreu isso?"

Mas eu não saio por aí cuspindo sentenças. Recebo o que as pessoas me dão, e, se não me dão nada, significa que não são importantes, significa que a relação ficou na superfície.

Somente com ela foi diferente, importante e profundo. Só que ela foi embora. E eu, agora, estou mal. Neste momento sou como uma casa em ruínas, destroçada, uma casa a ser consertada. Por enquanto ela ainda habita dentro de mim, mas, assim que as obras estiverem concluídas, talvez seja obrigada a sair.

Ou a voltar.

Porque eu queria que ela voltasse: por isso lhe telefonei, dias atrás, quando ela atendeu só para dizer que eu não ligasse mais. Mas agora eu compreendi. E estou pronto para ficar com ela. Juro.

Um dia, falando disso com Nicola, afirmei:

— Renunciei a ela por causa dos meus limites, mas não renunciei a meu amor por ela.

— Que frase de merda — replicou ele. — Ficaria ótima num romance água com açúcar. Espere aí enquanto eu me sento cinco minutos; estou com vontade de vomitar. Ou melhor, vou guardá-la, se tivermos de fazer publicidade para a Barbie poderemos usá-la como *claim*. Sim, claro... depois da

Barbie esposa, fazemos a Barbie que se suicida porque foi abandonada pelo Ken! Já tenho até o nome: "Barbie-túricos." E já vejo o *spot*: uma Barbie caída de bruços no chão de sua casinha, tendo ao lado um frasquinho de pílulas vazio... a Barbie que não renuncia a seu amor por Ken. Quer saber realmente o que eu acho? Que o amor por você mesmo foi mais forte do que seu amor por ela.

— O que tem a ver o amor por mim mesmo?

— Amá-la, mudar ou mesmo apenas tentar significava destruir seus equilíbrios. Você construiu seu mundo tendo em vista um conjugado, e não quer derrubar as paredes para fazer dele um apartamento maior. Tem uma caixa sob certa medida e só aceita da vida aquilo que cabe nessa medida; descarta tudo o que lhe vem e lhe parece muito grande, como se aquilo fosse atravancar seu espaço. Simples assim. Não se adapta e não vive a vida pelo que ela lhe oferece; para você, a vida só se torna vida quando assume sua medida. Você tem de aprender a arrebentar aquela caixa. Pense no que estou lhe dizendo: você nunca ultrapassa seus limites.

Ele tem razão.

O fato é que, agora, estou pronto para um sala e quarto. Se não puder mais tê-lo, então quero a Barbie-túricos.

11

Ainda mais arrasado

Trabalhar aos quinze anos é uma porcaria. Toda tarde meus amigos se reuniam no parque, e eu só podia ir ao encontro deles quando meu pai me liberava mais cedo. Às vezes, eles passavam no bar para falar comigo. Vinham tomar um chocolate ou comer batatas fritas, ou uma fatia de torta... dependia do que haviam fumado. Eu sempre fui diferente deles, mais isolado, talvez também porque, na turma, era o único que trabalhava; os outros eram todos estudantes e, portanto, tinham horários mais similares entre si. Por volta dos dezoito anos, também eles deixaram de se ver no parque. Uns começaram a trabalhar depois do diploma da escola, outros tinham namorada, alguns frequentavam a universidade em outras cidades. Na verdade, naquele período, eu praticamente já não tinha amigos. Afora Roberto. Mas ele era diferente, era adulto; estou falando dos meus coetâneos. Eu tinha dezoito anos feitos e estava praticamente sozinho.

Num prédio vizinho ao bar, ficava o escritório de um contabilista, onde trabalhavam umas dez pessoas. Com frequência pediam café, chá, *cornetti*. Eu gostava de entregar os pedidos. Tomava uma lufada de ar fresco e, na volta, caminhava devagar. Certa manhã, além dos empregados de sempre, vi no escritório uma nova jovem, Lucia, a filha do contabilista. Era seu primeiro dia de trabalho. Ela sorriu para mim e, quando vi seus dentes, pensei: "Será que também servem para mastigar ou são somente para embelezar?" Eram perfeitos, e também os lábios, os olhos, os cabelos, o colo, as mãos; e como se vestia, como respirava, como... Desde aquela manhã, eu torcia para que ligassem fazendo pedidos e, ao contrário de antes, quando subia até lá sem pensar em nada, depois daquela manhã passei a me pentear no banheiro e sempre tirava o avental antes de fazer a entrega.

Ela havia compreendido que me agradava. Eu queria tentar lhe falar, mas não tinha coragem. Uma manhã, coloquei no saquinho de papel com o *cornetto* um bilhete escrito num guardanapo: "Quando vejo você, as contas não batem. Pode me ajudar?"

Passei o restante do dia achando que havia sido um idiota, escrevendo aquela besteira. À tardinha, quando eu limpava o piso do bar, ela bateu na vitrine, encostou no vidro o guardanapo com minha frase e sorriu.

De manhã, eu subia até seu escritório e trocávamos sorrisos maravilhosos. Depois, no fim da tarde, quando ela voltava para casa, muitas vezes passava no bar para me cumprimentar.

Meu pai sempre me pedia para limpar o piso justamente naquela meia hora em que Lucia costumava aparecer, e eu ficava envergonhado. Até porque, depois de torcer o pano de

O TEMPO QUE EU QUERIA

chão, em pouco tempo minhas mãos estavam completamente vermelhas, a tal ponto que, enquanto falava, eu me sentia pouco à vontade e procurava um jeito de escondê-las. Sempre me envergonhei das minhas mãos. Como na festa do amigo de Carlo. Eu poderia explicar isso ao meu pai, mas ele me responderia com uma de suas frases costumeiras: "Vergonha por quê? Você está trabalhando, só deveria se envergonhar se fizesse algum mal às pessoas." Ou então: "As mãos de quem trabalha nunca estão sujas..." Por isso eu não dizia nada: lavava o piso e, quando Lucia aparecia, tirava logo o avental e saía para cumprimentá-la. Ela não parecia ligar muito para o fato de eu estar ocupado com o esfregão. Só eu é que pensava isso.

Um dia, perguntei-lhe se gostaria de ir ao cinema comigo, no domingo à tarde. Respondeu que sim. Era uma sexta-feira. Ela me deu o endereço de casa: no domingo, depois do almoço, eu deveria ir buscá-la.

Por sorte, meu pai não tinha mais o 128 branco com capô marrom, nem mesmo o Panda, mas um normalíssimo Fiat Uno, que não era o máximo, mas funcionava bem. Tinha apenas um defeito: quando chovia, por algum ponto entrava um pouco de água e durante alguns dias a cabine ficava com um desagradável cheiro de umidade. Por isso eu o chamava de Fiat Um, mas tudo junto. Dito rapidamente, era quase "Futum", fedor.

Passei o sábado lavando o carro e coloquei no cinzeiro um pozinho perfumado. Na noite anterior, havia preparado uma fita cassete para ouvir no rádio. Não recordo todas as canções que escolhi, mas procurei montar uma fita o mais romântica possível. Entre outras, lembro que havia *Still Loving You*, dos Scorpions; *Mandy*, de Barry Manilow; *Up*

Where We Belong, de Joe Cocker e Jennifer Warnes; e *Every Time You Go Away*, de Paul Young.

Nosso encontro era às duas e meia. O filme começava às três e meia. Às duas em ponto, eu já estava embaixo do prédio dela, conferindo minha aparência no retrovisor. Havia sugerido irmos ver *Cyrano de Bergerac*, com Gérard Depardieu.

Depois do cinema, fomos a um bar para tomar um chá, e eu, talvez por causa do filme ou da felicidade de estar com ela, falei muitíssimo, como não fazia havia anos. Para mim, que não frequentei toda a escola, é uma alegria poder falar de algo que possa me fazer parecer preparado. É ridículo, mas, quando você não estudou e se sente em desvantagem, se souber alguma coisa vai querer dizê-la logo, como uma criança: "Eu sei, eu sei, eu sei..."

Naquele bar, conversamos muito, especialmente sobre histórias de amor. Eu passava de Cyrano a Byron, a Dante, a Shakespeare, a Rimbaud. Por fim nos levantamos e saímos, Lucia com sua bolsinha e eu com a minha. Ou seja, eu tinha um rádio removível que parecia uma bolsinha de ferro. Às vezes o escondia embaixo do assento ou dentro do porta-luvas, mas os ladrões sabiam, então eu preferia levá-lo sempre comigo.

Na segunda-feira de manhã, Lucia passou pelo bar para fazer o desjejum antes de subir para o escritório. O bar estava cheio e não pude conversar direito com ela, e também não queria que todos, incluindo minha família, ouvissem o que eu lhe dizia. Ela me cochichou apenas: "Obrigada de novo por ontem, foi ótimo", e depois me perguntou o título de um livro do qual eu lhe falara na véspera. Escrevi num guardanapo: *O jogo das contas de vidro*, de Hermann Hesse.

O TEMPO QUE EU QUERIA

Começamos a sair juntos até durante a semana. Eu não queria avançar logo o sinal, mas também temia entrar naquela fase perigosa da qual haviam me falado, quando a garota diz: "Não, é melhor não, eu não gostaria de estragar nossa amizade."

Depois de mais ou menos uma semana, certa noite criei coragem e a esperei em frente à portaria do prédio onde ela trabalhava. Quando saiu, pedi que entrasse de volta e a segui. Encarei-a e, num cantinho do saguão, beijei-a apaixonadamente, apertando-a contra a parede. Ela disse: "Você é doido." Mas depois, por sua vez, me deu um beijo. Não muito longo, por medo de algum colega passar por ali.

Agora éramos namorados. Passado um mês, ainda não tínhamos feito amor. Eu a beijava e a tocava por baixo da saia, por dentro da calcinha. Na primeira vez que senti a carne macia e molhada se abrir sob aquela penugem fofa, uma labareda de calor explodiu em todo o meu corpo, sobretudo no rosto. Eu a tocava com delicadeza, quase apavorado.

Lucia não queria fazer amor no carro, por medo, e num hotel nem pensar: dizia que isso a faria se sentir uma puta. À noite eu a levava de volta para casa e, antes de dormir, me trancava no banheiro um pouco mais do que o costumeiro.

Um dia Roberto me ligou e disse: "No próximo sábado à noite eu vou sair e ficar para dormir na casa de um amigo. Por que você não vem para a minha casa com sua garota?"

Quando falei com Lucia, ela respondeu que tudo bem. Era uma quinta-feira, e, a cada minuto que passava, me subia uma ansiedade cada vez maior. Eu queria tanto fazer amor com ela que temia não aguentar mais do que três segundos em nossa primeira transa.

Na tarde do sábado, antes de tomar banho, fiz uma massagem no dito-cujo. Eu me masturbei, mas sem pensar nela. Parecia uma coisa feia fazer isso pensando nela, e eu temia arruinar, com aquele gesto e aqueles pensamentos, o que estava acontecendo entre nós. Levei para o encontro uma garrafa de champanhe, tirada do bar às escondidas. Queria agir como os caras dos filmes, embora jamais tivesse gostado de vinho. Fizemos a cama juntos, com lençóis limpos. Em silêncio. Encabulados. É estranho fazer a cama juntos, sabendo para que ela será usada; é como preparar o campo de batalha. Sentamos no sofá, conversando em voz baixa, porque eu não queria que meus pais ouvissem. Bebemos o champanhe enquanto trocávamos beijinhos e carícias. Até coloquei música. "Não erre o disco", recomendara Roberto. Ele tinha me deixado uma seleção de vinis em cima da prateleira como sugestão: Sam Cooke, Stevie Wonder, Marvin Gaye, The Commodores, os Roxy Music.

Fizemos amor. Pela primeira vez. Por três vezes. Foi como se eu quisesse transar com ela havia muito tempo. E talvez fosse isso mesmo.

Amei-a desmedidamente. Ela era minha primeira garota para valer, e eu seu primeiro namorado. Sentia-me poderoso como Deus. Pela primeira vez, experimentava o sabor sedutor da pertença: ela era a minha namorada, e eu era dela, completamente dela.

O mundo já não era tão injusto e cruel comigo. De manhã, eu enfrentava todas as minhas encheções de saco sem me abalar. "Quem se importa? Mais tarde posso vê-la e esquecer tudo", pensava. Havia mandado o mundo inteiro ir tomar naquele lugar. Com Lucia, eu me sentia bem. Passeava,

O TEMPO QUE EU QUERIA

conversava, fazia amor. Ficávamos horas abraçados na cama, escrevendo promessas de eternidade no teto.

De manhã eu lhe escrevia "te amo" nos guardanapos que deixava no saquinho dos brioches ou colocava uma flor, um chocolate. Sentia que meu amor por ela aumentava a cada dia e me surpreendia que tudo aquilo fosse possível. No escritório em que trabalhava, ninguém sabia que estávamos juntos. Ela era a parte do mundo separada de tudo e de todos, até da minha família, a parte do mundo que eu sempre desejara. Sem nenhuma invasão. Porque eu, sem minha vida, era melhor.

Um dia esperei Lucia embaixo do seu prédio um tempão. Assim que entrou no carro, percebi que havia chorado.

— O que foi?

— Nada, vamos sair daqui.

Insisti, e por fim Lucia me confessou que sua mãe não queria deixá-la sair comigo porque eu trabalhava no bar e não havia estudado. Naquele momento, acordei de um longo sonho. Olhei minhas pernas e o que vi foi o avental do meu trabalho.

A mãe tinha pavor de que a filha fosse parar no caixa do bar e decidira iniciar uma batalha contra mim usando todas as suas forças. Eu não podia mais ligar para a casa de Lucia, e ela não podia mais me ligar. Na época, os aparelhos ainda eram de discar, e a mãe instalou um cadeado, como fazíamos no bar. Quando a levava de volta para a casa dela, eu me despedia e a partir daí não havia mais jeito de nos comunicarmos. Sempre que ia buscá-la, Lucia saía atrasada, e eu imaginava que ela havia acabado de brigar com a mãe.

— Quer que eu procure sua mãe para conversar? Assim, ela vê que sou um cara legal e talvez se tranquilize. Eu me levanto às seis da manhã e trabalho o dia inteiro. Sou um bom rapaz.

— Não, não ia adiantar. Escrevi uma carta para ela na semana passada, e ela a rasgou dizendo que eu não a faria mudar de ideia.

Lucia tinha uma irmã um ano mais nova, que namorava um rapaz de ótima família; de fato, era filho do dono de uma siderúrgica. Esse namoro a mãe aprovava. Gritava com Lucia quando ela voltava à meia-noite durante a semana, mas não dizia nada à irmã menor, que voltava ainda mais tarde.

Um domingo, quando estávamos no meu quarto, a mãe ligou para minha casa dizendo que a caçula iria a uma festa no Rotary com o namorado e queria que Lucia fosse junto. "Passe em casa para botar um vestido, e não aqueles jeans que você sempre usa quando sai."

— Talvez seja melhor eu ir embora — me disse Lucia —, senão depois ela me deixa a semana inteira sem poder sair.

— Ok, eu vou junto.

Levei-a de volta para se trocar, mantendo-me em silêncio durante todo o trajeto. Ela iria à festa sem mim. Já em minha casa, botei os fones de ouvido do estéreo para escutar o álbum *Pearl*, de Janis Joplin. Eu precisava daquela voz cheia de sofrimento.

Pensava em Lucia. Na possibilidade de ela conhecer alguém e me deixar. Naquele momento, aprendi o que é o ciúme.

Certa manhã, o telefone do bar tocou e quis o destino que eu atendesse.

— Alô...

— Aqui é a mãe de Lucia.

O TEMPO QUE EU QUERIA

— Bom-dia, senhora. Eu sou Lorenzo.

— Passe para seus pais, quero falar com eles.

— Eu sou maior de idade, minha senhora. Se quiser dizer alguma coisa, pode falar comigo.

— Bom, então vou lhe dizer. Não quero que você venha buscar Lucia aqui, não quero que ela vá para sua casa. Não saia mais com ela e não telefone mais. Você tem de esquecê-la e deixá-la em paz. Fui clara?

— Desculpe, senhora, não entendo por que me...

Clic. Desligou o telefone na minha cara.

Fui até o banheiro, me olhei no espelho e tive pena de mim pela minha vida.

Lucia havia tornado meus dias dignos de serem vividos.

Eu continuava não entendendo por que o mundo me tratava assim. Por que logo eu, um rapaz diligente, educado, jamais grosseiro com alguém e que trabalhava pesado? Mais do que meus coetâneos, mais do que meus amigos. Eles frequentavam a escola e, se levassem bomba, as famílias os mandavam para alguma instituição particular onde, pagando, cursavam dois anos em um e eram aprovados. Tinham a moto que eu queria, as roupas que eu queria, as casas que eu queria e as férias que eu gostaria de ter. Eu, ao contrário, era continuamente humilhado, trabalhava o dia inteiro e não podia comprar nada daquilo que desejava. Comecei a pensar que talvez o mundo não me quisesse, talvez nem sequer Deus. No entanto, em *Os noivos* havia lido que "Deus nunca perturba a alegria dos seus filhos, a não ser para lhes preparar uma mais certa e maior." Talvez os livros nem sempre dissessem a verdade. Eu não pedia um prêmio por meus sacrifícios, queria apenas saber por que tudo aquilo que fazia na vida nunca era suficiente.

Talvez a mãe dela não estivesse totalmente errada. Lucia não sabia muitas coisas da minha vida, não sabia das correrias para pagar as promissórias nem dos problemas com os bancos. Eu nunca lhe dissera nada. Alguma coisa ela havia compreendido, mas parecia não se importar.

Recordo que um sábado meu pai me perguntou se eu tinha dinheiro guardado, porque precisava pagar a um representante; no fim do dia, eu poderia recuperá-lo do caixa. Respondi que ia ver; na realidade, eu tinha, mas naquela noite queria levar Lucia ao restaurante e ao cinema. Por fim, dei o dinheiro a ele. À noite, antes de fecharmos o bar, apareceu outro representante a quem meu pai já não podia dizer não. Já era a terceira vez que pedia ao homem para vir outra hora. Para encurtar a história, naquela noite não tive dinheiro para sair. Cobrei do meu pai sua promessa. Ele me respondeu apenas: "Lamento. Eu lhe pago na segunda-feira."

Fui para casa e me tranquei no quarto. Chorei, depois liguei para Lucia, dizendo que estava com febre.

Talvez a mãe dela tivesse razão em querer afastá-la de mim.

Mas eu a amava. Eu a amava.

Depois disso, contei-lhe sobre os telefonemas de sua mãe. Ela começou a chorar e a pedir desculpas. Continuamos saindo juntos, esperando que mais cedo ou mais tarde sua mãe desistisse da batalha.

Um dia, quando eu esperava Lucia em frente ao seu prédio, a mãe se debruçou na sacada e me gritou:

— Talvez eu não tenha me explicado bem ou então você pensa que estou brincando. Já lhe disse para não sair mais com minha filha... fui clara?

Não respondi.

O TEMPO QUE EU QUERIA

Uma semana depois, veio o segundo telefonema. Dessa vez, ela foi mais decidida ainda:

— Meu irmão trabalha na Receita e já avisei a ele. Se você não desistir de sair com Lucia, obrigarei seu pai a fechar o bar. Não estou brincando. Pare de procurar minha filha e jamais conte a ela que eu lhe telefonei e disse essas coisas. Do contrário, eu chamo logo meu irmão.

Bateu de novo o telefone na minha cara. Dessa vez, ela venceu. Havia descoberto meu ponto fraco e acertado bem no alvo. Minutos depois dessa ligação, fui vomitar no banheiro.

Ao ver minha família envolvida, entreguei os pontos. Além disso, já estava convencido de que Lucia era realmente demais para mim e de que sua mãe, independentemente das ameaças, tinha razão.

Deixei Lucia em lágrimas, sem jamais lhe explicar o porquê. Desde aquele dia, parei de levar os pedidos ao seu escritório e, quando não podia evitar, entrava de cabeça baixa e não a encarava. Lucia ia ao bar, me procurava, queria explicações, insistia em que eu mudasse de ideia e voltasse para ela.

Passei a me esquivar de Lucia e lentamente morri por dentro. Não sentia mais nada, não temia mais nada. Não queria mais ter de lidar com ninguém. À noite demorava a adormecer e, de manhã, a me levantar. Comia menos, às vezes nada. Comecei a emagrecer. Fiquei pálido.

Analisando hoje essa história, acho que, mesmo sem sua mãe, eu teria perdido Lucia do mesmo jeito. Havia me apoiado nela porque era a única coisa bonita que eu tinha.

Mas não queria mais amar, tampouco ser amado.

Os problemas em casa, a primeira desilusão de amor com Sabrina, a dor da história com Lucia, a professora, os gerentes de banco, os tabeliães, os escrivães, os filhos da puta, o meu cofrinho que não vi mais e todo o resto começavam a ser demais para mim. Eu estava de joelhos. Sentia-me rejeitado e, assim, aprendi a não pedir.

As únicas emoções pelas quais me deixava tocar eram as que vinham de algum filme ou da música, sobretudo da literatura.

Com aquele sentimento no coração, comecei a gostar ainda mais dos livros. Devorava-os, consumia-os, refugiava-me dentro daquelas páginas para fugir de todos os meus problemas. E assim me afastava do mundo que havia me ferido.

12

Ela (que deve fazer uma escolha)

– Já percebeu que existem mil maneiras de chamar um boquete e somente uma para a cunilíngua? – perguntou-me Nicola dias atrás, no trabalho.

– Não, francamente nunca prestei atenção... É grave?

– Eu acho que, na realidade, foi com a emancipação das mulheres que essa prática aumentou. Ao passo que muitos homens continuam não fazendo sexo oral...

– E também nem todas as mulheres fazem boquete.

– Sim, mas as que se recusam são pouquíssimas. E sabe por que muitos homens não fazem minete? Porque o sexo oral feito numa mulher é uma prova de coragem. Não é como quando elas o fazem em nós, porque o pau está ali, grande ou pequeno, fino ou grosso, duro ou mole... está ali, você o vê e sabe o que é. O pau é visível, a boceta não. É um lugar misterioso, cavernoso e escuro, desconhecido até pelas próprias mulheres. Para ver o nosso, nós o pegamos na mão; elas, para dar uma olhada na xoxota, precisam de um espelho. Já percebeu? Você não sabe quantas mulheres não fazem ideia do que têm lá embaixo. E saem com aquilo por aí na maior desenvoltura.

"Algumas não sabem nem onde fica exatamente o buraquinho por onde fazem xixi. Uma vez, um colega meu de universidade me perguntou: 'Como é que as mulheres fazem xixi quando estão usando absorvente interno?'

"Eu digo que é uma prova de coragem porque, quando estamos diante daquela coisa misteriosa, cara a cara, e a beijamos e enfiamos a língua ali, não sabemos exatamente onde a estamos metendo. Pense bem: sabemos tão pouco que de repente poderia até sair uma mão, nos agarrar a língua e arrancá-la. Poderia sair um ferrão e nos matar, poderia sair qualquer coisa."

— Chega, chega, entendi... na próxima vez que eu fizer, vou me lembrar das suas palavras; você me arruinou a magia daquele momento.

— Mas não... não acontece nada, fique tranquilo. Além disso, você não é um grande mineteiro como eu... mas também poderia sair a carinha de um sujeito que lhe pisca o olho e diz: 'Tá gostando, hein?'

— Não é verdade que eu não sou um grande mineteiro, é que não consigo com todas, só com as que me agradam realmente. Não sou igual a você, que come de tudo.

— Pois é... e você não imagina como eu gosto. Apresento-me diante da cama com o travesseiro embaixo do braço, pego a mulher pelos tornozelos, com apenas uma das mãos, e a levanto como se faz com os coelhos, enfio o travesseiro embaixo da bunda dela e faço o que devo fazer... Que maravilha! É uma grande prova de coragem, é como se submeter ao detector de mentiras.

O TEMPO QUE EU QUERIA

— Detector de mentiras?

— Sim, o detector de mentiras, porque elas percebem se você está fazendo por prazer ou só para receber um boquete em troca. Percebem se você tem segundas intenções e muitas não gostam disso, se sentem enganadas. Nada como o sexo oral para revelar a uma mulher quem você é.

— Quem lhe disse essas coisas? Ou será que você as estudou, como fez com a menstruação?

— Claro que estudei. Se você quiser fazer sua garota gozar, tem de saber que é mais importante conseguir fazê-la se sentir tranquila do que trepar com ela durante horas. Para que os centros do prazer sejam ativados numa mulher, é preciso que a parte do cérebro chamada amígdala esteja desativada. Para isso acontecer, a mulher deve se sentir tranquila, sem nenhuma preocupação nem nada.

"Também é importante saber que as terminações nervosas na ponta do clitóris criam o prazer se forem estimuladas, mas, se o estímulo for interrompido, o clitóris não transmite mais nada e se apaga. Ou seja, nesse caso, não adianta você ficar ali e se esforçar, porque a essa altura ela não sente mais nada. Fique sabendo."

— Obrigado, revista *Focus*!

— Também seria interessante saber o que as pessoas pensam quando o fazem.

— Quando fazem o quê?

— Sexo oral... O que ela pensa quando faz em você, e o que você pensa quando faz nela?

— Não me lembro do que penso, talvez porque faz algum tempo que não pratico. Por quê? Você tem um pensamento recorrente?

— Não, mas às vezes penso: "Como foi mesmo que ela disse que se chama?" Já com outras me vem: "Será que ela está

117

me olhando?" Com Sara, por exemplo, fico ali horas inteiras e penso apenas que ela tem o sabor mais gostoso do mundo. Tem um pêssego em calda entre as pernas. Só que ela me agrada inteira, a pele macia, lisa, luminosa. Tão luminosa que à noite, quando brincamos de esconder, andando nus pela casa, eu a encontro mesmo com as luzes apagadas.

— Você brinca de esconder andando nu pela casa?

— Às vezes.

— Meu Deus, que imagem horrível! Você pelado, branco e flácido, encolhido num canto.

— Eu me deixo encontrar logo. Já ela, encontro pelo cheiro: um perfume que me alucina. E também os seios duros, as pernas firmes e uma bunda que fala. Em várias línguas do mundo, aliás. Até os pentelhos são macios. Parecem de algodão. Não são como os daquela que lhe apresentei na academia no ano passado, cujos pentelhos pareciam fios de pescar, aqueles com que você pode pegar peixes de até dois quilos. Caralho, no meio das pernas, a mulher tinha palha de aço, daquela que serve para limpar o fundo das panelas! Imagine que, quando fazia depilação, ela me enviava uma mensagem, porque os pelos renasciam tão depressa que só lhe davam autonomia por uma noite, antes de começarem a espetar.

"De qualquer modo, com Sara, não é só uma questão física. Sabe quando, depois de fazer amor, as mulheres lhe pedem para não sair? Pois ela é a única dentro da qual eu fico de bom grado, não precisa nem pedir. Com as outras, depois de gozar, sempre tenho vontade de subir numa catapulta e me ver já vestido, passeando do outro lado da cidade.

"Um dia desses, depois de fazermos amor, senti vontade de chorar. Sara não viu, escondi a cara no travesseiro. Mas depois houve a maior confusão."

O TEMPO QUE EU QUERIA

— O que aconteceu?

— Ela acha que eu disse "eu te amo".

— E você disse?

— Não, mas Sara pensa que sim!

— Como assim, "pensa"? Você disse ou não disse?

— Depois que chorei e me escondi no travesseiro, fiquei perturbado pelo que senti e tive vontade de me levantar e sair de casa para dar uma volta. Eu me virei para ela e a abracei. Com a boca encostada em seu pescoço, disse: "Vamos." Ela me respondeu: "Eu também." Não tive coragem de esclarecer: "Eu disse 'vamos', e não 'eu te amo'..." Então agora ela pensa que eu a amo.

"A coisa me transtornou. Eu nunca disse 'te amo' na vida, mas com ela, mesmo sem dizer, acabei dizendo. Senti o desejo de fugir de Sara. No dia seguinte, Valeria me ligou pedindo para me ver, e acho que a usei para me tranquilizar. Para me iludir de ser um homem livre."

— Qual Valeria? "Erotismo e família"?

— Sim, ela mesma.

Erotismo e família: nós a chamamos assim porque Valeria é um mix entre o desejo de uma relação séria e a transgressão, o sexo em lugares estranhos, as situações selvagens. Quando conheceu Nicola, foi logo dizendo que gostava de jogos eróticos, mas que isso não a impedia de desejar uma família. Ele, brincando, sugeriu treparem no toalete da Ikea.

Era uma daquelas tiradas idiotas que ele costuma dizer às mulheres. Vêm à sua cabeça, sem mais nem menos, e ele as diz com uma cara de pau que dá vontade de rir. Como quando uma garota respondeu assim às suas propostas sexuais: "Sou uma moça à antiga, tenho os pés no chão e gosto de mantê-los ali." E ele: "Então, quando nos encontrarmos, venha de saia. Já que você deseja manter os pés no chão, é melhor vestir alguma coisa que possa ser tirada pela cabeça."

Depois de uma frase dessas, seria de esperar que a garota nem o levasse em consideração. No entanto, uma semana depois, ela estava na casa de Nicola, com os pés não exatamente no chão.

— Bom, então quer dizer que você trepou com Valeria?

— Quando ela me pediu, num primeiro momento, eu me neguei, mas afinal precisava ficar com outra mulher, fugir de Sara, como já lhe disse. Então cedi. Neguei três vezes, depois parei. Também não disse sim, mas parei de dizer não.

— E quando se encontraram?

— Hoje de manhã. Ela tocou lá em casa às seis e meia. Ontem, havia dito que ia aparecer, mas achei que ela estava brincando, nem lembrava mais.

— Mas Valeria não ia casar com aquele industrial, o rei dos vergalhões?

— Hoje mesmo. Por isso veio tão cedo. Fizemos amor, depois ela voltou para casa, se arrumou e foi se casar. O que você acha, será que se referem a isso quando falam de relações pré-matrimoniais?

Ri de mais essa tirada e perguntei:

— Mas afinal... independentemente da palavra malcompreendida, você ama Sara ou não?

— Acho que sim. Gosto dela. Talvez até faça um filho. E você? Não pensou mais nisso depois que sua ela foi embora?

— Ultimamente, sim.

Sobre o desejo de um filho, recordo algumas palavras que ela — a ela que me deixou e foi embora, e que daqui a um mês e meio vai casar — me disse uma vez no carro, quando voltávamos para casa num domingo, depois de almoçarmos com uns amigos. Seu discurso foi direto ao ponto.

O TEMPO QUE EU QUERIA

"Quando eu era pequena, sonhava ter cinco filhos. À medida que o tempo foi passando, essa possibilidade diminuiu. De cinco passou a quatro, e depois a três. Agora estou com trinta e seis anos, sinto que estou perdendo a chance de ter dois, e daqui a pouco até a última oportunidade terá acabado.

"Quero ser mãe.

"Encontrar a pessoa certa não é fácil... e, para mim, você é essa pessoa. Mas a natureza nos fez diferentes e, embora tenhamos mais ou menos a mesma idade, você ainda pode fazer filhos por muitos anos. Basta encontrar uma mulher mais jovem. Minha porta, ao contrário, está prestes a se fechar. Por isso minha ansiedade vem crescendo e, embora eu tente escondê-la, porque você se afastaria ainda mais, agora acho que já não vou aguentar. Você sabe o quanto eu o amo, mas está ficando muito difícil suportar. Não ache que é fácil, não é deixando você que eu resolvo o problema; minhas possibilidades de conhecer em pouco tempo outro homem para amar e com quem eu possa ter um filho são pouquíssimas. Sobretudo tendo você ainda na minha cabeça... mas pelo menos vou saber que tentei. Já estou com raiva de mim pelo tempo que perdi e que faz com que eu me sinta agora uma coitadinha em busca de um homem. Jamais imaginei chegar a esse ponto na vida."

Enquanto ela falava, eu tinha vontade de sair do carro. Por sorte, ela me pediu que a levasse ao encontro de uma amiga, porque não queria ir para casa comigo. Fiquei contente com esse pedido. Quando ela finalmente voltou, tarde da noite, eu já estava fingindo dormir.

13

Sozinho no mundo

Um dia, ao voltar de um fim de semana em Florença, Roberto me confidenciou estar apaixonado por uma moça de Barcelona, Maria, a quem conhecera casualmente. Três dias depois, ela veio passar uns tempos na casa dele.

Um mês depois de Maria partir, Roberto me disse que havia decidido ir morar em Barcelona para ficar com ela.

— Quero uma família com muitos filhos e quero tê-los com ela. Essas portas se abrem e se fecham, e, se eu não aproveitar logo, perco algo de mágico. Eu amo Maria.

— Bom, se é ela, continuará sendo daqui a um ano, não?

— Acho que não, penso que em certas situações há momentos para entrar e momentos para sair. Sinto que esta é a hora certa.

— Então você não vai passar apenas uma temporada em Barcelona, mas sim ficar lá para sempre?

O TEMPO QUE EU QUERIA

— Não sei, talvez não funcione, mas devo experimentar. Vou seguir o que estou sentindo.

Arrumou três malas grandes e depois presenteou os amigos com muitas coisas que possuía em casa. A mim deu os discos e os livros.

Agora sem Lucia, sem Roberto, sem mim mesmo, a vida se tornava cada vez mais dura. Depois do jantar, eu ia logo para o quarto. Ficava estirado na cama, olhando o teto, na tentativa de encontrar uma solução. Colocava os fones de ouvido e escutava um pouco de música, sobretudo Pink Floyd.

Àquela altura, o mais importante para mim era encontrar um jeito de ganhar algum dinheiro e ajudar minha família. Eu poderia ir trabalhar à noite em outro bar ou numa discoteca, ou então ser garçom numa pizzaria, mas ralaria um monte de horas, e o dinheiro obtido não mudaria muito nossa condição. Eu ganharia muito pouco, e precisava de muito. Aquilo que Valerio fazia, isso eu nem sequer podia levar em consideração. Ele ia à casa de um senhor que lhe dava duzentas mil liras: em troca, só precisava baixar a calça e deixar que o sujeito lhe fizesse um boquete. Com Carlo, até pensei em começarmos a produzir camisetas com textos simpáticos ou desenhos divertidos. Mas acabamos desistindo da ideia, porque não tínhamos dinheiro para iniciar a atividade.

Os problemas da minha família seguramente se deviam ao fato de meu pai não ter tino comercial. Ele não era alguém que insistisse ou tentasse convencer as pessoas a comprar. Não que no bar houvesse muitas possibilidades, mas, quando a pessoa é um vendedor nato, faz a diferença e sempre encontra o jeito certo para vender. O açougueiro próximo do nosso prédio, por exemplo, coloca luzes ligeiramente vermelhas no balcão e a carne fica de uma cor mais intensa.

Parece besteira, mas funciona. Ou então usa a velha tática do "não, não vou lhe dar esta". A cada freguês, depois que este pede alguma coisa, é preciso dizer, pelo menos uma vez: "Não, desculpe, mas hoje não lhe vendo esta carne. Ela não está como deveria estar, lamento. Leve esta outra, porque essa que o senhor pediu eu não devo lhe vender."

A partir desse momento, ele terá um freguês cativo, porque se estabeleceu uma relação de confiança. Depois entra outro comprador, e pode acontecer que o açougueiro lhe diga a mesma frase, talvez até oferecendo o pedaço de carne que acabou de negar. "Meu açougueiro reserva para mim a melhor carne...", é o que pensam seus fregueses.

Ser vendedor é um talento que vai além daquilo que alguém propõe. Há gente que consegue vender qualquer coisa. Meu pai, não: é obsedado pela honestidade. Tal como os que são obsedados pela fidelidade, mesmo ao preço de sufocar o amor.

E não só pela honestidade, mas também por aquilo que meus pais chamam de "consideração". Eu não saberia descrever exatamente as circunstâncias em que ele e minha mãe usavam essa palavra. Por exemplo, mesmo que estivéssemos endividados até o pescoço, muitos fregueses do bar mandavam pendurar a conta em vez de pagar todos os dias. Alguns não pagavam nem meses depois, e a dívida começava a ficar alta.

"Mamãe, precisamos cobrar dele..."

Pois é, mas meus pais não conseguiam pedir dinheiro nem sequer aos que lhes deviam. Eram assim: ainda que precisassem, não conseguiam. Tinham "consideração" pelas pessoas.

Meus pais são pessoas discretas. O casal "não-queremos-incomodar", "não-queremos-aborrecer".

O TEMPO QUE EU QUERIA

Quando eu era criança, me recomendavam não arrastar as cadeiras para evitar que os moradores do apartamento de baixo se queixassem de nós. E, claro, não reclamavam com a família de cima, que, ao contrário, não tinha essa consideração toda. Até nossa televisão devia ser mantida com o volume baixo, especialmente no verão, quando as janelas ficavam abertas.

Certa noite vi o desenho animado de *Alice no país das maravilhas*. A certa altura do filme, ela ficava enorme, sua cabeça saía pelo teto da casa, e os braços pelas janelas. Diante daquela cena, tomei consciência de que era isso mesmo que eu estava vivendo. Minha casa se tornara pequena demais para mim, eu sentia que não cabia mais ali dentro. Tinha de ir embora, seguir também o Coelho Branco. Estava cansado daquilo que via, sentia, vivia, cansado daquele trabalho, daquelas humilhações contínuas, cansado de ouvir sempre as mesmas palavras, as mesmas promessas de um futuro melhor, cansado de tudo. Cansado de escapulir e de me refugiar no quarto, como se este fosse um cantinho do qual eu pudesse gritar: "Estou aqui quietinho, não incomodo e não tenho pretensões, mas peço que me deixem em paz." Estava cansado daquela cama com as bordas em fórmica, com os adesivos que eu havia pregado anos antes; cansado da persiana quebrada, do azulejo que faltava no banheiro, cansado de fitas adesivas, cordas, nós, pregos. Cansado de uma vida remendada. Cansado também de fitar o teto sem encontrar respostas e soluções, sem pensar em um caminho de fuga, em uma alternativa. Cansado da minha impotência. Cansado de estar *descontente*.

Sentia-me sufocado, mas desejava uma libertação. Para mim, para minha mãe e para meu pai. Desejava ter um destino generoso ou simplesmente me tornar alguém. Quando criança, eu ria ao ver meu pai cochilando à mesa, mas agora ficava aterrorizado, porque compreendia que aquele era o futuro que me esperava. Tinha pavor da ideia de viver assim, tinha medo daqueles dias sempre iguais. Não me sentia à vontade em minha vida, como se esta fosse uma roupa encharcada. A sensação era essa, a mesma que a gente experimenta quando sai da água depois de entrar nela com roupa e tudo. Resolvi aceitar o risco, dar o salto, mudar de trabalho e deixar o bar.

Não compreendia o sentido da vida, mas tinha compreendido que a própria vida era a única oportunidade que eu tinha para descobri-lo.

Passava horas pensando, refletindo. Até os livros eu tinha abandonado um pouco, porque não conseguia me concentrar e sabia que precisava agir, que as leituras deviam se transformar em ações, em atos de coragem. Às vezes, porém, me achava presunçoso: quem era eu para aspirar a viver diferentemente de minha família ou de alguns dos meus amigos? Talvez eu fosse apenas um rapaz que não sabia se contentar, um mimado. Qualquer abertura minha para algo diferente era liquidada por muitos, sobretudo pelo meu pai, como se fosse uma ideia estranha que eu havia metido na cabeça.

Naquele período, coisas que eu havia lido no passado me voltavam à mente. Eu me lembrava de Goldmund:* ele também tivera um destino marcado de algum modo, ao qual havia renunciado e do qual fugira para seguir sua própria natureza.

Pensava em Ulisses, no "Inferno" de Dante, que não renuncia por nenhum dos seus vínculos afetivos ao ardor que o impele a conhecer o mundo e os homens. Pensava no capitão

---

* Personagem do romance *Narciso e Goldmund* (1930), de Hermann Hesse. (N.T.)

O TEMPO QUE EU QUERIA

Ahab, de *Moby Dick*, que com seu exemplo me encorajava a ir até o fim e a não desistir nunca. Foi o homem que me ensinou uma das coisas mais importantes da vida: a nobreza da intenção, a coragem de aceitar sempre o risco, sem medo. Também me vinha à mente uma opção extrema como a de *O barão nas árvores*, perfeita para quem, como eu, não se reconhecia mais na vida que levava. Eu relia alguns desses livros, procurando as respostas a todas as minhas perguntas.

Ler é belo e fascinante, mas reler é ainda mais poderoso para mim. Quando releio, meu interesse não é tanto pela história, que já conheço, mas pelos mundos que imaginei. Tenho curiosidade de saber se aquelas imagens se reapresentam e se manifestam em mim do mesmo modo, e sobretudo se ainda são capazes de me hospedar e de se deixarem habitar por mim. Quando lemos um livro de que gostamos, aquelas páginas nos modificam um pouco; quando relemos, somos nós que as modificamos.

Recordo que naqueles dias, como um sinal, me caiu nas mãos a frase do livro de Joseph Conrad *A linha de sombra*, que eu tinha sublinhado e que parecia escrita justamente para mim: "Fecha-se atrás de si o portãozinho da infância e entra-se num jardim encantado. Aqui, até a penumbra refulge de promessas. A cada curva, o caminho tem suas seduções." E ainda *Zen e a arte da manutenção de motocicletas*. Foi a partir desse livro que aprendi que não existe no mundo nada mais revolucionário do que fazer bem, e com qualidade, aquilo que se está fazendo.

Os personagens, as frases e as palavras encontradas nos livros são como pontes que permitem a você se deslocar de onde está para onde desejar ir, e quase sempre são pontes que unem seu velho eu àquele novo que o espera.

Um dia, Carlo me propôs um trabalho com seu tio. Ele também o havia feito ocasionalmente, quando estudava. Às vezes a vida é realmente irônica: de fato, o trabalho consistia na cobrança de dívidas. Eu devia ir recuperar créditos por conta das empresas.

Aceitei, mas não sabia de que jeito comunicar essa decisão ao meu pai. Meu comportamento, então, foi violento e repentino, um rompimento: sem dizer nada a ele, numa segunda-feira de manhã, simplesmente não apareci no bar. Minha mãe foi quem explicou ao meu pai o motivo da minha ausência.

Nunca me perdoei por isso. Embora soubesse que ele não compreenderia, eu devia ter lhe dito pessoalmente. Fazendo o que fiz, criei uma situação tensa e, desde aquele dia, nossa relação mudou. A partir dali, eu me tornei para meu pai aquilo que eu temia me tornar: um *traidor*.

De manhã, saía de casa e fazia o desjejum em outro bar. Lembro como se fosse ontem quando, naquela primeira manhã, saí pelo portão do prédio. Parei um segundo, depois de ouvir o ruído da porta batendo atrás de mim. Um ruído seco, bem claro, decidido, que fechava para sempre uma possibilidade: a do retorno. Eu agora estava fora.

Soprava um vento morno, e aquele vento me proporcionou de imediato uma sensação agradável. Acariciando-me o rosto, me dava prazer, mas não o suficiente para que eu me sentisse realmente bem. Porque eu tinha a sensação de não merecer isso. A dor era profunda. Eu era um traidor, um egoísta, um covarde que saía de casa às escondidas. Tinha virado as costas à minha família. Sobretudo ao meu pai. Que não demorou nem um dia para me dizer: "Você abandonou o barco."

O TEMPO QUE EU QUERIA

Em casa, à noite, eu quase já não abria a boca. Minha mãe me perguntava sobre o novo trabalho, mas eu me sentia encabulado para falar disso na frente do meu pai, que não me dirigia mais a palavra. Entre mim e ele começaram a faltar as conversas, depois as frases, depois as palavras e, por fim, até as explicações, os esclarecimentos. Às vezes eu dizia uma frase e compreendia que ela podia ser mal-interpretada, mas, se a explicasse, o equívoco seria ainda maior. Assim, ideias e convicções erradas tornavam nossas vidas sempre mais distantes. Às vezes, para melhorar um pouco, bastaria um "não é como você pensa, talvez eu tenha me explicado mal...", e, no entanto, deixava-se tudo como estava. Seria bom impedir as pessoas de interpretarem o silêncio. Nós não fizemos isso e nos distanciamos cada vez mais.

O novo emprego era numa empresa de gestão e de recuperação do crédito. No primeiro dia, quando me apresentei para saber o que devia fazer, fui logo perguntando: "Devo sair por aí batendo nas pessoas?" Felizmente, a resposta foi "não". Ainda assim, era estranho que, depois de anos de dívidas familiares, eu me visse fazendo aquele trabalho.

Passava meu dia telefonando para gente que devia aos mais variados clientes, tentando entender se a falta de pagamento resultava do fato de essa gente não ter dinheiro ou de erros nas entregas ou ainda do recebimento de mercadorias com defeito. Na maior parte dos casos, eram desculpas para retardar o pagamento o máximo possível. Eu farejava de longe essas pessoas, conhecia aquele cheiro; quem as poderia compreender melhor do que eu? E as ajudava como podia.

Tudo aquilo de que eu tentava fugir se reapresentava o tempo todo, parecia a lei da retaliação. Meu passado continuava ali, eu estava rodeado pelos meus fantasmas.

Sempre que uma pessoa devia me entregar dinheiro, eu me via diante do meu pai. Era gentil com aquelas famílias e tentava ajudá-las. Certa vez bati à porta de um apartamento de subsolo e veio abrir uma senhora, que morava com a filha. Mandaram-me entrar.

— Por favor, fique à vontade. Quer um café, uma água? Infelizmente, não tenho outra coisa para oferecer.

— Nada, obrigado.

— Eu estava fazendo café para mim, e se o senhor quiser...

— Bem, se já estava fazendo, aceito. Obrigado.

Ela me serviu o café depois de perguntar quanto açúcar eu queria. A filha estava sentada no sofá, em silêncio, e me olhava. Devia ter uns quinze anos. Rosto abatido, mas de traços muito bonitos. Eu conhecia aquela expressão, era a mesma que eu tinha quando alguém ia ao bar para penhorar coisas.

A pobreza dá vergonha, mas naquele dia eu me envergonhava mais do que elas. Mexia o café enquanto a senhora me explicava que pagaria em prestações, que eu não me preocupasse, que elas eram pessoas honestas e a filha havia arrumado um trabalho de fim de semana numa pizzaria, embora não tivesse sido fácil, porque a garota era muito jovem. Eu me envergonhava cada vez mais, sentia nojo de mim e culpa, seria capaz de pegar aquelas duas mulheres e levá-las para casa comigo se pudesse. Eu me sentia mal ouvindo aquelas palavras.

A certa altura, quando eu ia decidir com a mãe quantas parcelas, parei de chofre. Levantei o olhar, que pousou sobre uma mancha de umidade semelhante à que havia na cozinha da minha casa, e, depois de um instante de silêncio, disse:

O TEMPO QUE EU QUERIA

— Minha senhora, a partir deste momento a dívida não existe mais. Não se preocupe, não voltarei aqui. Ninguém voltará aqui.

— Mas como é possível?

— Não se preocupe.

A senhora não acreditava; para ter certeza de que ouvira bem, ela me perguntou outras quatro vezes. Expliquei que estava tudo certo e repeti que não se preocupasse. Começou a me agradecer, tomou minhas mãos entre as suas, com lágrimas nos olhos. Disse à filha:

— Agradeça ao moço, agradeça ao moço. — E depois, virando-se para mim: — O senhor é um anjo.

Ainda não era capaz de administrar minha emotividade. Meu vínculo com o mundo já estava circunscrito às relações profissionais. Eu não havia deixado muito espaço para as relações humanas verdadeiras e, por isso, quando me aconteciam situações como aquela, eu me via despreparado, sem defesas, frágil. Fiquei mal. Saí daquele subsolo com vontade de vomitar. Tranquei-me no carro e comecei a chorar, não conseguia parar. Tremia e soluçava.

Cheguei ao escritório e encerrei a cobrança como perdida. Fiz um breve relatório ao banco, no qual explicava que não havia possibilidade de recuperação e declarava que não havia mais rastros dos devedores. Para um banco, isso não era grande problema; com valores tão baixos, eles facilmente incluíam a perda no balanço, e tinham até a possibilidade de isenção fiscal.

Cheguei a fazer isso outras vezes, mas nem sempre era possível. Quando conseguia, as pessoas me fitavam com gratidão, o que me dava forças e ao mesmo tempo me envergonhava. Perguntavam-me se queria ficar para jantar com elas.

Presenteavam-me com salames, queijos, garrafas de vinho. Embora, com o passar do tempo, visse muitas situações assim, eu não conseguia me acostumar. Tinha nojo de tudo. Até mesmo de mim. Comecei a odiar aquele trabalho e, no fim, me parecia tê-lo escolhido só para me punir. Eu recebia um salário para fazer mal a mim mesmo.

Devia admitir que minha primeira tentativa de independência se revelara dolorosa. Eu não gostava de mim, me odiava; nem mesmo meus amigos sabiam o quanto me sentia mal naquele período. Eu nunca mencionava o assunto, não adiantaria nada. Ninguém pode entrar na solidão do outro.

Em casa, também falava cada vez menos, e nunca do meu trabalho; na verdade, se contasse sobre pessoas endividadas, meu pai me diria frases como: "Viu? São todos assim, e não somente nós", e eu me chatearia. No jantar, ficava sentado em silêncio por quinze minutos, depois me levantava, ainda mastigando o último bocado, e me entocava no meu quarto.

Canalizava toda a minha dor para o trabalho, e a empresa estava satisfeita comigo. Sempre me faziam muitos elogios. Eu, porém, já estava convencido de que faria aquilo por mais um ano e depois iria embora.

Às vezes, as pessoas não pagavam sob a desculpa de que a mercadoria chegara com defeito, e minha tarefa era conferir se isso de fato acontecera. Pedi à firma que me desse processos mais importantes, com valores mais elevados. Para dar andamento a eles, comecei a percorrer toda a Itália. Ainda me lembro da primeira viagem. Passei uma manhã inteira numa loja contando bonequinhas que babavam, que faziam xixi e coisas do gênero. Eu devia conferir se elas faziam mesmo ou não. Muitas vezes, durante aquelas operações, eu me lembrava do meu pai e imaginava o que ele pensaria se me visse ali, sentado no chão, com uma caixa de bonecas ao lado.

"Esta aqui baba, esta não, estas sim, esta não..."

Trabalhava sempre até tarde da noite. Quando estava em cidades grandes, procurava algo para fazer depois do trabalho: um passeio para tomar um pouco de ar ou um cigarro na escadaria de uma igreja. Mas, quando ia parar em vilarejos isolados, onde até a cozinha do hotel fechava, às nove horas encerrava minhas tristes jornadas no quarto, comendo batatas fritas e amendoins do frigobar. Quando havia essas coisas. Em geral de cueca e meias, vendo televisão. Às vezes tomava em um só gole todas as minigarrafas de bebida. Para curtir melhor o cigarro, para me sentir vivo, um pouco de rock'n'roll. Para me iludir de que eu não era apenas um sujeito que trabalhava e ponto final, mas também que se divertia na vida.

Quando, ao contrário, voltava cedo, conseguia comer no restaurante do hotel. Uma verdadeira tristeza. Sozinho, com meio litro de vinho tinto em jarra, numa sala com outros homens sozinhos como eu, todos com a cabeça levantada para a televisão pendurada num canto, roendo palitinhos crocantes, à espera do jantar.

14

Ela (que entrou na minha vida)

O amor é como a morte: não se sabe quando nos atingirá. Não podemos evitar a morte, mas ter um controle sobre ela, sim: por exemplo, podemos decidir o momento. O amor, não; não é possível planejá-lo, não se pode resolver amar. Vivemos sem saber quando a mulher ou o homem que nos afetará vai entrar em nossa vida. O amor pode chegar, como infelizmente me aconteceu, quando já não se é capaz de amar. Há períodos em que gostaríamos de ser perturbados por alguém, mas não é garantido que a simples força do nosso desejo nos faça encontrá-lo. É como quando saímos para ir ao shopping, impelidos pelo desejo de adquirir alguma coisa, mas não sabemos o quê. Poderia ser um livro, uma echarpe, uns óculos ou um perfume, mas às vezes acontece que "não comprei nada porque não achei nada de interessante".

Antes de encontrá-la, eu tinha mil histórias rolando, mil aventuras. Gostava de viver desse jeito; durante anos o fascínio da novidade foi para mim como uma droga à qual eu não podia renunciar. Depois ela chegou, e senti que estava acontecendo algo diferente. Vários detalhes me fizeram compreender que com ela não era como com as outras; um deles era que, quando conversávamos, eu não tinha vontade de escolher as palavras, mas somente de dizer tudo o que sentia e experimentava. Entendi que com ela eu deveria permanecer, mas depois, em vez de amá-la sem limites, percebi que havia chegado a conta a pagar: descobri que já não era capaz de amar. Se alguém tivesse me perguntado se eu a amava, minha resposta seria "sim". Mas, no fundo, eu não sabia se a amava realmente.

Enquanto procurava descobrir se ainda era capaz disso, comecei a fingir o amor. A capacidade de fingir eu já havia experimentado, e agora era um hábito para mim. Tendo fingido por toda a vida, eu me saía bem. Pensava que com ela também seria fácil. Em geral, as pessoas a quem fingimos amar aprendem a se contentar, talvez porque, embora o amor que recebem não seja verdadeiro, a oferta, a intenção, é de verdade. O querer, o desejo de amar.

Em vez de enganá-la, enganei a mim mesmo. Porque, a certa altura, acreditei realmente nisso. Não se pode fingir o ódio; o amor, sim. Embora não por muito tempo. Por mais absurdo que seja, o amor que eu fingia era a coisa mais verdadeira da minha vida.

Nas relações amorosas, muitas vezes acontece que primeiro os dois estão bem e depois estão mal. Em alguns casos, "estão". Estão, e pronto, nem bem nem mal. Nós, não. Porque ela, em vez de simplesmente "estar", preferiu ir embora. Já não lhe bastavam a intenção, a oferta, o desejo de amar. Como diz Byron: "Em sua primeira paixão, a mulher ama

seu amante; em todas as outras, o que ela ama é seu amor."
Meu verdadeiro amor demorava a chegar. E ela estava colocando sua vida em minhas mãos. Responsabilidade demais, fragilidade demais, medo demais. Acolher a vida de uma pessoa entre os próprios braços significa muito, talvez demais para mim. Significa assumir tudo: os sonhos dela, os medos, os desejos, os modos de pensar, os valores, o modo de amar, de fazer amor, de falar. Até os horários de trabalho. O som de seu despertador, que de manhã tocava antes do meu.

Agora que mudei, porém, e que compreendi muitas coisas, queria tê-la aqui comigo. Por isso lhe telefonei, porque eu talvez ainda não tenha perdido o trem. Como quando, ao descer a escada para pegar o metrô, escuto o trem chegando e corro pensando que é o meu e, no entanto, estou enganado, é o que vai na outra direção. Talvez o meu com ela ainda não tenha partido, ainda esteja ali com as portas abertas.

Afinal, passaram-se dois anos, mas eu ainda a procuro e a tenho presente. O que me faz sentir falta dela? Sinto falta sobretudo do futuro. No sentido de que sinto falta de todas as coisas que ainda não sei e que gostaria de descobrir com ela. Sinto falta de tudo o que poderíamos ter vivido juntos.

Sinto falta de sentir nas costas o seu seio e o calor do seu corpo quando, de manhã, depois de desligar o despertador, ela se aproximava de mim. Sinto muita falta de abraçá-la por trás e ter seu seio em minha mão. Todos os encaixes matinais entre braços e pernas são uma dose de tranquilizante. Sinto falta de fazer amor ao despertar, quando a gente beija de boca fechada, e sinto falta do odor de sua pele. Sinto falta de quando, à noite, na cama, ela escrevia no meu dorso suas confissões de amor, e eu devia compreender as palavras. Tentar, na semivigília, um pequeno contato. Que não é ficar

O TEMPO QUE EU QUERIA

grudado, é outra coisa, é um pequeno sentir, um simples calor apoiado. É segurar-se com delicada consistência à felicidade de sabê-la ali, ao seu lado. Sinto falta daqueles momentos em que ela, apoiando dois dedos no pulso da vida, se assegurava de que nossas batidas estavam no mesmo ritmo e me tranquilizava. Sinto falta de encontrá-la quando volto para casa e de sentir o cheiro do que ela está cozinhando.

Até hoje, certas noites me descubro fazendo listas daquilo de que sinto falta, daquilo que mudou e daquilo que perdi. Isso me dói, mas no final faz com que me sinta próximo a ela. E, já que me deixou por culpa minha, e não porque não me amava mais, leio e releio a frase de Ovídio e penso que as pessoas como eu existem desde sempre: "Não posso viver contigo nem sem ti."

Se Nicola tivesse sido amigo de Ovídio, depois dessa frase certamente o teria mandado àquele lugar.

15

Ar fresco pela janela

Eu trabalhava muito e procurava gastar o mínimo possível.
Dava dinheiro em casa, e meu pai, a cada vez, dizia que não
queria nada. Mas depois o guardava.

Agora nossa comunicação estava reduzida a um cumprimento. Nem sequer falado, bastava um aceno com a cabeça.
Àquela altura, eu me tornara mais duro do que ele, mais
fechado. Havia praticamente arquivado a familiaridade.
Nossa relação se limitava a isto: de vez em quando trocávamos
gestos, tentativas de reaproximação, mas a ferida ainda estava
aberta. Era necessário que o tempo fizesse seu curso. Ainda
teríamos de conviver mal, nisso conseguimos não nos decepcionar.

Um dia, depois de passar o horário de almoço levantando
pesos, fui ao bar da academia e pedi salada, peito de frango e
arroz branco. Estava imitando os que malhavam a sério. Mas
meu casamento com o mundo dos halteres durou pouco,

O TEMPO QUE EU QUERIA

embora, naquele período, o levantamento de pesos me ajudasse bastante a desafogar. Enquanto bebericava uma Fanta, um senhor sentado à mesa ao meu lado me perguntou:

— Sabe como nasceu a laranjada Fanta?

A pergunta me pareceu estranha, ainda mais sendo feita por um desconhecido.

— Não, não sei.

— Foi inventada na Alemanha, por Max Keith, para não perder fatias do mercado quando, durante a Segunda Guerra Mundial, a Coca-Cola, na condição de empresa americana, não mais podia vender seu refrigerante em território alemão. Não aparecia escrito em nenhuma parte da garrafa que a nova bebida era produzida justamente pela Coca-Cola, e assim ela podia ser distribuída na Alemanha. E sabe por que se chama "Fanta"?

— Não faço a mínima ideia...

— O nome foi tirado da palavra "fantasia", porque o inventor achava que era necessária muita imaginação para sentir o sabor de laranja naquela estranha mistura obtida com subprodutos de geleias e de queijo.

O desconhecido se chamava Enrico. Começamos a conversar e almoçamos juntos. A partir daquele dia, ficamos amigos. Ele tinha informação sobre todos os assuntos. Sua cultura passava de noções de geopolítica, arquitetura, arte, literatura à história da Fanta ou ao motivo pelo qual as cenouras têm aquela cor laranja acentuada. Eu nao conhecia muitas das coisas sobre as quais ele falava. Por exemplo, não sabia que a cor atual da cenoura não é natural, mas sim criada pelo homem. De fato, foram os holandeses que deram à cenoura a cor laranja, em homenagem à dinastia Orange.

Recordo que, no dia de nosso primeiro encontro, perguntei:

— Quer dizer que uma bebida sabor laranja não contém laranja?

— O suco de fruta, para se chamar "suco", deve ter pelo menos doze por cento da fruta, mas com frequência a bebida "com sabor de" não contém sequer uma parte mínima disso. Os sabores são produzidos em laboratório, unindo moléculas de aromas. Por exemplo, se pingar numa esponja o aroma de cítricos e o aroma de manteiga, você vai pensar, ao cheirá-la, que aquilo é um panetone. Se cheirar dois bastõezinhos, um impregnado com sabor de batata e outro com sabor de fritura, achará que são duas batatas fritas. Os alimentos defumados, tipo *würstel*,* são obtidos com o acréscimo do sabor "fumaça". Existe até um com gosto de chulé.

— De chulé?

— Isso mesmo. Chama-se ácido butírico. É encontrado em alguns queijos curados e no vômito, e nos laboratórios é indicado como "aroma pés".

— Que nojo...

— Eu sei, dito assim dá nojo, mas o sabor de chulé é usado até para criar o aroma de baunilha, ou de morango, ou de creme. Muitas das coisas que você come e bebe.

Fazíamos juntos os exercícios na academia, embora nenhum dos dois caprichasse muito. Ele, mais do que levantar pesos, corria na esteira. Lia muitos livros, e nossas conversas eram sempre interessantes. Alimentava uma paixão desmedida por ópera. Quando eu ia à sua casa, havia sempre um trecho de ópera em volume altíssimo. Enquanto cozinhava,

---

* Espécie de salsichão defumado, típico da Alemanha e da Áustria. (N.T.)

com a colher de pau na mão, ele ia até o equipamento de som e, aumentando o volume, dizia:

— Escute, escute o que diz aqui...

Quanto è bella, quanto è cara!
Più la vedo, e più mi piace...
ma in quel cor non son capace
lieve affetto ad inspirar.
Essa legge, studia, impara...
non vi ha cosa ad essa ignota;
io son sempre un idiota.
io non so che sospirar.
Chi la mente mi rischiara?
*Chi m'insegna a farmi amar?**

— O que é? — perguntava eu, totalmente ignorante.

— *O elixir de amor*, de Donizetti.

Eu gostava de conversar com Enrico. Ele também se sentia bem comigo, me procurava com frequência. Gostava de me dar conselhos sobre como me comportar com as mulheres. Era divertido e sempre irônico.

— Antes de tirar a roupa de uma mulher — dizia —, comece tirando-lhe as joias: colares, brincos, pulseiras e anéis. Os beijos na orelha, sem brincos, são melhores, e também, sem joias, evita-se o risco de ficar engastado em alguma lembrança do passado dela. Sobretudo nos anéis, presenteados por algum ex.

---

* Em tradução livre: "Como é bela, como a quero!/Quanto mais a vejo, mais me agrada.../mas nesse coração não sou capaz/de inspirar um leve afeto./Ela lê, estuda, aprende.../não há nada que desconheça;/eu sou sempre um idiota,/só sei mesmo suspirar./Quem a mente me esclarece?/Quem me ensina a ser amado?" (N.T.)

A única joia que você pode deixar é o fio de pérolas. Mas isso não é problema seu, considerando as mulheres com quem sai... A calcinha é melhor não tirar, acredite. Elas gostam. Às vezes é preferível apenas abaixá-la. Não tire a calcinha dela nem mesmo se a beijar ali, beije por cima da calcinha durante alguns minutos. Faça com que ela sinta o calor da sua respiração. E, se uma mulher fizer o mesmo com você, começando a beijá-lo por cima da cueca, bom, então vai ser uma grande noitada. É o mesmo caso das que não tiram as meias ou os sapatos. Essas, sim, sabem das coisas. Mas o grande segredo é: toque como uma mulher e beije como um homem.

— Como assim?

— Quando as tocar, faça como se fosse uma mulher e seja delicado, mas, quando beijar, faça isso como macho.

Um dia, enquanto eu comia uma salada num dos nossos almoços depois da ginástica, Enrico me perguntou:

— Por que você não vem trabalhar comigo?

Ele tinha uma agência de publicidade.

— Acho que não estou à altura. Nem sequer estudei, tenho apenas o ginásio. A não ser que você precise de alguém para fazer faxina... — respondi.

— Preciso de alguém esperto e inteligente, e para isso não basta um diploma. E você é o que eu preciso.

— Ah, obrigado, mas não sei...

Enrico era a primeira pessoa que não tinha a costumeira reação quando eu dizia que havia parado de estudar. A única a não dar importância a isso. Ele me deixou desnorteado, e eu não sabia o que dizer, mas meu silêncio foi interrompido pelas suas palavras:

— Quase sempre a escola não premia as pessoas inteligentes, mas sim as que têm boa memória. Ter boa memória não significa ser inteligente. Além do mais, para a escola e para a universidade, a memória de curto prazo pode bastar. De qualquer modo, pense nisso.

— Quer que eu vá ter uma entrevista com você?

— Já teve. Para mim, você é satisfatório. Conhece cinema, música, literatura e sobretudo é uma pessoa curiosa. É cheio de interesses e, pelo jeito como fala, pela sua ironia, pelo seu modo de ser brilhante, de expressar os conceitos, seria um excelente *copywriter*. Basta que eu lhe explique umas coisinhas, e pronto. Você é um cara esperto, não vai ter problemas. Não precisa me dar uma resposta logo. Pense. Se disser não, continuamos amigos, para mim tudo bem. Sempre vou ter prazer em me entreter na sua companhia. Mas, se você não aceitar só porque não estudou, estará enganado.

— Tudo bem, vou pensar.

— Conhece B. B. King e Muddy Waters?

— Sim.

— Na sua opinião, eles são bons?

— Ótimos.

— Pois bem: não sabem ler uma partitura. Não têm ideia de como se lê música. É como dizia Bill Bernbach: as regras são aquelas que o artista pisoteia; nada de memorável saiu jamais de uma fórmula. E também a grandeza na vida está em procurar ser...

— Ser o quê?

— Grande! Isso faz a diferença.

— Não sei quem é Bill Bernbach.

— Se trabalharmos juntos, vai aprender. De qualquer modo, repito: se para você o problema é o medo de não saber, não se preocupe. Preciso de você para comunicar e se pode comunicar mesmo sem saber. O conhecimento é útil para informar. Se, depois, você quiser também informar, sempre terá tempo de estudar. E agora me ofereça um gim-tônica.

— Mas estamos no bar da academia, e são duas horas da tarde...

— Pois é, eu sei, mas hoje eu quero.

Cerca de um mês e meio depois daquela conversa, eu estava trabalhando com ele. Enrico me ensinou tudo o que era necessário saber sobre meu novo trabalho. Como me fora prometido, depois descobri quem era Bill Bernbach e o que foi sua "revolução criativa". Conheci muitos outros nomes importantes para o mundo da publicidade.

Enrico me dava para ler um monte de livros que falavam de comunicação e marketing. Até livros de semiótica. Ele me mandava fazer cursos, seminários, workshops. Eu estudava e aprendia. No início, servia café, arrumava catálogos, postava cartas, organizava as anotações junto com a secretária dele. Não fazia faxina, mas pouco faltava. No entanto, ficar ao seu lado e vê-lo trabalhar foi uma verdadeira escola para mim. Naquele período aprendi muito: coisas que me serviram para toda a vida.

Depois de um mês, ele me confiou meu primeiro trabalho: cartazes para uma cadeia de supermercados da cidade.

Supermark... o melhor lugar para empurrar o carrinho.

Esse foi meu primeiro *claim*.

Com Enrico eu ganhava bem, mais do que quando fazia recuperação de créditos. Trabalhei em sua agência por uns quatro anos, com satisfações crescentes. Até ganhei prêmios. O último foi pela campanha de lançamento de uma máquina de café expresso. Era assim:

O TEMPO QUE EU QUERIA

Ao longe, sobre um pedestal branco, como se fosse uma obra de arte, está enquadrada uma máquina de café. O café pinga na xícara. Com o uso de zoom, o enquadramento avança, enquanto, na tela, aparecem frases.

"Daqui a seis meses, as pessoas vão se cansar de ficar olhando aquela caixa de madeira chamada TV."
Darryl F. Zanuck, presidente da 20th Century Fox. 1946.

"Esqueçam: com um filme desses, não se fatura nem um *cent*."
Irving Thalberg, diretor da Metro Goldwyn Mayer, a propósito do filme ... *E o vento levou*. 1936.

"Não os queremos. A música deles não funciona, e as bandas que usam guitarra estão fora de moda."
Um porta-voz da Decca Records, referindo-se aos Beatles. 1962.

"A banda está OK. Mas livrem-se daquele cantor: com aquele bocão, ele poderia assustar as garotas."
Andrew Loog Oldham, produtor de programas para a BBC, a propósito dos Rolling Stones. 1963.

"A fama de Picasso vai desaparecer rapidamente."
Thomas Craven, crítico de arte. 1934.

A última frase aparece quando a máquina está enquadrada em primeiro plano. Vê-se cair lentamente a última gota de café.

"O café mais gostoso é só aquele feito no bar."

Depois desse *spot*, fui contatado por uma importante agência de publicidade com sede em Milão. Pediram que eu começasse a trabalhar com eles o mais depressa possível. Eu não sabia como dar a notícia a Enrico: minha impressão era a de que a mesma dinâmica entre mim e meu pai estava se repetindo. Quando, por fim, consegui, constatei que ele não gostou, mas não me falou nada. Eu, como sempre, me senti egoísta, mas não queria renunciar àquela oportunidade.

Enrico me disse que sabia que mais cedo ou mais tarde isso aconteceria, e era justo que fosse assim:

— Eu tive a possibilidade de sair daqui, mas preferi ficar e ser o maior peixe do aquário. Mas você foi feito para nadar no mar, e vai conseguir. Não se sinta egoísta, porque não é. E também não esqueça: todos criticam o ego, mas estão prontos para aplaudir quem se distinguiu graças a ele. Preciso de apenas umas duas semanas para eu me organizar.

Comecei a trabalhar no novo emprego. Nos primeiros tempos, ajudava Enrico nos fins de semana, procurando concluir os projetos que havia iniciado. Uns dois meses depois, ele me disse que decidira vender sua agência. Depois da minha partida, achava que já não fazia sentido continuar, não dispunha de ninguém que quisesse levá-la adiante. Menos de um ano mais tarde, vendeu-a e foi morar em Formentera. Vou frequentemente visitá-lo, sobretudo no verão.

O primeiro dia de trabalho na agência de Milão foi estranho. O chefe me chamou à sua sala e disse:

— Você não tem de fazer nada. Por algum tempo, não lhe passarei nenhuma tarefa. Venha de manhã, sente-se à sua escrivaninha, passeie pelos corredores. Se topar com uma reunião, peça para participar, mas sem dizer nada. Olhe, estude, leia, escute. Faça o que lhe der vontade. Você não

O TEMPO QUE EU QUERIA

trabalhará em nenhum projeto. Deve apenas respirar o ar do escritório. Sua tarefa, por enquanto, é se plantar por aí.

– Tudo bem.

Fiquei confuso, mas assim fiz. Durante semanas, fui *não trabalhar* todas as manhãs. Claudio, o chefe, era muito conhecido no ambiente e considerado praticamente um gênio. Fascinante, bom papo, sedutor, inteligente, irônico, carismático: uma daquelas pessoas que, mesmo se mantendo sentadas em silêncio, chamam atenção. Todos o respeitavam e muitos o temiam. Quando sua secretária chamava algum de nós, todos levantavam a cabeça para olhar o convocado, porque Claudio podia lhe comunicar uma coisa boa ou transformá-lo numa espécie de *dead man walking*. Tinha a capacidade de inflar seu ego ou de destruí-lo. Você entrava na sala dele e podia sair de lá se considerando Deus ou uma nulidade.

Claudio disponibilizava apartamentos aos novos contratados, para o primeiro ano, e eu fui morar com um rapaz chamado Tony.

Depois do meu estágio como vegetal, o chefe me confiou uma tarefa, associando-me a um diretor de arte, Maurizio. Antes que eu saísse de sua sala, me disse uma frase que nunca esqueci:

– Lembre-se de que talento é dom, mas sucesso é trabalho.

Recordo todas as frases que ele dizia. Algumas eram suas; outras, citações famosas. Com frequência, eram também ótimos conselhos:

"Nem sempre é bom mostrar as próprias virtudes. Às vezes, é melhor escondê-las."

"Até a arte, para ser totalmente livre, deve ser calculada."

"Alguns de nós descendem dos macacos, outros se aproximam deles quando crescem."

"Toda parede é uma porta."

"A insatisfação cria trabalho."

Quando entreguei o primeiro projeto, foi um milagre que ele não me cuspisse na cara. Era um verdadeiro desastre. Naquela noite, não dormi. As coisas não eram simples como com Enrico.

Depois daquele primeiro fracasso, fiquei aterrorizado, confuso, mais inseguro do que antes. De manhã, entrava na agência de cabeça baixa. Para começar, o fato de vir de uma cidade de província não me facilitava as coisas. Quando você se desloca de uma cidade pequena para uma grande, leva consigo todo o medo de ser inadequado, de não estar à altura. A província o deixa um pouco envergonhado. Na cidade onde cresceu, você pode ter se tornado alguém, mas com frequência é simplesmente o maior peixe do aquário. Eu tinha deixado o aquário para me medir com os peixes do mar. Minha dimensão logo se reduziu, e cada dia, até nas pequenas coisas, era sempre uma batalha, uma luta.

Na cidade grande, assim que ganham confiança, as pessoas começam a ridicularizá-lo ou a fazer piadinhas sobre seu modo de pronunciar uma palavra. Você tem de reinstalar algumas no cérebro, trabalhando sobre a abertura e o fechamento das vogais. Na cidade, é julgado por qualquer coisa, até pelo jeito de se vestir. Fazem-no se sentir deslocado e, absurdo, você se torna realmente isso, quando volta ao local de onde provém.

Há um período em que se vive numa terra intermediária. Durante a semana, em Milão, eu era sacaneado por causa da minha pronúncia; quando ia para casa no fim de semana, as pessoas que encontrava me diziam que eu já estava falando com sotaque milanês. Eu não tinha mais um lugar que fosse

O TEMPO QUE EU QUERIA

meu. Quando estava em Milão, era da província; quando voltava à província, era alguém da cidade e falava daquele jeito porque ficara metido a besta. Naquele período, antes de dizer uma palavra, eu devia atentar para o lugar onde me encontrava para saber como abrir ou fechar as vogais.

Parece estranho, mas, se você sai de sua cidade, há indivíduos que encaram isso como uma coisa pessoal, uma rejeição, um abandono, uma desfeita, e se sentem feridos, ofendidos, ignorados. Como se você tivesse ido embora porque os despreza ou porque se considera superior a eles. Sentem-se desdenhados e começam a curtir com sua cara, fazendo-se de vítimas: "Bom, sabe como é, nós somos gente de província, e não como você, que mora em Milão..."

Ficar sozinho era fácil para mim, eu estava habituado. Passei a não voltar em alguns fins de semana, até porque não perdia grande coisa. Na cidade de onde provenho, é sempre a mesma história: as conversas de sempre, o bar de sempre. Não me vendo por ali, depois de algum tempo meus amigos começaram a dizer que eu os esnobava e botava banca, e que minha cidade ficara pequena para mim. Não havia solução.

Eu, porém, acho simplesmente que se você vive com mais estímulos, no meio de pessoas diferentes, em ambientes mais variados, seu modo de pensar se modifica. É curioso como, nas cidades grandes, você é julgado pelo que faz; e, na província, pelo que sonha vir a ser.

Na realidade, eu percebia que meus velhos amigos não pareciam interessados em compreender o mundo. Encaravam as pessoas de outra companhia ou de outra cidade como "quem-se-importa-com-ele?-não-é-dos-nossos": uma perspectiva na qual o desconhecido já é, por si só, um inimigo.

Parecia que a equação era: "Não olho para o mundo porque o mundo não olha para mim."

Não queriam mudar, e o fato de não estarem interessados em lançar um olhar mais amplo sobre a realidade, em pelo menos sonhar com uma vida diferente, levava-os a se dizerem entediados; isso bastava para que se sentissem conscientes. Tal declaração os tranquilizava. Naquele tédio, eles se reconheciam.

Qualquer emoção parecia desprovida de significado, vazia, limitada a si mesma. Havia naquele modo de viver algo que achatava e nivelava tudo, que matava as nuanças e reforçava as certezas e as convicções. Meus velhos amigos tinham sempre mais respostas do que perguntas.

Eu estava plenamente de acordo com as palavras de Camus: "Girando sempre sobre si mesma, vendo e fazendo sempre as mesmas coisas, a pessoa perde o hábito e a possibilidade de exercitar sua inteligência, e lentamente tudo se fecha, se endurece, se atrofia como um músculo."

Em contraposição, eu queria correr. A inteligência que todo mundo tem apodrece se não lhe forem dadas a possibilidade e a ocasião de aplicá-la em alguma coisa.

As pessoas que eu conhecia em Milão, embora me gozassem, tinham se tornado pontos de referência para mim. Sobretudo Tony. Na agência, todos diziam que ele ia ser um grande *copywriter*. Aos vinte anos, havia obtido um prêmio importante e era considerado um prodígio: aquela vitória se transformara em exemplo famoso no ambiente da publicidade. Ele era a grande promessa. Embora tivéssemos apenas dois anos de diferença, eu lhe falava sempre com grande respeito e o admirava: ele era simpático, ingênuo e tinha algo de internacional. Agradava a todos. Inclusive a mim. Falava bem o inglês, havia estudado em Londres. Eu, ao contrário, era um desastre em idiomas, e, quando ele vinha para casa com alguma modelo e os dois conversavam em inglês, me mantinha calado: não conseguia dizer nem mesmo as poucas palavras que sabia. Ficava intimidado e não queria fazer papel ridículo com minha pronúncia errada. Então, resolvi me matricular num curso e também comecei a assistir todas as noites a filmes na língua original. Nas primeiras vezes, não entendia nada. Durante quase um ano, não vi um filme sequer em italiano. Acabei melhorando bastante.

Tony dormia tardíssimo e não chegava ao escritório antes das onze; às vezes, só aparecia ao meio-dia. Com frequência, à noite, ao tentar adormecer, eu escutava a música que vinha do seu quarto e as conversas intermináveis com seus amigos. Às vezes ia ao encontro deles, mas a certa altura compreendia que para mim era melhor ir dormir.

Entre as mulheres com quem Tony andava havia uma modelo holandesa belíssima, pela qual perdi a cabeça desde a primeira vez que ela me dirigiu a palavra. Era apaixonadíssima por Tony, o qual, porém, não lhe dava muita importância. Muitas vezes eu a ouvia chorar e em mais de uma ocasião, depois de uma briga, ele a botou para fora de casa. Eu esperava que a moça não voltasse mais, porque sentia pena dela. Na verdade, a cada vez torcia para que ela saísse do quarto dele e viesse pedir asilo político no meu. Mas isso nunca aconteceu.

Eu estudava e trabalhava. Concedia-me poucas coisas além disso. Quando não estava estudando ou trabalhando, procurava viver a vida que gostaria de viver: a deles. Porque ainda me envergonhava da minha.

Tinha vergonha quando, nas noites de domingo, voltava de minha cidade trazendo o que minha mãe havia preparado para mim: ragu, verduras cozidas, bife rolê ou salame caseiro, queijos *taleggio* e *scamorza*. Coisas que eu guardava na geladeira se estivesse sozinho na cozinha; do contrário, deixava tudo escondido no quarto, dentro da sacola, até que o caminho entre o quarto e a geladeira estivesse livre. Tony e seus amigos consumiam comida chinesa, brasileira, mexicana, indiana e até, já naquela época, sushi.

Também me envergonhava porque todas as noites minha mãe me telefonava para saber notícias minhas; parecia que eu era uma criança, e, se Tony estivesse em casa, às vezes eu não atendia. Outras vezes, tratava-a com soberba. Ela me ligava para me fazer sentir seu amor, e eu, em vez de agradecer, tratava-a mal. Mas depois, antes de adormecer, pensava: "E se ela morrer esta noite?" Tinha vontade de ligar de volta porque me sentia culpado, mas já era tarde e ela devia estar dormindo. Ela que me telefonara para saber se ia tudo bem e para me lembrar de levar para casa a roupa suja, que ela iria lavar. Eu levava a roupa na sexta-feira à noite e no dia seguinte, na hora do almoço, já estava tudo lavado, passado e dobrado. Jamais entendi como minha mãe conseguia, talvez passasse a noite secando-as com o hálito. Bah. Segredos de mãe.

Eu via os rapazes da cidade e observava como se vestiam, tentando copiar seu estilo. Desvirtuava-me para ficar parecido com eles. Minha escassa autoestima me impedia de me sentir à altura, e os outros sempre me pareciam melhores e mais capazes do que eu. Até aqueles que na realidade não o eram. Comecei a viver vidas alheias e a encarar a vida através dos olhos deles, a pensar com suas cabeças, a falar com suas palavras.

O TEMPO QUE EU QUERIA

Até que um dia Claudio, percebendo que eu estava mudando, me chamou à sua sala.

— Quero lhe dar um conselho, e depois faça o que achar melhor. Sua força é a autenticidade. Não se esforce por ser o que não é; ao contrário, lute para continuar como é. Você não deve procurar nada, já tem tudo; confie, limite-se a tomar consciência de si mesmo. Acredite mais em você, procure ter um pouco mais de autoestima. Não busque uma linguagem nova, mas sim aprenda a escutar aquilo que você já possui. Defenda sua espontaneidade e com isso obterá também a naturalidade que se adquire ao longo do tempo pela confiança em si mesmo. Lembre-se de que viver é a arte de se tornar aquilo que já se é.

Ele me liberou presenteando-me com um livro, *A arte da guerra*, de Sun Tzu.

Claudio havia acertado em cheio. Com o tempo, percebi que ele estava me ensinando coisas importantes, me colocando sob pressão para me medir, para conhecer minha resistência, para me motivar, mas no início eu só vivia a decepção de ter errado: não compreendia que aquelas suas broncas eram um percurso que ele estava me obrigando a fazer.

Naquela noite, em casa, tentei reagir e fui para o fogão com a ideia de preparar alguma coisa, comer e ir logo dormir. Enquanto eu estava na cozinha, tocaram a campainha. Era ela, a namorada de Tony.

— Tony não está.

— Eu sei. Vou esperar sua chegada, ele me disse que dentro de meia hora estará aqui.

Entrou comigo na cozinha.

— Quer jantar?

— Não, estou sem fome.

Conversamos sobre uma coisa e outra, e a certa altura ela pegou cocaína na bolsa e me perguntou se eu queria um pouco.

— Não, obrigado.

Tive vontade de lhe dizer que não cheirasse, mas sabia que ela não me escutaria e, além disso, eu não queria parecer paternal. Já uma noite, ao ouvir meu comentário: "Mas temos de nos drogar? Não podemos nos divertir sem isso?", um amigo de Tony perguntara a ele: "Afinal, quem é esse cara? Seu pai? Ou o padre da paróquia?"

Não sou contrário às drogas, mas à incapacidade de viver sem elas. As capas dos CDs no quarto de Tony eram todas arranhadas porque ele as usava para preparar as fileiras de coca. Um amigo seu tinha até o carro cheio de capas de CD, embora não tivesse rádio no carro.

Naquela noite, Tony só chegou duas horas depois. Enquanto isso, eu e Simi conversamos muito. Ela sabia que continuar com ele era um erro, mas estava apaixonada. Contou-me que Tony era um babaca, que a tratava mal e a humilhava. Fiquei calado. Em geral, não digo o que penso se não me for perguntado. A certa altura, porém, ela quis saber:

— Não tenho razão?

Eu não sabia o que responder. Sempre admirei alguém como Jesus, que tinha sempre a resposta certa. Tipo: "Dai a César o que é de César, e a Deus o que é de Deus." Jesus era um grande *copywriter*.

Então, respondi apenas:

— Quando você sentir que já não está satisfeita, irá embora em um instante.

— Você é um bom rapaz, e não um idiota como Tony. A moça que o descobrir vai ser uma sortuda.

O TEMPO QUE EU QUERIA

Eu estava apaixonado por ela e gostaria de perguntar: "Por que você não pode ser essa moça?" Mas o seu "você é um bom rapaz" significava que ela nem ao menos me via como um homem.

Também conversamos sobre livros. Ela folheou *A insustentável leveza do ser*, de Milan Kundera, que eu havia acabado de ler, e lhe contei a história.

— Se quiser, posso lhe dar de presente...

— Eu não leio em italiano.

Sempre acreditei tê-la amado naquelas duas horas em que ficamos sozinhos. Estávamos numa dimensão arrancada de nossas vidas, de nossas realidades. Depois Tony chegou, e os dois se fecharam no quarto. Voltei para o meu e compreendi que não estava bem, tanto por causa do trabalho quanto por ela: emoções demais em um só dia. Meu estômago ficou travado. Quando comecei a escutar o rangido da cama e os gemidos de Simi, me vesti e saí. Circulei de carro pela cidade, sozinho, sem compreender exatamente por que me sentia mal. Não era ciúme, era algo mais profundo, a mesma sensação de impotência que eu tinha experimentado em muitas outras situações.

No dia seguinte, fui à livraria e comprei o livro em inglês, *The Unbearable Lightness of Being*. Algumas noites depois, Simi voltou à nossa casa e a presenteei com o livro. Ela me agradeceu e me beijou na boca. Passei a noite inteira, na cama, procurando seu sabor nos meus lábios.

De manhã, ao sair do quarto, vi a porta de Tony aberta. Simi fora embora, e na cozinha estava o livro que eu lhe dera. Ela o tinha esquecido. Recuperei-o e fui para o escritório.

Tony sempre dizia que era um artista e que isso o obrigava a levar uma vida diferente: "Os artistas devem ter a vida que as pessoas comuns não podem ter. Somos obrigados a quebrar as regras e a ultrapassar todos os limites. É o preço a pagar."

Ele e seus amigos passavam as noites puxando fumo, bebendo e, de vez em quando, cheiravam cocaína. Eu dava uns tapinhas – os de boa-noite, como costumava dizer – e também tomava umas cervejas; mas com a cocaína nunca me senti à vontade. Tinha medo de perder o controle, ao passo que eles estavam certos de poder parar quando quisessem. E também eu me lembrava do conselho de Roberto: "Fique longe das drogas."

Tony afirmava que seu trabalho era provisório porque, como gostava de repetir: "Eu sou um diretor."

"Quando fizer meu filme...": essas eram as palavras que ele sempre usava. Amava os grandes diretores e odiava os estreantes. Eram todos uns bobalhões, todos menos competentes do que ele, mais afortunados, mais comerciais, vendidos ao sistema, limitados a um estilo televisivo... De tanto ouvi-lo falar mal de outros diretores, comecei a pensar que ele era realmente competente. Depois percebi que a realidade era diferente: se você critica os outros o tempo todo, acaba criando uma grande expectativa a seu respeito, constrói por si só a sua armadilha. Quanto mais você critica, mais cria expectativas; e, quanto mais expectativas cria, mais tem medo de errar. E, com frequência, em vez de fazer, fica adiando, com uma infinidade de pretextos. Muitas vezes, quem critica tem medo.

No escritório, eu ia cada vez pior. Não tinha ideias novas, sofria um bloqueio criativo. Sentia medo. Vivia meus problemas com a convicção de que jamais conseguiria superá-los. Aqueles dias sem uma ideia para desenvolver me consumiam.

São os momentos em que um profissional de criação sonha fazer um trabalho diferente, prático, de fadiga física, como simplesmente deslocar objetos, até mesmo pesados.

Estava chegando o momento de entregar meu segundo trabalho. Passara-se algum tempo desde quando eu tinha falhado da primeira vez, mas essa nova ocasião também foi um desastre.

Claudio foi muito duro:

— Repito o que já lhe disse, mas pela última vez. Você está imitando alguém, esse não é seu estilo. Talvez seu problema seja não saber quem você é. Pare de imitar. Se não se perder, não encontrará novos caminhos. Afrouxe seu autocontrole, jogue-se de verdade ou então mude de profissão. Você errou na primeira vez e reagiu assim, evitando o risco e me entregando praticamente a mesma coisa. No trabalho que sugeriu, não há uma ideia original, uma inovação, nenhuma prova de coragem. Pelo contrário: percebo um passo atrás. Não preciso de pessoas infalíveis, que não errem, mas de pessoas corajosas e originais. A coragem de arriscar é o metro para medir as pessoas. Você deve ter a coragem de ser descarado. Se quiser fazer este trabalho, não pode evitar isso. Não pode ter vergonha nem ser reservado. Tem medo da avaliação dos outros? Tem medo de não ser aceito, de ser julgado? Ou você aceita o risco e se mede, superando seus medos, ou volte para casa e continue reapresentando suas quatro ideias já experimentadas, que não o deixam errar.

"A escala você tem, precisa apenas decidir se vai usá-la. Há uma idade em que um homem sabe o que tem condições de fazer, quais são suas capacidades e, sobretudo, o que não pode fazer. Você deve compreender quais são seus limites e, para compreender isso, precisa ir até o fim. Mas estou avisando:

se o próximo trabalho que me trouxer for desprovido de coragem, você está fora. *Out!*"

Saí de sua sala e fui para casa. Deitei na cama e chorei. Pensei em voltar para minha cidade, pedir desculpas ao meu pai, vestir de novo o avental e descer para o bar com ele. Sem dizer uma palavra, como se nada tivesse acontecido.

Eu tinha medo de não estar à altura, medo de não conseguir. Dentro de mim começaram a crescer os fantasmas, aqueles que derrubam a gente com mil temores, dúvidas e paranoias. A ideia de falhar me perseguia. E também me sentia infinitamente só, desde muito antes. Só, cansado e apavorado.

Levantei e fui até o banheiro. Lavei o rosto. Tinha os olhos vermelhos, estava arrasado. Por dentro e por fora. Encarei-me no espelho ininterruptamente, por no mínimo meia hora, em silêncio. Tentei tirar daquele rosto tudo o que eu conhecia, todas as máscaras que usava. Tirar o nome, a idade, a profissão, a proveniência, a nacionalidade. Queria remover tudo e conseguir ver quem estava embaixo. Mas não consegui. Via sempre a mim mesmo, aquele de sempre. O eu em que me transformara. Olhei através daquele rosto toda a minha vida e descobri que via um monte de coisas que não me agradavam. Como uma bailarina clássica que passa horas diante do espelho e só vê defeitos a consertar. Talvez esse fosse o verdadeiro problema. O verdadeiro bloqueio. Não só eu ignorava quem era mas também o pouco que conhecia sobre mim não me agradava.

Claudio tinha razão: imitar alguém não me levaria a parte alguma. Mas eu nunca me senti competente em nada, e a tentação de copiar os outros era forte.

No escritório a situação estava complicada, mas resolvi não desistir. Por sorte, depois de um tempinho as coisas começaram a melhorar. Uma pequena campanha agradou. Na verdade, era um trabalho sem importância, mas para mim significava muito. Foi a única que fiz com Maurizio, porque depois me colocaram junto a Nicola e desde então não nos separamos mais.

Com Nicola, aconteceu a virada. A dupla funcionava às mil maravilhas. Conseguimos tarefas grandes: automóveis, campanhas para eleições políticas e produtos farmacêuticos. Em um mês eu ganhava mais do que em um ano no bar. Nem conseguia acreditar nisso.

Tudo corria perfeitamente. Um dia, durante uma reunião, o chefe me fez um monte de elogios na frente de todo mundo. Louvou minha força de vontade, meu empenho e a generosidade que eu revelava no trabalho.

— Não é como outros aqui, que estão se perdendo...

Com essas últimas palavras se referia a Tony, o agora ex-*enfant prodige*, que a partir daquele momento passou a se comportar comigo de maneira estranha. Os elogios a mim e a alusão a ele desencadearam em sua cabeça a ideia de que eu era um inimigo, um rival, um antagonista. Ele sempre fora considerado a promessa, o pupilo do chefe, e agora estava perdendo terreno. Sentia-se ameaçado e começou a ser arrogante comigo, a querer demonstrar sua superioridade. Aliás, nem era preciso, porque eu sempre a reconhecera. Tony entrou em competição comigo desejando me destruir. Fazia isso de todas as maneiras possíveis, até as mais mesquinhas. Até mesmo em casa a situação se deteriorou rapidamente. Morar junto significa dividir também a geladeira, mas ele raramente fazia supermercado e frequentemente comia o que eu comprava. De manhã, por exemplo, eu tinha o hábito de fazer o desjejum tomando um iogurte, mas às vezes, quando abria a geladeira, não havia mais nenhum.

— Avise quando tomar o iogurte, pelo menos eu compro mais.

Claro, era uma frase idiota, eu sei, mas me aborrecia que aquilo acontecesse sempre.

Ele respondia:

— Vai querer brigar por um iogurte? Amanhã compro uma embalagem com vários para você.

Isso me levava a me sentir um desgraçado que disputava um iogurte. Eu não queria brigar, queria apenas evitar abrir a geladeira de manhã e não encontrar o que queria comer. De qualquer modo, ele nunca comprou iogurte nenhum...

O que mais me chateava, no entanto, era que ele se sentia tão superior que me tratava sempre como se eu fosse um sortudo só por tê-lo como companheiro de apartamento. Se eu assistia à tevê, me pedia para mudar de canal porque havia um programa mais interessante; no início, por uma espécie de respeito, eu não dizia nada, mas com o tempo sua atitude começou a me aborrecer. Além do mais, o aparelho de tevê era meu, comprado por mim; ele não tinha um porque, como dizia sempre, "eu não vejo televisão". Mas acabava vendo, e como...

Quando uma lâmpada queimava ou uma persiana se quebrava, ele me pedia para tomar providências. "Resolva você, que é prático; eu realmente não sou." Eu o satisfazia, feliz por fazer aquilo, mas sobretudo por saber fazer. Não percebia que ele me dizia isso com um senso de superioridade, como se afirmasse: "Eu sou um artista e não sei fazer certas coisas..." Se eu tivesse percebido, poderia também lhe mostrar minha habilidade em limpar pisos, vidros de janelas com jornal, enxugar copos, aqueles estreitos nos quais a mão não entra direito, em fazer brilhar uma pia de aço e as torneiras ou em desencardir bem os vasos sanitários, depois que alguém não usou o escovão. Eu teria coisas a lhe mostrar. Mas Tony era aquele que havia ganhado um prêmio aos vinte anos, o gênio, o talento, a grande promessa... e se considerava superior a essas coisas. Realmente, creio que fui sortudo em ter tido em casa alguém mais competente do que eu, durante aqueles anos. Até hoje, de fato, procuro ficar ao lado de pessoas mais competentes do que eu. Preciso de alguém que me estimule a alcançar objetivos mais altos, e por isso detesto quem se rodeia de *yes, men.*

Quando comecei a obter resultados no trabalho e a compreender que não devia imitar os outros e podia continuar sendo eu mesmo, um rapaz do interior, passei a ganhar segurança e a não fazer mais concessões. Tal atitude, porém, era vista por Tony como uma falta de respeito e sobretudo como a demonstração de que eu estava me achando.

Tony começou a falar do meu trabalho e dos meus sucessos como se fossem apenas fruto da sorte: "Você foi sortudo por terem lhe dado aquela campanha. Foi sortudo porque o chefe não lhe disse isso assim assado. Foi sortudo porque justamente nesse momento aconteceu tal coisa..." Eu não entendia por que ele me falava daquele jeito: sempre me sentira feliz quando ele obtinha resultados.

Assim, comecei a perceber que sua amizade não era sincera, mas sim a ocasião para reforçar sua autoimagem. Era por isso que ele não ia embora do apartamento: a cada ano chegava um novo rapaz, e ele era sempre o melhor. Nós servíamos para isto: fazê-lo se sentir grande.

161

Eu não conseguia odiá-lo, só que agora já não lhe permitia ser arrogante. De propósito, pedia informações sobre seu filme, aquele que ele afirmava querer rodar. Eu queria saber do que ele iria falar, quando o fizesse, e até me oferecia para ajudá-lo. Ele era sempre vago e preferia mudar de assunto. Sempre que eu perguntava "Mas quando é que você termina o roteiro? Está trabalhando nisso?", vinha sempre com um desculpa: "Agora não, porque antes devo fazer uma viagem de que preciso para ver umas coisas; agora não, porque estou esperando que saia a nova versão de um software para a montagem; agora não, porque é um período estranho..."

E ficava adiando. Eu percebia que eram desculpas e que, na realidade, Tony temia descobrir que não estava à altura daquilo que todos esperavam dele. E talvez também daquilo que ele esperava de si mesmo. O fato de ter ganhado um prêmio famoso, no início da carreira, o penalizara: sentira-se já realizado e pensava que tudo seria fácil. Por outro lado, depois de um sucesso a pessoa sente todos os olhares em cima dela, e as expectativas criam grande ansiedade. É melhor crescer um passo de cada vez.

Um dia tentei conversar como amigo e disse que, em minha opinião, ele estava desperdiçando seu talento e seu tempo, que aquele contínuo adiamento era uma desculpa, pois na realidade ele estava se cagando de medo. Falei de maneira muito gentil, de tal modo que meu discurso não parecesse uma crítica, mas sua reação foi exageradamente nervosa. Ele gritou que eu havia ficado muito metido e que não deveria me permitir lhe falar daquele jeito, porque não estava à altura, e que minhas palavras eram apenas fruto de arrogância, presunção e sobretudo inveja.

O TEMPO QUE EU QUERIA

— Mas, Tony, estou lhe dizendo isso porque sou seu amigo.

— Não lhe perguntei nada. Afinal, o que você sabe? Só porque teve a sorte de fazer decentemente dois trabalhos... que, aliás, eu tinha recusado. Veio morar aqui sem sequer saber falar italiano, e agora me dá conselhos de vida. *Fuck off, loser.*

Pouco tempo depois, nos vimos competindo por um prêmio. Nenhum dos dois ganhou, mas eu cheguei em segundo lugar, na frente dele. Tony não me dirigiu mais a palavra, a não ser para me ofender pesadamente. Muitas vezes, o fato de não estar contente consigo mesmo gera crueldade contra os outros.

Um dia, até me acusou de ter lhe roubado uma ideia, afirmando que um *claim* que eu havia usado numa campanha era uma frase que ele me dissera certa noite, em conversa.

Fosse como fosse, nossa relação já estava comprometida. Assim que encontrei um apartamento para alugar, perto do escritório, me mudei.

Agora, eu vivia duas realidades. Durante a semana, pequenos sucessos e objetivos alcançados; aos sábados e domingos, voltava à minha cidade e via meu pai fazendo até mais sacrifícios do que eu, mas sem conseguir concluir nada. Em casa, tentava não me mostrar muito feliz pelo meu trabalho; no escritório, não parecer infeliz demais pelo que vivia em casa. Foi um bom treinamento, que fez nascer em mim o hábito da dissimulação. Era cansativo, fisicamente cansativo, fingir serenidade, mesmo que só o mínimo necessário para conseguir trabalhar bem e me relacionar com o mundo. Durante grande parte da minha vida, fui uma grande mentira emocional. Repetia sempre para mim mesmo: "Não sou feliz, mas posso parecer que sou."

Um sábado, durante o almoço, meu pai me disse uma frase à qual não dei muita importância na hora, mas que, com o passar do tempo, percebi que me atingira profundamente. A conversa havia sido iniciada por ele, com uma pergunta convencional:

— E então, como vão as coisas?

— Bem.

— Fico contente. Quer saber? Acho que, feitas as contas, meu azar foi sua sorte.

— Em que sentido?

— No sentido de que, se as coisas não tivessem dado errado no bar, você nunca sairia de casa, portanto meu azar foi sua sorte...

Com frequência meu pai não se dá conta daquilo que diz, realmente lhe faltam os instrumentos para perceber certas dinâmicas. Não consegue compreender o que pode significar para mim uma frase dita por ele. Seu discurso foi direto ao ponto; aquelas palavras entraram em mim como um estilhaço, como um pedaço de ferro na carne, e em minha cabeça se transformaram em um forte vínculo entre minha sorte e seu azar. Quanto mais as coisas davam certo para mim, quanto mais dinheiro eu ganhava, mais me sentia culpado perante meu pai. O dinheiro e o êxito nos distanciavam, nos tornavam diferentes. Quanto mais eu subia na escala do sucesso, mais sozinho me sentia.

Não conseguia curtir os resultados do meu êxito profissional. Por exemplo, continuava a circular com meu velho automóvel desconjuntado. Para muitos, isso era somente uma mania de alguém que queria bancar um personagem, o ingênuo, o que finge ser humilde. Não podiam saber que, para mim, era um problema profundo. O carro era um vínculo com minha

O TEMPO QUE EU QUERIA

família. Um carro novo significaria uma separação maior em relação a eles, mais um passo à frente, longe dos meus pais, ainda mais sozinho, ainda mais culpado.

De fato, naqueles primeiros anos eu vivia minha nova condição econômica e profissional como um símbolo de separação da família. Tudo corria bem, mas eu não era feliz.

16

Ela (que eu não suportava)

Tenho um problema. Sobretudo desde que ela foi embora. Já faz algum tempo que saio e conheço gente nova, mas ninguém me agrada. Quero dizer: não encontro ninguém que se pareça comigo.

Noites atrás, fui tomar um aperitivo com Nicola, junto com uns amigos e amigos de amigos. Depois de vinte minutos ali, em pé junto ao balcão, segurando um copo, eu já não sabia o que fazer e lembrei por que não saio quase nunca.

Até mesmo quando estava com ela, muitas vezes não a suportava, brigava, discutia e não concordava, mas sentia que ela era "diferente", era como eu.

Há um monte de coisas que melhoraram desde quando paramos de conviver, mas são todas pouco importantes e não valem sua ausência.

No inverno, nunca durmo sem cobertor, ao passo que, quando estávamos juntos, nas noites particularmente frias

O TEMPO QUE EU QUERIA

isso acontecia muito. Durante o sono, ela se embrulhava nas cobertas como um rolinho primavera, e eu, para recuperar um pouco de calor, precisava desenrolá-la como um ioiô.

No verão, quando está quente, posso alternar um lado da cama com o outro, aquele que era dela. Posso também trocar de travesseiro e sentir o frescor no pescoço por alguns instantes.

Posso assistir a um filme sem ter de dar pausa porque ela precisa ir ao banheiro, até duas ou três vezes. Ficar no sofá com o filme pausado sempre me incomodou. Aquela espera com o fotograma imóvel no televisor me irrita profundamente. Por outro lado, se continuasse a ver o filme porque ela me dizia que não parasse, me sentia egoísta e, de qualquer jeito, quando ela voltava, eu precisava lhe fazer um resumo rápido enquanto o filme prosseguia. Naquela situação, porém, havia pelo menos uma coisa positiva: a frase que eu podia dizer quando ela vinha do banheiro: "Já que você está em pé...", para pedir que me trouxesse um copo-d'água ou uma maçã. Em todo caso, ver televisão sozinho é melhor. De fato, a tevê é como a masturbação; e sozinho você pode rir de coisas bobas, sem ter medo de ser julgado. Acompanhado, às vezes é embaraçoso.

Também havia a gestão das persianas pela manhã. Eu gosto de subi-las em parte, não até em cima, para chegar à luz plena aos poucos. Ela, ao contrário, queria levantá-las completamente e escancarar as janelas para "deixar entrar um pouco de ar", como dizia.

O último iogurte permanece o último até que eu o tome. Vou ao banheiro sem fechar a porta a chave; com ela em casa, jamais consegui.

Até mesmo caminhar no verão sem ela tem suas vantagens. Posso manter vazios os bolsos da calça, como gosto. Ela muitas vezes vestia roupas sem bolso, e acabava que alguém, ou seja, eu, devia levar todas as suas coisas: carteira, celular, chaves, lenços. Um preço que, no entanto, valia a pena pagar para vê-la usar aquelas roupas.

Se recapitulo o tempo em que vivia com ela, com frequência me dou conta de ter sido realmente péssimo e lamento o modo como me conduzi muitas vezes. Havia dias em que eu era de fato antipático e insuportável. Meus dias de tolerância zero, quando me comportava como um menino mimado e caprichoso, e ficava intratável porque não a aguentava. Vivendo juntos, isso me acontecia muito. Então eu fantasiava estar novamente livre em minha casa, sem ela. Agora que minhas fantasias se tornaram realidade, admito que não me sinto em absoluto como imaginava.

No entanto, quando estava com ela, havia coisas que eu realmente não tolerava. Por exemplo, o café. Em minha casa tenho duas cafeteiras moka: uma de três, que é ótima para dois, e uma de dois, perfeita para um. A moka de dois faz o melhor café. Se acordasse antes dela, eu usava a moka de dois só para mim, mas se, durante a espera, ela também acordasse, eu ouvia:

— Podia ter usado a moka de três...

— Achei que você estava dormindo.

— Não sabe que eu acordo a esta hora?

O que, na linguagem de casal, significa: "Você continua o egoísta de sempre."

Então, de manhã, eu usava a moka de dois, evitando fazer barulho para não acordá-la e esperando que o café ficasse pronto antes de ela aparecer. Levantava a tampa na esperança de ver logo aquele vulcãozinho fumegando. Assim, vivia uma pequena, leve ansiedade. Se, em vez disso, preferisse a moka de três, sentia que havia feito uma coisa gentil para ela e, portanto, esperava uma recompensa.

Certa noite, antes de decidirmos continuar juntos, mas sem morar na mesma casa, estávamos conversando com aquela intimidade que às vezes sabíamos criar, aquele clima no qual os dois ficam tão tranquilos e cúmplices que um deles pode até se sentir livre para confessar uma traição. A certa altura, ela me pediu que lhe fizesse confidências. Não sobre traições, mas sobre coisas que ela fazia e que me deixavam nervoso.

— Deve haver algo que eu faço e que o aborrece, não?

Respondi que, no momento, não me ocorria nada. Era mentira.

Devolvi a pergunta e ela foi mais honesta, me disse mais de uma:

— Quando você termina uma conversa no celular e, antes de colocá-lo no bolso ou em cima de algum lugar, esfrega o aparelho na manga ou nos jeans para limpá-lo.

Naquele momento, eu me vi fazendo aquilo. Nem sequer percebia, antes que ela me dissesse. Parei de fazer, mas, depois que ela me deixou, recomecei. Às vezes, evito fazê-lo, como se fosse uma "simpatia". Bobamente, penso: "Se eu não limpá-lo, ela me liga para dizer que vai voltar para mim."

Outra coisa que a incomodava era quando, sempre com o celular, eu escrevia uma mensagem rapidamente. Uso as duas mãos e sou velocíssimo: aquele tic-tic-tic a deixava nervosa.

Se eu tivesse sido mais honesto em vez de lhe dizer que não me ocorria nenhuma das coisas dela que me aborreciam, teria feito uma longa lista.

Quando, no restaurante, pedia uma salada do cardápio e depois mandava tirar ou acrescentar algum ingrediente.

O ruído que fazia ao engolir.

Quando, de manhã, o frio lhe dava coriza e ela ficava fungando.

Quando deixava a geladeira aberta.

Quando mastigava as torradas.

Quando pescava com o dedo os farelos sobre a mesa e depois os metia na boca.

Mas o que mais me dava nos nervos talvez fosse quando ela tomava o iogurte. Ou melhor, o ruído que fazia para terminar o restinho: o som da colher no potinho de plástico me alterava o humor. Ao passo que eu chego a lamber o fundo, de tanto que gosto.

Até pensei que ela havia percebido meu incômodo, pois me parecia que fazia isso com mais gana só para me aborrecer.

Agora que ela não está mais aqui, sinto falta de todas essas coisas, até mesmo das que me deixavam irritado. Mas, sobretudo, fico mal pelo que não vai mais acontecer. E a dificuldade de achar uma mulher que tenha aquela coisa que não sei explicar, e que ela possuía, ainda me impossibilita, depois de todo esse tempo, de me perdoar pela culpa de tê-la feito sair tão estupidamente da minha vida. Por isso, agora eu a quero de volta. Por isso, assim que eu lhe falar, ela vai compreender e desistir de casar.

17

Nicola

Meu trabalho data dos anos 1980, no máximo 1990. De lá para cá, muitas coisas mudaram. Hoje os rapazes que chegam ao escritório são uns diplomados com um monte de títulos cada vez mais difíceis, os quais costumam terminar com "... da comunicação".

Eles vêm cheios de novas tecnologias, MP3, palmtops e computadores, mochilas e bolsas *cool* a tiracolo, mas totalmente incapazes de fazer qualquer coisa, embora com a pretensão – já que estudaram muito, alguns até no exterior, e talvez tenham feito até uns *masters* – de ter uma sala exclusiva e pessoas a comandar. Se você pede um favor, alguns o fazem notar que aquilo não é tarefa deles, porque não se encaixa na *job description*, como um dia me disse um a quem eu havia pedido que me trouxesse um café. Ele trouxe, mas eu soube que anda dizendo que sou um babaca e que da próxima vez me joga o café na cara.

Eu o entendo. Entrar no mundo do trabalho aos vinte anos é uma coisa; aos trinta é outra. Conheço os medos dele e sobretudo compreendo que agora é mais difícil do que quando comecei. Como escreveu Paul Valéry: "O futuro não é mais aquele de antes."

Nicola e eu estamos constrangidos, já não ficamos tão satisfeitos com este trabalho. As empresas aprenderam a ditar as regras, matando a fantasia: eu pago, eu tenho razão. Além de ser um trabalho que foi destruído ao longo dos anos, muitas vezes lhe dá um sentimento de culpa quando você percebe ter se dedicado a encher a cabeça das pessoas com bobagens, a convencê-las de mentiras, a criar falsas necessidades em suas vidas.

Eu, por exemplo, sou cúmplice em ter difundido as convicções de que, se você não beber fermentos lácteos todas as manhãs, adoece mais facilmente e fica mais fraco durante o dia; de que um desodorante pode ser inteligente; de que um creme pode reduzir o envelhecimento e eliminar rugas.

Foi justamente com as conversas sobre o sentimento de culpa dos publicitários que eu e Nicola ficamos amigos de imediato. Esse foi o primeiro assunto que discutimos e que nos ligou para sempre. Assim que formamos nossa dupla, quando Claudio ainda estava conosco, tivemos um fim de semana de trabalho. Fomos acompanhar um encontro que nos parecia útil à nossa profissão. Intitulava-se "A estética devora os filhos do tempo e destrói o único bem que o homem possui: a personalidade", frase que, acho eu, era uma citação de Kierkegaard.

Aquele encontro evidenciava de maneira clara aquilo que nos enojava em nosso ofício. Na tribuna, o relator falava e concordávamos com todas as suas palavras:

O TEMPO QUE EU QUERIA

"Temos consciência de ser parte ativa e importante da dissolução dos valores sociais, porque não vendemos apenas produtos, vendemos um estilo de vida, um estilo que seja possivelmente difícil e que ao mesmo tempo, porém, aniquile todos os outros. Porque o objetivo não é satisfazer uma necessidade, ou várias, mas alimentar cada vez mais desejos. Uma vez satisfeito o desejo, devemos já ter inventado outro e mais outro a ser aplacado..."

É verdade, nós manipulamos as pessoas, pedimos e obtemos atenção da indiferença cotidiana, e isso alimenta nosso ego, mesmo gerando em nós um sentimento de culpa a elaborar. Nós criamos o vazio, a angústia, e depois apresentamos o produto para preenchê-lo e tranquilizar as pessoas. Como a Igreja, manchamos com o pecado original e depois vendemos o tira-manchas. O consumo é o motor da sociedade na medida em que determina suas relações de força, seus modelos de comportamento, as categorias sociais, ou seja, o status.

A mensagem tem de ser dita e repetida continuamente, como o suplício chinês da gota-d'água, até ser absorvida totalmente. Ou melhor, até fazer parte da natureza do consumidor, a tal ponto que a essa altura é ele quem condiciona a si mesmo, quem se torna o guardião da própria cela.

A grande conquista da sociedade moderna é o aniquilamento da cultura da poupança. Gasta-se o que se ganha, ou melhor, pode-se até gastar mais, pode-se até gastar o dinheiro que se ganhará no futuro, aquele que você ainda não possui, graças a todas as facilidades de pagamento: prestações, *leasing*, cartão de crédito.

Nós, publicitários, colocamos nossa criatividade a serviço da luta contra a queda da produção, o inimigo número um a ser derrotado. É preciso continuamente estimular e criar novos desejos e novas necessidades. É preciso sempre buscar mercados a invadir e a conquistar como se fossem territórios. É preciso convencer de que comprar objetos é um modo de se sentir mais seguro. São muitos os métodos para induzir à aquisição; por exemplo, um muito eficaz é o envelhecimento do produto, sempre substituído por novas versões. Despojar velozmente o objeto daquela luz de novidade, daquela ideia de novo que proporciona uma sensação excitante. Nós cuidamos de dizer a você que aquilo já está velho e, como o produto o representa, você comprará o novo para estar sempre em sintonia com os tempos. Porque você é o produto, e um produto novo o rejuvenesce. Nós criamos consumidores insaciáveis.

Nem mesmo as ditaduras mais ferozes realizaram a uniformização, ao passo que a sociedade de consumo, sem declarar isso, se aproximou dela muito mais. Como disse Huxley: "... numa das próximas gerações haverá um método para levar os indivíduos a amar sua condição de servos e, portanto, a produzir ditaduras, como direi, sem lágrimas; uma espécie de campo de concentração indolor para sociedades inteiras, nas quais de fato as pessoas serão privadas de sua liberdade, mas isso as fará felizes."

Nicola e eu conversamos frequentemente sobre esses temas, gostamos de filosofar. Às vezes dizemos que deveríamos largar tudo e abrir um agroturismo em algum lugar, mas eu acabo achando que estamos simples e pateticamente satisfeitos com nosso trabalho. Afinal, a doutrinação causada pela tevê e pela publicidade faz com que nos sintamos numa posição de comando. Além disso, utilizamos uma linguagem internacional, trabalhamos com marcas que são a primeira forma de idioma internacional. "Coca-Cola" é a segunda palavra mais usada no mundo, depois de "okay". São termos conhecidos em todo o planeta. São nossas divindades domésticas, e nós somos os sacerdotes desta religião dos tempos modernos.

Nicola entrou em minha vida quando eu já era adulto. Não é um amigo de infância. Como Carlo, por exemplo, que conheço desde criança e, embora não nos vejamos nem nos falemos nunca, sei que ele está lá. Nicola eu sei que está porque o vejo todos os dias.

Já Carlo entrou em minha vida no tempo da escola primária. Ele me conquistou de imediato ao me contar uma piada que me fez rir muito e que na época se tornou minha preferida, ainda que agora, relembrando, eu não entenda o motivo. Até conhecer Carlo, minha piada preferida era outra. E mesmo essa já não me faz rir hoje. Era assim: "A mãe diz a Pierino: 'Vá comprar salame.' Pierino não quer ir até a mercearia, então resolve cortar o pinto, embrulha-o e o entrega à mãe, que o come e diz: 'Gostoso, vá buscar outro.' Pierino responde: 'Assim que o meu crescer de novo.'"

Aos oito anos, era a minha preferida. Eu ria sempre que a escutava. Depois Carlo me contou a dele:

"Oi, menininho lindo, como é seu nome?"

"HUGO!" (Dito de maneira rude.)

"Vamos, menininho, diga com mais doçura."

"HUGO com açúcar."

Como eu ria por aquela bobagem! "Hugo com açúcar": o que isso tem de engraçado?

No entanto, a história mais divertida com Carlo, aquela que gostamos de recordar nas raras vezes em que nos vemos, é outra. Tínhamos mais ou menos dezesseis anos e certa vez conseguimos nos enfiar num cinema pornô. Um dos últimos cinemas com luzes vermelhas, aquelas com uma faixa oblíqua na bilheteria: PROIBIDO PARA MENORES DE 18 ANOS. Aqueles cinemas aonde as velhas prostitutas iam para dar os últimos golpes de sua carreira, aproveitando que os homens estavam excitados e a sala, escura. Elas ainda conseguiam garimpar algum dinheiro, sobretudo com boquetes.

Duas filas à nossa frente, estava um sujeito com uma inacreditável camiseta arrastão. Ao lado dele, uma mulher, não sei se era sua companheira ou uma das que estavam ali para "trabalhar". O filme começava com um close num chaveiro que pendia da ignição de um carro. Em seguida uma mão feminina girava a chave para desligar o motor. Sempre em close, viam-se as pernas de uma mulher que saía do carro e se dirigia a um prediozinho. Mais uma imagem de chaves abrindo o portão, e em seguida a câmera se deslocava para dentro de um elevador. A mulher, de quem ainda não tinham sido mostrados nem o corpo nem o rosto, parava diante da porta de casa. O enquadramento se limitava à fechadura, na qual era inserida a chave. A porta voltava a se fechar e apareciam os pés dela, caminhando pelo corredor. De repente, o ruído dos passos foi interrompido na plateia pela voz do homem de camiseta arrastão: "Tem enredo demais!"

Caímos na gargalhada. Durante anos, aquela frase foi nosso bordão, e até hoje muitas vezes nós a citamos.

"Enredo demais!"

Nicola e Carlo se conheceram quando este último organizou uma festa-surpresa na minha cidade para comemorar um prêmio que Nicola e eu havíamos ganhado. Não sei como conseguiu o telefone dele, o fato é que os dois combinaram e, juntos, me fizeram essa surpresa. Foi uma noite inesquecível. Estavam todos os meus amigos, minha tia, meu primo e até minha mãe. Todo mundo, exceto meu pai. Recordo que me aproximei da mamãe e, enquanto nos abraçávamos, perguntei:

— Cadê o papai?

— Ficou em casa, estava muito cansado, mas lhe manda os parabéns.

Nicola se tornou logo um verdadeiro amigo, e nos últimos tempos é quem eu mais encontro.

Desde o primeiro dia no escritório, me disse que para ele o trabalho só tem sentido se for um jogo, que expressar a criatividade é uma necessidade, para não enlouquecer.

— Eu já tenho um monte de problemas, não quero que o trabalho seja mais um que vai se acrescentar aos outros.

— Mas que problemas você pode ter?

— Os mesmos que você: a vida. Lembre-se, a vida é uma doença mortal, portanto convém curti-la. Você hoje está bem? Então, aproveite!

Outra frase sua é: "As pessoas tristes entristecem o ambiente."

Por exemplo, um dia desses eu lhe pedi duas linhazinhas sobre uma ideia e ele me apareceu com um papel assim:

_____

_____

_____

— Fiz três porque estava inspirado.

Fiquei com vontade de espatifar a cadeira em sua cabeça.

Já ele não gosta quando eu digo:

— Não, não é isso, vou lhe explicar.

Nesses momentos, me responde:

— Tudo bem, Wiky.

Quando me chama assim, significa que eu banquei o sabichão e ele começa a me gozar. De fato, "Wiky" é um diminutivo para Wikipedia. Às vezes também me chama de "Tira-Teima".

Uma noite fui jantar em sua casa. O que raramente acontece, porque nunca há nada para cozinhar. Acabamos fazendo uma massa simplicíssima, com azeite e parmesão. Depois do jantar, fumamos um baseado, sentados no sofá, e a certa altura Nicola me disse:

— Você ouve todo mundo, mas sempre fala pouco de si, quase não se abre. Não confia em ninguém.

— Que conversa é essa agora?

— Faz tempo que eu queria lhe dizer isso. Caralho, você não confia em ninguém!

— Olha só quem fala... E você, que submeteu a faxineira à prova dos cinquenta euros?

— E daí? Só fiz isso porque queria ter certeza.

A prova funciona assim: pega-se uma nota de cinquenta euros, coloca-se num ponto da casa onde ela pareça ter caído por acaso, tipo um pouco embaixo do sofá, e depois se confere se a faxineira a devolve, colocando-a em cima da mesa, ou se, fingindo que não viu, mete-a no bolso.

Nicola deu um tapinha, me passou o baseado e continuou:

— Está lembrado da brincadeira da confiança, que se fazia quando criança? Deixar-se cair para trás e ser aparado por alguém? Aposto que você não consegue.

— Bom, engana-se...

— Quer saber? Vamos fazer agora mesmo.

— Ora, vá tomar no cu...

— Não, não, vamos fazer. Venha cá — respondeu ele, levantando-se.

O TEMPO QUE EU QUERIA

— Eu faria com qualquer outra pessoa, mas sei que você quer me deixar cair. Não é a brincadeira em si, é você... que, aliás, também não está muito firme.

— Besteira, você não faz porque não confia nem na sua sombra. Prometo que não o deixo cair... ou talvez sim, depende. Confie.

— Não, se você me deixar cair eu me machuco.

— É verdade: se eu deixar, você se machuca, mas não vou deixar. Confie.

— Que babaquice! Chega... vamos mudar de assunto.

— Confie.

Compreendi que ele não estava brincando e acabei aceitando o desafio. Eu me levantei do sofá e disse:

— Tudo bem.

Logo percebi que Nicola tinha razão. Mas me sentia bloqueado, não conseguia me soltar.

— E então? Mexa-se!

— Eu confio, mas estou travado. Um bloqueio. Juro que não consigo. Talvez seja culpa do fumo.

— Viu? Eu sabia. Não é o fumo, é você. Tem de confiar. Vamos, eu o aparo... talvez.

Comecei a rir.

— Pare de rir, feche os olhos e, quando resolver, se solte.

Levei quase um minuto, mas afinal me deixei cair. Ele me segurou. Foi minha primeira vez. Depois daquela brincadeira idiota, nós nos sentamos de novo e a fome química da maconha se apoderou de nós. Queríamos algo doce. Nicola foi procurar na despensa e voltou com uma calcinha comestível que havia comprado numa sex shop.

— Só tenho esta, sabor banana...

De início recusei, mas depois experimentei um pedaço. Não era ruim...

A noite acabou assim, da maneira mais singular: dois homens num sofá, cheios de maconha, comendo uma calcinha sabor banana.

18

Ela (e nenhuma outra)

Sempre achei que ela fosse a pessoa certa, a definitiva, aquela a quem mais ninguém sucederia.

Nunca vivenciei com outras mulheres o que sentia quando ela estava furiosa. Seu jeito de se fingir furiosa e ofendida era único, me comovia. Mesmo quando fechava a cara ou não falava, nunca era pesada, porque isso durava pouco, como acontece às crianças.

Por minha causa, ela até parou de usar manteiga de cacau. Eu gosto de beijar lábios ao natural, sem nada em cima. Gosto como eles são, qualquer sensação grudenta e qualquer sabor, mesmo os de fruta, me incomodam. Por mais que se imagine ser uma renúncia tola, ela nunca usou manteiga de cacau. É mais fácil parar de fumar. Sem isso, a pessoa sempre tem a sensação de estar com os lábios secos e rachados. Já lhes deve ter acontecido de uma moça perguntar a certa altura: "Será que você tem manteiga de cacau?"

Pensando bem, é uma pergunta estranha, considerando que não é tão comum assim que os homens tenham um bastão disso no bolso, mas, em crise de abstinência, uma moça acha que essa é uma pergunta normal. Uma mulher que renuncia a usar manteiga de cacau por sua causa é alguém que o leva a sério. Uma grande mulher. E ela era.

Seja como for, agora já não está aqui comigo nem na minha vida. Levou tudo consigo.

Dois dias depois que foi embora, ela me avisou por e-mail que viria buscar suas coisas e que preferia não me encontrar em casa.

Perguntei a Nicola se podia me hospedar com ele durante o fim de semana. Nicola não só concordou, obviamente, como fez até mais. No dia seguinte, chegou ao escritório com duas passagens aéreas para Paris. Não era a primeira vez que me aparecia com duas passagens para alguma cidade europeia. Fica horas na Internet e, quando descobre ofertas tentadoras, compra as passagens. Se depois resolvemos não ir, o prejuízo é pequeno, os voos que ele encontra são sempre baratos.

Gosto de passar fins de semana com Nicola pelo mundo afora. Ainda que a partida sempre me deixe um pouco agitado, a tal ponto que muitas vezes, quando chega o momento, torço para que aconteça alguma coisa que me impeça de viajar. Faço a mala, mas desejo abraçar o sofá.

Quando saio de casa para uma viagem, observo a luz que desce de maneira delicada sobre o sofá ou sobre a parede, fil-trando-se timidamente pelas persianas meio levantadas, e penso que tudo ficará ali, vivendo uma vida que não está destinada a mim. Olho ao redor, observo os objetos, as cadeiras, a mesa, a cama, e penso que, quando voltar, encontrarei tudo como deixei, sem alterações.

O TEMPO QUE EU QUERIA

Muitas vezes, Giulia também adere aos nossos fins de semana no exterior. Ir comer fora em três significa que um, quase sempre Nicola, deverá se sentar sem ninguém à sua frente. No carro, se Nicola está dirigindo, Giulia vai atrás; se dirijo eu, os dois se alternam; se é Giulia ao volante, quem vai atrás é Nicola. Em resumo, eu nunca vou atrás. Não há uma explicação, não é que tenhamos combinando assim, tudo acontece de modo natural.

Quando vamos a alguma cidade, o primeiro lugar que visito é um museu. Na última vez, estivemos em Londres e, logo depois que deixei as malas no quarto do hotel, fui à Tate Modern. Embora me agrade ir a exposições, para ser sincero não posso negar que elas sempre me deixam pouco à vontade e embaraçado. Pareço calmo, mas dentro de mim percebo uma pequena sensação de desconforto. Porque a arte me apaixona e eu a conheço um pouco, mas nunca a compreendo verdadeiramente até o fundo. Gosto de visitar exposições sozinho, de me deter pelo período que quiser diante de uma obra, de me dar tempo, e até mesmo pular alguma. Gosto da relação a dois entre mim e a obra de arte. Não me agrada fazer o percurso junto com alguém, prefiro seguir meu ritmo.

Outra coisa que gosto de fazer nos museus é ir à *bookshop*, onde sempre compro alguma coisa: uma caneca, um calendário, um lápis ou um ímã de geladeira.

Aquele fim de semana em Paris, com Nicola, não foi fácil. Circular pelas ruas de uma cidade romântica sabendo que, nesse intervalo, ela estava em casa enchendo caixas de papelão foi devastador. Enquanto comia, passeava ou me sentava num bar, eu nem sequer observava a beleza dos lugares: minha mente se dirigia para ela e a via dobrando, ajeitando, acomodando roupas e objetos nas caixas, nas bolsas, nas malas, nas esperanças desvanecidas. Eu a percebia circulando pela casa com o olhar de quem tristemente espera não ter esquecido alguma coisa. Seria capaz de fugir às pressas e de voltar para casa a pé, de correr para ela a fim de lhe pedir, de joelhos, que ficasse. Mas era inútil, não podia esperar dela algo que depois eu não conseguiria manter. Como sempre.

Nicola procurava me distrair, mesmo percebendo que minha mente estava longe, distraída, presa em um pensamento geograficamente distante. Ele falava, falava, falava...

— Sabe por que o *croissant* tem esta forma, e por que se chama assim? — perguntou-me à mesa de um bar.

Eu nem respondi.

— Tem a forma de meia-lua porque é como a lua crescente da bandeira turca. Os turcos, na intenção de conquistar Viena, durante a noite escavaram túneis para minar os alicerces das muralhas e derrubá-las, mas alguns padeiros que estavam acordados para trabalhar ouviram o barulho e avisaram ao exército, que repeliu os turcos. Em lembrança dessa vitória, pediu-se aos padeiros que inventassem um doce e eles criaram o *croissant*, que significa "crescente". Como a lua da bandeira turca... Sabia? Interessante, não?

— Não.

Quando voltei, no domingo à noite, fiquei alguns minutos diante da porta de casa, como se não quisesse entrar em minha nova vida. Tive esperança de encontrar tudo como antes, com ela no fogão me dizendo: "Vamos falar disso outra hora, agora, sente-se porque eu fiz seu jantar."

Mas a casa estava vazia. Como o meu futuro.

19

As mãos sobre a mesa

Àquela altura a relação com meu pai era feita de poucas palavras e de assuntos evitados. O afeto e a cumplicidade não existiam. Passara-se algum tempo desde que eu tinha ido embora, e talvez ainda fosse possível superar o que acontecera, mas a situação já se tornara para nós quase um hábito, um refúgio para nossas inseguranças.

Eu havia saído de casa porque desejava "outro lugar", uma possibilidade diferente. Meu sucesso demonstrava que eu tivera razão, e isso complicava as coisas.

Minha mãe me perguntava sobre o trabalho, queria saber, sentia orgulho de mim. Ele, ao contrário, não falava nunca, e bastava pouco para desencadear brigas idiotas.

Uma noite minha mãe cozinhou almôndegas do jeito que eu gosto. À mesa, falava-se do fato de meu pai ter que fazer uns exames médicos. Minha mãe não dirige, e então me ofereci para acompanhá-lo.

— Se você quiser, eu o levo.

— Não, obrigado, eu consigo ir sozinho, ainda não estou doente.

— Eu não quis dizer que você não consegue, falei apenas para lhe comunicar que, se você quiser, posso acompanhá-lo.

— Não é necessário, mas obrigado por se oferecer.

Não era uma gentileza de sua parte, ou medo de incomodar: eram portas que ele me fechava na cara, com ressentimento.

Naquela noite, porém, as coisas não foram como sempre, como nas muitas outras noites em que o silêncio havia escondido tudo. Naquela noite explodiu uma bomba. Depois de alguns minutos, por causa de um comentário dele, ou talvez pelo cansaço e ainda pela resposta que ele me dera pouco antes, perdi o controle e lhe vomitei tudo em cima. E não me refiro às almôndegas da minha mãe, mas a cada palavra, cada emoção, cada rancor que eu vinha engolindo havia anos. De minha boca saíam palavras que eu não pensava: saíam, e pronto.

— Sabe o que é, papai? É que estou de saco cheio. Dessa vez, de verdade mesmo. Não aguento mais, faz anos que continuamos assim e, agora, para mim chega. Sabe por que nós vivemos brigando? Porque não temos nada a nos dizer. Falamos de ninharias por medo de falar de outros assuntos, de pronunciar palavras das quais nos arrependeremos. Por que você não me diz, curto e grosso, que eu fui um babaca ao sair daqui e que o traí? Que lhe virei as costas, que fui um egoísta... Vá em frente, revele o que sente, de uma vez por todas.

"Eu venho jantar aqui depois de passarmos dias sem nos vermos, às vezes semanas, e você, depois de comer em silêncio o tempo todo, se levanta em silêncio e vai ligar a televisão na sala. Afinal, quem sou eu para você? Um incômodo?

"Nós não nos conhecemos, mesmo sendo pai e filho. Você não sabe nada de mim, não sabe como me sinto e como me senti quando saí de casa. A única coisa que você me diz é que não quer meu dinheiro e que, assim que puder, me paga. Já me encheu o saco com essa história, todos sabemos que é uma frase idiota. Não aguento mais ouvir você falar de sua vida em termos de sorte e azar. Ainda hoje, depois de todos esses anos, você me trata como estranho, como traidor. O que devo fazer para ser perdoado? Diga!

"Quando criança, eu tentava não criar problemas, e quando comecei a trabalhar no bar fiz tudo o que podia, trabalhava e até comia um pouco da merda que havia no seu prato. Fui embora daqui com um peso no estômago que eu não conseguia expelir nem mesmo vomitando. Porque talvez você não saiba, mas muitas vezes eu vomitava à noite.

"Renunciei a tudo na vida, sobretudo à felicidade, e me lancei ao trabalho para tentar resolver nossos problemas, para procurar uma solução. Eu tinha de conseguir, não havia alternativa. E consegui. Mas estou cagando para o dinheiro. Em vez de dizer que vai me pagar, seria melhor você me perguntar como estou, me perguntar o que pode fazer por mim como pai, e não como devedor. Porque eu desejo apenas viver bem, e para isso preciso de um pai.

"Lá fora encontrei muitos outros pais que me ajudaram, ficaram perto de mim, me ensinaram muito, e sem eles eu não teria realizado o que realizei. E ainda estão todos lá, dispostos a me ajudar e a me dar assistência. Para mim, são pessoas importantes, mas, como pai, eu continuo escolhendo você. Se ainda estou aqui depois de todos esses anos, é porque você é o pai que desejo.

"Agora, porém, me interessa saber se você me quer como filho. Não quero ser seu filho porque isso lhe aconteceu, mas porque você me escolheu. Escolha a mim, papai, ou então me deixe ir."

Eu disse essas últimas palavras com lágrimas nos olhos. Depois, com calma, acrescentei:

— E, se lhe pergunto se posso acompanhá-lo para fazer os exames, não vá me respondendo logo que não precisa. Procure entender, caralho, que talvez eu precise!

Eu nunca o enfrentara tão abertamente. Minha mãe, sentada diante de mim, em silêncio, mantinha as mãos no peito, pousadas uma sobre a outra.

Esperei uma resposta do meu pai. Ele continuou calado por alguns segundos, depois apoiou as mãos sobre a mesa para se levantar e, sem dizer nada, foi para a sala, sentou-se na poltrona e ligou a televisão.

Seu silêncio foi uma das coisas mais dolorosas que já senti na vida.

Também me levantei, peguei meu paletó e fui embora. A porta fez um ruído seco.

No carro, retornando a Milão, chorei.

Naquela noite, foi difícil adormecer, mas depois desabei. Na manhã seguinte, nem ouvi o despertador. À tarde, minha mãe me telefonou para saber como eu estava.

— Bem, e desculpe por ontem.

— Não peça desculpas — disse ela, acrescentando após um curto silêncio: — Você sabe como ele é. Não demonstra, mas lhe quer bem, não pense que não é verdade... Você não sabe disto, mas, em sua ausência, ele sempre fala bem de você

O TEMPO QUE EU QUERIA

para todo mundo. Assim que alguém pergunta, começa a elogiá-lo, todo orgulhoso, e diz que somos uns felizardos por termos um filho como você. Hoje conversei com ele na hora do almoço... aos poucos, você verá que as coisas vão mudar; tenha paciência, eu sei que a frase "as coisas vão mudar" não lhe agrada, mas dessa vez quem lhe diz sou eu...

Enquanto minha mãe falava, comecei a chorar, mas tentei evitar que ela percebesse. Já nem escutava suas palavras, porque repetia para mim mesmo aquela frase: "... e diz que somos uns felizardos por termos um filho como você."

— De novo, mamãe, me desculpe por ontem, eu não queria...

— Não estou repreendendo você, estou apenas pedindo que tenha paciência. Eu sei, isso é o que você sempre fez. Enfim, diga quando quer vir comer aqui, para eu lhe fazer aquele bife à milanesa do seu agrado.

— Tudo bem, por estes dias eu ligo e aviso.

— Seu pai lhe manda um abraço.

Não era verdade, mas fingi acreditar.

— Outro para ele. Tchau.

20

Ela (com meu cheiro no corpo)

Às vezes, de manhã, eu esperava que ela se levantasse e se arrumasse para ir trabalhar e, quando ficava pronta, eu a impedia de sair. Começava a beijá-la, queria fazer amor. Ela dizia que estava atrasada, que não podia, e eu, excitado, tentava convencê-la de que o atraso não era importante. Gostava da competição com o tempo e com seus compromissos. Queria transar com ela sabendo que nada poderia impedi-la de optar por mim. Eu queria ser mais importante do que tudo, queria ser irresistível. Queria vencer, e quase sempre conseguia.

Fazer amor assim, roubando seu tempo, de maneira veloz, sem sequer despi-la totalmente, me agradava demais. Vê-la ajeitar a saia e os cabelos logo depois e escapulir rapidamente, sem ao menos se lavar, era como uma droga para mim. Era agradável pensar que não era só por estar atrasada que ela

O TEMPO QUE EU QUERIA

não se lavava, mas também por querer sentir meu cheiro em seu corpo durante todo o dia.

Aquelas manhãs já faziam parte de nós, e por isso ela já não me enviava a mensagem que mandara da primeira vez: *Ainda estou com seu cheiro no corpo. Gostaria de não me lavar nunca.*

21

Os cuidados com as plantas

Alguns dias depois da discussão com meu pai, pela primeira vez recebi uma carta de minha mãe. Lembro de cor alguns trechos:

... Quando eu era criança, muitas vezes chorava à noite, na cama, por pensar que um dia meus pais já não existiriam...

... Agora que estou envelhecendo, há momentos em que me detenho e me vem à mente um monte de recordações do passado: meu pai, minha mãe, minha casa, minhas amigas, você pequenininho. As lembranças da infância e da adolescência são mais claras do que as lembranças recentes. Como se, ao envelhecer, eu voltasse até lá atrás e me aproximasse daquela idade...

... Eu me pergunto, Lorenzo, se fui boa mãe como a minha foi comigo...

... Ter você como filho significa não pedir mais nada à vida. Eu queria muito vê-lo mais sereno, queria muito que você

O TEMPO QUE EU QUERIA

não vivesse sempre com a sensação de que lhe falta algo, como aconteceu ao seu pai. Você verá que devagarinho as coisas se ajeitarão, até para ele. Conversamos frequentemente, e sei o quanto ele gosta de você.

Um abraço apertado,

Mamãe

Minha mãe é uma mulher pequenina, magrinha, delicada. Mesmo nos momentos mais difíceis, nunca a escutei se lamentar. Ela nunca foi grosseira, mal-educada, desrespeitosa. Nunca a ouvi fazer um comentário negativo, nunca uma fofoca. Ela nem parece de verdade.

Às vezes, à noite, quando estou sozinho em casa, penso nela e em tudo o que fez por mim só com seu exemplo, sua presença silenciosa. Ela estava sempre ali quando eu precisava. Sem jamais ser invasora.

Também eu, como minha mãe escreveu na carta, me vejo muitas vezes, à noite, pensando em quando meus pais já não existirem, e fico aflito. Quando penso nela, imagino-a circulando pela casa usando o avental para cozinhar, vejo-a estendendo roupa, passando ferro, dobrando, preparando os bifes à milanesa na frigideira cujo cabo se quebrou, tomando café sozinha, na mesa da cozinha. Penso frequentemente nela e em seus hábitos, nela que conhece exatamente as porções de comida a servir no meu prato. Minha mãe conhece as medidas da minha vida. Penso em suas palavras, em seu eterno e infinito amor. Até o amor silencioso. Perfumado e bom como os sabonetes cor-de-rosa que até hoje ela coloca na gaveta entre as camisetas, os sutiãs e os lenços. Em sua caligrafia nas caixas dos armários: *Sandálias mamãe, Botinas neve Lorenzo, Botas marrons*.

Penso no amor com que ela procurava fazer funcionar tudo, nos colocar de acordo, nos fazer saber que estava ali; na dificuldade que sempre teve em administrar os confrontos entre mim e meu pai. Em sua paciência para esperar o tempo de paz. Como se o fato de ser mulher e mãe lhe permitisse conhecer as dinâmicas do mundo.

Jamais consegui lhe escrever uma carta, nem mesmo depois que recebi a dela. Um vórtice no meu estômago suga a tinta.

Aquela carta, porém, foi o início de uma série de emoções que comecei a sentir com meus pais. De fato, alguns dias depois que a recebi, aconteceu outra coisa estranha.

Eram onze horas de uma manhã de domingo. Eu tinha acordado tarde e estava tomando um café, olhando lá fora pela janela. Gosto de soprar a xícara observando a cidade: envio-lhe pequenas nuvens, enquanto procuro acender todos os meus sentidos. A música que escuto nas manhãs de domingo é quase sempre a mesma. Também influem muito a estação e o tempo: James Taylor, Nick Drake, Cat Stevens, Bob Dylan, Eric Clapton, Carole King, Joni Mitchell, Cat Power, Norah Jones, Cesária Évora, Ibrahim Ferrer, Lucio Battisti.

Naquele dia, fiquei com vontade de comer uma maçã. Em geral, gosto de descascá-la fazendo uma tira só, sem interrupção, e por isso me concentro. Quando eu segurava a maçã e me ocupava em contorná-la com a faca, o interfone tocou. Faltava pouco para acabar de descascar. Terminei às pressas meu trabalho meticuloso e atendi:

— Quem é?

— Seu pai... vim por causa das plantas.

"Das plantas?", pensei. Achei tão estranho... Nunca esperaria por isso. Ele só tinha vindo à minha casa uma vez, junto com minha mãe, quando me mudei.

— Suba. Lembra onde é? Terceiro andar.

Recordo ter dito certa noite, jantando com eles, que não consigo fazer várias coisas em casa desde quando ela foi embora. Principalmente duas. Meter o edredom dentro da capa e cuidar das plantas. Quanto à primeira, muitas noites dormi diretamente com o edredom, sem capa; no que se refere às plantas, até tentei aprender, mas com pouquíssimos resultados.

Eu não estava preparado para aquela visita, ainda por cima num domingo de manhã, no silêncio da casa. Meu pai entrou com todas as ferramentas, dois sacos de terra, um saquinho de composto orgânico e outro de fertilizante granulado.

— Trouxe um *cornetto* para seu desjejum.

— Eu podia esperar tudo, menos você.

— Sua mãe não lhe disse?

— Não. Quer um café?

— Se você já for fazer mesmo... obrigado, quero.

Abriu a porta-balcão para ir à varanda e pousou ali suas coisas.

Coloquei a moka embaixo de água fria, porque ainda estava quente do café anterior, e depois o coei para ele.

— Quer que eu traga aqui ou você entra para tomar o café?

— Não, traga para cá, senão vou sujar de terra sua casa toda.

Havia despido o suéter, um que eu lhe dera de presente de aniversário. Era a primeira vez que eu o via usá-lo. Minha

195

mãe o enviara à minha casa para cuidar das plantas, e seguramente havia sido ela a separar o suéter para ele vestir. Ele, provavelmente, nem lembrava que era um presente meu.

Quando terminou, me chamou à varanda e disse:

— Algumas plantas você até pode deixar sem cuidados, elas sobrevivem do mesmo jeito, como estes gerânios. Outras, como estas suculentas, praticamente não precisam de muita atenção, ao passo que esta e esta aqui são mais delicadas, e você deve cuidar delas um pouco mais. Agora já as comprou, mas na próxima vez escolha plantas com base na vida que você leva e no tempo que pode dedicar a elas.

— Não fui eu que comprei, são coisas que ela fazia...

— Tudo bem, mas agora você já as tem, só precisa tratá-las um pouco mais. Nem todas as plantas são iguais, umas têm mais necessidades do que outras. Esta, por exemplo, vai mal, mas não está morta: está vendo aqui, onde a podei? Ainda está verde por dentro, você ainda pode salvá-la. Também fixei melhor estas grades para a hera. Já que estou aqui, tem alguma coisa que precise de conserto? Na caixa de ferramentas, eu trouxe até a furadeira.

— Não... acho que não.

— Bem, então vou embora. Se precisar, telefone. Se quiser que de vez em quando eu venha dar um jeito nas plantas...

— Tudo bem.

— Tchau.

— Tchau... e obrigado!

— De nada.

Eu estava atrapalhado como um rapazinho no primeiro encontro.

O TEMPO QUE EU QUERIA

Fechei a porta e me sentei no sofá. Estava cansado. A presença dele em minha casa havia esgotado minhas energias, como se eu tivesse feito uma mudança.

Fui à varanda e olhei tudo o que meu pai havia feito: nos vasos, a terra nova recém-regada, o arame para a hera, as folhas secas removidas. Tudo estava em ordem, e comecei a chorar.

22

Ela (a primeira vez)

Ela sempre foi diferente de todas, desde o início. Um mês depois que nos encontramos, eu já lhe pedia que viesse morar comigo. Não queria conhecê-la passo a passo, mas que nos lançássemos juntos e nos conhecêssemos durante o salto. Com os pés suspensos no vazio. Queria buscar uma intimidade antes mesmo de saber tudo a seu respeito: a intimidade antes do conhecimento.

Ela aceitou.

Não foi uma escolha apressada, não foi esse o motivo de nossa separação. Ela não é invasiva, sempre respeitou meus espaços. Nunca quis se meter entre mim e meu trabalho, entre mim e meus amigos. Queria estar ao lado, e não "entre".

Lembro quando nos vimos a primeira vez: nos fitamos e antipatizamos de imediato um com o outro. Eu não a suportava. Foi durante um jantar, e ela estava sentada defronte de mim. Mesmo reconhecendo que era bonita, achei-a o contrário do meu tipo: tinha cabelos louros e olhos claros, de um azul intenso. Talvez por isso não tenha me impressionado. São as mulheres mediterrâneas, morenas e de olhos escuros, que me chamam a atenção. O único ponto a seu favor era o rabo de cavalo: gosto de mulheres com os cabelos recolhidos assim. Mais do que o físico, o que acabou me atraindo foi seu modo de agir. A maneira como falava e a segurança que demonstrava. Ela gostava de provocar, como eu. Aceitei o desafio, tanto que depois, entre tiradas e alfinetadas, começamos a nos divertir.

Na mesma noite, depois do jantar, fizemos amor.

Convidei-a para minha casa. Eu a desejava como jamais havia me acontecido.

Em casa, virei a chave na fechadura sem tirar os olhos dela e comecei a beijá-la antes mesmo de bater a porta com um pé. Era como se eu quisesse rasgá-la, devorá-la, comê-la de beijos. Desmanchei seu rabo de cavalo e puxei-lhe os cabelos para trás, a fim de dispor de todo o pescoço para morder e beijar. Beijei-lhe os ombros, os lábios, o rosto, que me agradava assim, limpo e sem maquiagem. Queria fazer amor ali, de pé, porque o desejo por ela era mais urgente do que tudo. Mais do que as boas maneiras, mais do que as perguntas. Eu não queria ser gentil, educado, respeitoso. Queria que ela conhecesse logo o animal que carrego por dentro. E queria seu lado escondido, que ela talvez tivesse aprendido a não mostrar para não ser julgada por homens estúpidos e limitados. Eu a queria completamente fêmea. Eu a queria mulher, e de imediato. Por isso não a fitava com olhos adoradores e não lhe falava com voz trêmula de emoção por tê-la ali. Não. Não naquele momento. Nada de protelação, nada de espaço para inseguranças, nenhuma gentileza naquele nosso início. Nada de frases doces, nada de lençóis perfumados e leitos macios, mas sim paredes frias e o ruído de objetos caindo, e arquejos gravados com as unhas. Nem sequer uma carícia. Essas eu conservava para depois, quando tudo tivesse acabado. E eram muitas as carícias que eu queria lhe fazer, porque já estava louco por ela. Conservei-as como a sobremesa ao fim da refeição. Naquele momento, só carne, sal e chama alta.

Ela estava ali, apoiada à parede da entrada de minha casa. Seu dorso deslizava por aquela superfície abaixo enquanto ela se esfregava contra mim, para em seguida se agarrar aos meus ombros e subir de novo. Com as mãos, eu repetia o que minhas palavras diziam. Tocava-a por cima da roupa e depois enfiei mão embaixo da saia. Ela estava molhada. Passei o dedo nos lábios: seu sabor era gostoso. Eu queria submetê-la, queria que perdesse o controle. Sussurrei-lhe ao ouvido que por todo o jantar havia desejado agarrá-la e comê-la em cima da mesa.

Ela perguntou:

— E por que não fez isso?

Senti de imediato que ela iria comigo aonde quer que eu a levasse. Há mulheres às quais é melhor não pedir nada, porque de qualquer modo elas diriam não. Porque só dizem sim a quem não pede. Peguei-a pela mão e a fiz girar; agora, seu rosto estava contra a parede. Levantei sua saia e baixei sua calcinha.

— Diga que quer agora...

— Quero.

Na primeira vez, transamos assim. Depois fomos para a cama e fizemos amor de novo. Lentamente. Eu queria enlouquecê-la. Estava totalmente concentrado nela, em seus desejos.

O TEMPO QUE EU QUERIA

Uma coisa que, depois, ela já não me permitiu fazer. Como muitas mulheres, não gostava de sentir que eu estava obsedado pelo seu orgasmo. Por isso, só me permitiu na primeira vez; depois, quis que eu também me perdesse com ela.

Desde esse primeiro momento, ficou claro que não seria apenas uma trepada e até logo. Ela era a minha mulher, e eu o seu homem.

Apesar de tudo, ainda é assim. Vou recuperá-la.

23

A viagem mais longa

Dois dias depois que meu pai foi à minha casa para dar um jeito nas plantas, telefonei à minha mãe.

— Obrigado por mandar o papai vir cuidar das plantas.

— Que plantas?

— Domingo passado. As plantas da minha varanda. Foi você quem falou com ele, não?

— Não, eu não falei nada. Ele me disse que ia visitar um amigo e que eu não o esperasse para o almoço. Vi quando saiu com as ferramentas, mas não me avisou que iria à sua casa.

Fiquei calado.

— Que tipo, o seu pai... Faz tudo da cabeça dele. Vocês conversaram?

— Não, ele deu um trato na varanda... que ficou parecendo o jardim de Versalhes.

Em Milão, eu quase não uso o carro. Às vezes o deixo parado por tanto tempo que nem lembro onde o estacionei e

O TEMPO QUE EU QUERIA

saio procurando pela rua, apertando o chaveiro localizador e esperando ver o pisca-pisca se acendendo. Num sábado de manhã, desci e iniciei a busca, porque devia ir almoçar com a família. Não conseguia encontrar o carro. Então tentei mentalizar a última vez em que o usara e afinal me lembrei. Achei-o, entrei, mas o motor não arrancava. Bateria arriada. Provavelmente eu tinha deixado as luzes acesas. Não me animei a resolver o problema naquele momento. Chamei um táxi e mandei seguir para a estação. Fui ver meus pais de trem.

À mesa, meu pai perguntou como ia o trabalho e o que eu estava fazendo, e no final da refeição não se plantou logo diante da televisão. Quando perguntei: "Você não assiste mais à tevê?", respondeu: "Todos os programas já me encheram." Milagre.

Naquele sábado, depois do almoço, dei uma volta pela minha cidade; desde que não moro mais lá, acho-a cada vez mais bonita. A vida mais tranquila, tudo mais lento, silencioso e dentro da dimensão humana. Se você pedir uma indicação e quiser saber quanto tempo leva para chegar a alguma rua, sempre lhe respondem "cinco minutos". É uma cidade onde tudo fica a cinco minutos.

Fui ver velhos amigos. O bom da minha cidade é que posso até sair sozinho, mas sempre encontro alguém que conheço. No fim da tarde, passei de novo pela casa dos meus pais para me despedir. Às oito eu tomaria o trem de volta para Milão. Minha mãe estava na cozinha e meu pai no porão, fazendo seus trabalhinhos de sempre.

– Seu pai disse que você pode pegar o carro dele, se quiser. Mandou lavá-lo e encheu o tanque, garantiu que está perfeito e que você pode devolvê-lo com calma na próxima vez, até porque não vamos precisar por estes dias.

Desci ao porão para falar com ele.

— Obrigado pelo carro.

— Obrigado por quê? Não estamos precisando, não me custa nada...

— O que você está fazendo?

— Bah, arrumando um pouco Quero me livrar de um monte de cacarecos inúteis, que só servem para juntar poeira.

— Caramba! Você jogando coisas fora é realmente uma novidade!

— Pois é, quem diria? — comentou ele, com voz irônica.

Naquela noite voltei para Milão no carro do meu pai, todo limpo e com o pozinho perfumado no cinzeiro. Enquanto dirigia, pensei em nós dois. Quando criança, eu o esperava atrás da porta e, ao entrar em casa, ele me jogava em seus braços e ficava feliz. Depois parei de fazer isso, porque sentia que ele estava sempre pensando em outras coisas. Talvez eu tenha me enganado, deveria ter continuado a procurá-lo. Em vez disso, a certa altura nenhum dos dois deu mais um passo em direção ao outro. Desde então, meu pai e eu fomos separados por uma parede de chuva, feita de gotas de ausência.

Cresci desejando não ser igual a ele. Queria demonstrar ser um homem diferente. Desde garoto, tive de me confrontar com o mundo dos adultos e conheci cedo a ferocidade deles. Tive também de aprender a lidar com as dificuldades econômicas e emocionais de minha família. Consegui me livrar fugindo, me afastando daquela situação; saí dela levando bordoadas em todas as frentes, e esse percurso de vida me mudou para sempre. Tornou-me quase incapaz de afeto, não por natureza ou por escolha, mas por instinto de sobrevivência.

O TEMPO QUE EU QUERIA

Não tendo jamais investido nos afetos, revelo nas relações importantes todos os meus limites e minhas carências fundamentais. Eu tinha uma mulher que me amava e a quem, à minha maneira, eu amava; mas a deixei ir embora, exatamente como meu pai fez comigo. Um pai que estou aprendendo a conhecer e ao qual percebo me assemelhar, sempre mais a cada dia.

Relembrando quando ela – a "ela" que me deixou e foi embora, e que daqui a um mês e meio vai casar – me dizia que à noite eu voltava do trabalho para casa e não falava, que não se podia fazer nada porque eu sempre devia trabalhar, percebo que são as mesmas coisas que, em criança, eu dizia e pensava do meu pai.

Quanto mais cresço, mais sinto que me pareço com ele. Compreendo coisas suas que antes não compreendia. Estou me tornando cada vez mais semelhante à pessoa que combati a vida inteira. Eu precisava de olhos de homem para ver realmente meu pai. Agora que estou em paz com ele, já não fico tão apavorado ou agitado quando descubro em mim comportamentos semelhantes aos seus. Pelo contrário, parece que me sinto menos só. Sou sereno com ele e tento ser comigo. Eu o salvo na tentativa de me salvar, perdoo meu pai na tentativa de me perdoar.

Compreendi uma coisa importante sobre meu pai, talvez a mais importante para mim. Durante anos esperei que me dissesse "eu lhe quero bem", sem saber que ele havia dito isso indo à minha casa para cuidar das plantas, ou me emprestando o carro, ou levando o meu para lavar, ou quando me perguntou se eu queria que ele fosse montar para mim a prateleira nova, ou quando consertou minha bicicleta.

Meu pai não tem palavras cheias de sentimento e de amor porque, nele, essas palavras se transformam em ações, em objetos deslocados, limpos, consertados, arrumados, criados. Seu amor é prático, é ação. Seu dizer é fazer. Meu pai jamais conseguirá me dizer "eu lhe quero bem", mas sempre precisará fazer alguma coisa para expressar esse sentimento.

Também compreendi que, depois de todos estes anos, se ele me dissesse "eu lhe quero bem" ou me abraçasse, eu ficaria quase aborrecido, e seguramente constrangido. Não consigo sequer imaginar uma frase desse tipo dita por ele.

No dia em que veio à minha casa para tratar das plantas, meu pai fez a viagem mais longa de sua vida. Naquele dia, ele me escolheu.

24

Ela (e os beijos roubados)

Certa noite, estávamos no carro, indo a um jantar. Era primavera. Paramos num caixa eletrônico, ela desceu e foi até lá. Usava um vestido azul que lhe marcava bem as formas e deixava as costas parcialmente nuas, uns sapatos de salto alto e sola vermelha. Do carro, fiquei olhando-a e não resisti: desci também e me aproximei.

Ela percebeu e se voltou.

— O que foi? Estou sacando o dinheiro.

Olhei-a e, sem dizer nada, lhe dei um beijo na boca e outro no pescoço. Retornei ao carro e, pela janela, continuei olhando-a. Ela se virou para mim, enquanto eu a esperava terminar o saque. Sorria. Estava feliz. Havia sentido o quanto me agradava, o quanto eu era louco por ela.

Entrou de volta no carro sem dizer nada, virou-se para colocar a bolsa no assento traseiro e me deu um beijo.

25

Equilíbrios testados

Meus pais são "boa gente". Sei que a expressão é um pouco vaga, mas não me ocorrem outras; se eu dissesse "gente simples", seria até pior.

Depois de anos de trabalho duro e de sacrifícios, venderam o bar. O imóvel não era propriedade deles; digamos que, mais do que outra coisa, receberam algo pela licença. Com esse dinheiro e uma pequena ajuda de minha parte, conseguiram matar o monstro das dívidas. Finalmente se aposentaram.

Muitos fregueses do bar lamentaram. Houve inesperadas manifestações de afeto, que comoveram os meus pais. Sobretudo minha mãe. Um senhor quase oitentão, cliente fixo do bar desde sempre, até escreveu uma carta à minha família. A mamãe me mostrou:

O TEMPO QUE EU QUERIA

Sinto necessidade de lhes externar meu pesar, uma verdadeira dor, ao ver abaixadas as portas do bar onde, por tantos anos, fui acolhido como se fosse alguém da família. Ultimamente, minhas pernas me impediram de ir até lá frequentemente, como eu gostaria, mas isso não atenua a lembrança afetuosa que conservo de todos vocês. O mundo está cada vez mais árido, e é por isso que dou espaço ao sentimento. Obrigado por tudo, e me permitam abraçá-los.

Nesse meio-tempo, comprei com um empréstimo a casa onde eles moram agora. No começo, meu pai não concordou. Para convencê-lo, afirmei que comprar um imóvel em Milão era uma despesa com a qual eu não podia arcar, ao passo que, na cidade onde eles vivem, os preços são mais acessíveis. Expliquei que, para mim, era um investimento e, como eu não voltaria a morar lá, em vez de deixar a casa vazia, era preferível que eles a ocupassem. Meu pai se rendeu.

Assim, levam uma vida tranquila na província. Ambos recebem uma pensão. Mínima. Eu os ajudo um pouco, mas eles tentam gastar o mínimo possível. Sempre foram assim. Mesmo agora que não têm mais dívidas, não mudaram seus hábitos. Não desejam uma vida diferente. Fazem as compras no sacolão, onde tudo custa pouco, e com frequência o queijo parece de plástico, as mozarelas, bolinhas de borracha, e as barras de chocolate parecem recobertas por um pozinho branco. Tentei várias vezes convencê-los a comprar coisas melhores, mas não há nada a fazer. "Você sabe que para nós está bom assim, e veja que estes biscoitos são gostosos..." Um dia eu quis prová-los para tirar a dúvida: esfarelaram-se como serragem na minha boca. Tudo é sempre a submarca de alguma coisa. Como quando tínhamos o bar e comprávamos para nós alimentos mais vagabundos, embora fossem chamados como os bons. Dizia-se presunto cozido, mas era paleta; filé, mas era chã de dentro; qualquer creme de chocolate era Nutella, embora não se parecesse com este nem pelo sabor.

Às vezes levo para meus pais algo especial, mas, depois que explico toda a particularidade daquele queijo, daquele vinho ou daquele mel, eles logo me dizem: "Não o abra agora, leve para sua casa e coma. Você sabe que nós não entendemos dessas coisas." É verdade, não sentem a diferença. Ou talvez sintam, mas preferem o que comem habitualmente. Não porque seja gostoso, mas porque eles amam o hábito, até nos sabores: um gosto diferente os deixa agitados, não conseguem perceber se lhes agrada ou não. Com frequência, dizem: "Sim, é bom, mas não entendo o que as pessoas acham nisto, e falam como se houvesse aqui sei lá o quê..." Provavelmente, depois de anos suas papilas gustativas ficaram reguladas em uns poucos sabores. No entanto, sabem reconhecer os alimentos de qualidade: de fato, quando vou comer com eles os produtos são outros. Minha mãe faz dois supermercados, compra coisas boas só para mim. Por exemplo, o presunto de Parma: quando desembrulha para mim o pacote do presunto cru, ela tem nos olhos a luz do anjo da anunciação. Toda contente, me diz: "Este aqui é ótimo, escolhi especialmente para você..."

Se eu colocar no prato do meu pai uma fatia do presunto comprado especialmente para mim, ele diz que não quer, mas depois come. Aliás, traça tudo o que sobra em casa. Minha mãe sempre diz: "Se não conseguir acabar com tudo, deixe aí que seu pai come à noite." Se sobra algo no jantar, o prato fica na geladeira e, no almoço do dia seguinte, estará diante do meu pai.

O TEMPO QUE EU QUERIA

Mas tudo bem, porque não lhes falta nada. Se eu tentasse mudar seus hábitos, não os tornaria mais felizes, pelo contrário. É preciso respeitar a dignidade alheia e compreender que cada um está habituado à sua própria medida. Eles estão juntos há quase quarenta anos e têm equilíbrios e mecanismos muito testados, mas também muito delicados. Depois de todos esses anos, entre os dois nasceram dinâmicas que eu devo tomar o cuidado de não alterar.

Têm com as coisas e com a comida uma relação estritamente funcional. Comer significa nutrir-se. Até os objetos são adquiridos com base apenas em sua função, e não seguindo um gosto estético. Eles jamais comprariam uma caneta cara, por exemplo; nem sequer compreendem por que as pessoas fazem isso. "Basta que escreva. Por que gastar mais dinheiro? Por que ir ao cinema, se daqui a um ano o filme passa na televisão? Não precisamos de televisão a cabo, nós vemos o que houver na tevê normal..."

A vida deles é cadenciada por hábitos, por horários sempre iguais. Agora que estão aposentados, fizeram apenas uns pequenos ajustes. Por exemplo, minha mãe, quando desce pela manhã para fazer as compras de casa, deixa um bilhetinho para meu pai, que ainda está dormindo: "Fui ao supermercado. Eu mesma compro o jornal." Deixa sempre a moka preparada no fogão e meu pai só precisa acender a chama. Isso, sem bilhete, porque é assim desde sempre. Antes, quando ainda havia o bar, ela a deixava preparada à noite. Meu pai preferia a moka para seu primeiro café do dia; depois, no bar, fazia um segundo. Agora, além da moka, minha mãe também separa, em cima de um guardanapo, os comprimidos dele para a pressão e o diabetes, como se fossem bombons deixados por Papai Noel.

211

Os bilhetinhos de minha mãe me comovem. São as pequenas atenções que eles têm entre si, que tiveram por toda a vida, e que eu não fui capaz de recriar com nenhuma mulher. Pelo menos até agora.

Minha mãe mudou pouco depois que se aposentou. Continua a cuidar da casa, tem mais tempo para as compras e dá longos passeios pelo centro, mas em geral as horas livres não a apavoram. Ela era menos envolvida com o bar, era mais mãe e esposa, e continua sendo. É serena, talvez porque nunca teve grandes ambições na vida, e por isso ficou menos desiludida.

Meu pai, ao contrário, ficou mais irrequieto, atormentado pela sensação de haver perdido. Não é fácil reorganizar de repente a própria vida, quando você sempre precisou correr atrás dela, como foi o seu caso. Depois que, durante anos, não fez mais do que trabalhar, ele se viu obrigado a lidar com um infinito tempo livre, e não sabia como administrá-lo. Nos primeiros dias de aposentado, parecia um maluco: deslocava vasos na varanda a cada dois dias, raspava e pintava paredes, corrimãos, prateleiras, consertava a bicicleta, serrava tábuas, martelava e perfurava. Reclamava e resmungava sem parar. Eu sabia dessas coisas porque minha mãe me contava. Conhecendo-a, eu sabia que, se ela me fazia confidências, significava que ele se tornara realmente pesado, porque minha mãe sempre foi uma pessoa muito discreta. Contou-me que meu pai não tinha mais paciência para nada: no carro, buzinava ininterruptamente para todo mundo, porque ninguém, exceto ele, sabia dirigir; se havia alguma obra no prédio, dizia que estavam fazendo tudo errado; reclamava que ela não devia ter lavado sua calça, porque ainda não estava suja,

O TEMPO QUE EU QUERIA

e que não podia deixar nem uma camiseta largada por um instante, porque ela pegava logo para lavar...

Depois ficou mais calmo. Entrou numa nova fase, na qual a televisão o sedou. Como se faz com as criancinhas, quando a mãe precisa cuidar de alguma coisa. Sempre que eu voltava para casa, via-o diante da televisão como um homem que só está esperando morrer, porque não é mais necessário a ninguém. As poucas palavras que pronunciava eram cheias de resignação e cansaço. A raiva se atenuou, talvez graças aos comprimidos que ele tomava.

Sentia-se mais envolvido com a vida que via na televisão do que com a real. A tevê impunha os horários de sua nova vida. De fato, não tendo televisão na cozinha, obrigou-se a comer mais cedo, por causa de sua paixão por um investigador alemão. O diretor da emissora, que organizava a grade de programação no início do ano, era quem decidia o horário das refeições dos meus pais. Certa vez sugeri instalar uma televisão pequena na cozinha, mas ele me respondeu: "Não exageremos, eu não decaí tanto assim..."

Na fase em que meu pai era videodependente, dei uma televisão nova à minha mãe, já que os dois têm gostos diferentes e era sempre ela quem se sacrificava, renunciando aos seus programas preferidos. Assim, a televisão no quarto pertencia mais a ela. Depois do jantar, um ia para sua poltrona na sala e o outro para o quarto, não antes de ter separado os comprimidos dele para a pressão, esperando que ele não se esquecesse de tomá-los. Minha mãe via tevê em silêncio no quarto, ao passo que meu pai tendia a comentar, resmungar, reclamar, e às vezes até discutir. A tevê o ajudava a expressar um pouco da raiva contida. Minha mãe me disse que muitas vezes o escutava falando sozinho. Devo dizer, porém, que meu pai sempre teve esse hábito: mesmo quando eu era criança, se estivéssemos comendo e no telejornal aparecesse um político que ele detestava, começava a insultá-lo, ainda com a boca cheia.

Agora meus pais levam sua vida de maneira tranquila e metódica, e eu não consigo nem mesmo convencê-los a fazer uma viagem. Meu pai diz que se recusa por questões econômicas, mas, na realidade, nesse caso o dinheiro não tem nada a ver: é uma desculpa. Acho que eles não querem viajar porque isso lhes parece algo inconcebível, um evento que abalaria todos os seus hábitos. Têm medo: estando em casa, entre suas coisas, sentem-se bem, ficam mais seguros. Não vão sequer a um restaurante, exceto quando são convidados para um casamento ou uma primeira comunhão, mas, mesmo nesses casos, muitas vezes minha mãe vai sozinha.

Quando assistem na tevê àquelas reportagens sobre férias estivais, com as praias lotadas e os veranistas amontoados uns sobre os outros, comentam sempre com a mesma frase: "Essas pessoas são loucas. Vão se cansar mais do que se ficassem em casa!" Ou então, quando veem os que, para fugir do calorão de agosto, banham a cabeça nas fontes da cidade: "Mas por que não ficam em casa, em vez de enlouquecer assim?" A palavra louco é a mais usada. Sobretudo em dialeto.

Depois de muita insistência, no ano passado finalmente consegui convencê-los a passar uma semana na praia. Tive de reservar uma pensãozinha, não por economia, mas por temer que, num hotel de luxo, eles se sentissem constrangidos. Já numa pensão com nome de mulher e a proprietária na recepção, ficariam mais tranquilos. Achei que o lugar era mais adequado a eles, que precisam de um contato humano. De fato, passaram a maior parte do tempo conversando com

O TEMPO QUE EU QUERIA

a proprietária, assistindo à tevê com ela ou jogando baralho. Minha mãe chegou a ajudá-la na cozinha. Não estava habituada a ficar sem fazer nada. De manhã, até arrumava a própria cama.

Neste último período, porém, meu pai mudou. Olho para ele e fico mais tranquilo, pois percebo que entrou numa nova fase. A primeira, logo depois da aposentadoria, foi marcada pela hiperatividade: trabalhinhos, objetos a consertar, assuntos a resolver. Na segunda, a da televisão, ficou anestesiado. A nova fase, que me comove, é aquela na qual ele despertou.

Meu pai reagiu. Por exemplo, resolveu aprender a usar o celular e o computador, e até estudar um pouco o inglês. É uma fase adolescente. Ele tem vontade de aprender e de fazer coisas por si mesmo.

26

Ela (e Satie)

Era um domingo de agosto. A cidade estava deserta, e no dia seguinte sairíamos de férias. Tínhamos passado o dia inteiro com as persianas abaixadas para nos proteger do calor. Ela usava uma sainha curta, sem camiseta, só com o sutiã do biquíni. Circulava pela casa organizando tudo e terminando de fazer as malas. Eu, de cuecão e torso nu, resolvia coisas do trabalho no computador.

Por volta das sete horas, ela levantou as persianas e abriu as janelas. Pela porta da varanda, entrou logo um pouco de vento. Ela me trouxe um copo de chá com limão. Agarrei-a pelo pulso e a sentei no meu colo. Passei a mão pelos seus cabelos. "Estou toda suada", me disse. Beijei seus lábios, depois uma bochecha, depois o pescoço. Afastei o triangulozinho do sutiã e minha mão se encheu com seu seio. Fizemos amor na cadeira. Quando ela gozou, senti que enrijecia e depois relaxava os músculos, me abraçando com força.

O TEMPO QUE EU QUERIA

Ficamos naquela cadeira, em silêncio, enquanto o vento nos acariciava.

Do computador brotavam as notas das *Gnossiennes n. 1*, de Satie. Depois de alguns minutos, entrou pela janela um cheiro de carne grelhada e, não sei por quê, começamos a rir. Depois tomamos uma chuveirada e, antes do jantar, fomos dar um passeio. De mãos dadas, falando entre um silêncio e outro e escutando, das poucas janelas abertas dos prédios, o som das televisões. À noite, antes de dormir, esvaziei e lavei o copo do chá que ela me levara e que eu não tinha bebido.

27

Uma nova vida

Não tenho filhos, portanto não sei o que se sente ao ensinar algo a um filho, mas posso dizer que ensinar alguma coisa a um genitor é uma emoção indescritível. Até coisas bobas, tais como fazer o Sudoku. É emocionante do mesmo jeito. Sentir-se útil, saber que se está restituindo algo a eles é alegria pura e comoção.

Quando meu pai me perguntou se eu podia ajudá-lo com o inglês, não acreditei. A meia hora passada com ele, explicando-lhe noções simples, foi uma das coisas mais divertidas que me aconteceram nos últimos anos. Ele percebeu logo que não é fácil. Envolveu até minha mãe, mas foi quase impossível fazê-los compreender os exercícios do livro que compraram.

O TEMPO QUE EU QUERIA

Exercício 1. Escrever a pergunta relativa às seguintes respostas:
Tom mora em Londres.
Solução correta: Onde Tom mora?
Solução dos meus pais: Ele está bem?

Então, tentei explicar a eles que a pergunta que devem fazer é aquela antes da resposta, e não depois, mas eles não compreenderam.

Meu nome é Mark.
Solução correta: Como é o seu nome?
Solução deles: E o sobrenome?

Desmoralizado, passei a outro exercício:

Exercício 2: Unir corretamente os nomes da coluna um com as ações ou as atividades da coluna dois. Exemplo: *Jane is a teacher.*
A última combinação dos meus pais foi: *My dog is a journalist.*

Meu pai deixou para lá o inglês, mas com o celular vai muito melhor. Aprendeu a enviar mensagens e, graças a elas, até descobriu um jeito de externar para mim seus sentimentos. Parece um absurdo, mas assim é: por SMS, ele se comunica. Meu pai jamais conseguiria escrever uma carta como aquela que minha mãe me fez, mas nos SMS achou um jeito de se comunicar comigo. A primeira mensagem que me mandou era: *oi lorenzo como vai ponto de interrogação.*
Escreveu "ponto de interrogação" por extenso porque eu me esquecera de lhe ensinar o sinal.
A segunda foi: *quando vem aqui em casa que estamos querendo ver você?*

219

Devo dizer que, quando recebi essa mensagem, fiquei imóvel, com o celular na mão, durante pelo menos cinco minutos. Acho que meu pai escreveu "estamos" porque "estou" talvez fosse demais para ele.

Não consegui responder. Iniciei uma mensagem no mínimo umas vinte vezes, depois desisti. Quando liguei para casa e falei com minha mãe, pedi-lhe que dissesse a ele que eu tinha recebido a mensagem. Ela não sabia de nada. Talvez eu não devesse ter contado, era um segredo nosso. No final, o mais atrapalhado dos dois era eu.

Sofri a vida inteira porque meu pai não me dava as atenções que eu queria, e agora que ele estava fazendo um esforço para isso, eu não era capaz de administrar a situação, de reagir, de responder.

Não consigo ser natural quando ele me manda mensagens; não importa o que escreve, eu sempre fico emocionado ao recebê-las, tanto quanto fico quando ele me empresta o carro, depois de mandar lavá-lo e de encher o tanque, quando me dá parabéns pelo meu trabalho, quando me pergunta como vou, se estou namorando, se pretendo ter filhos.

Ultimamente meu pai se comporta como se sentisse culpa em relação a mim e de algum modo tentasse dar um jeito. Agora é ele quem me procura, e, ironia da vida, muitas vezes me vejo dizendo aquilo que ele me dizia quando eu era criança. Como quando, um dia, me telefonou.

— Você vem no próximo domingo? Quero lhe mostrar uma coisa que encontrei no porão...

— Não posso, papai, tenho que trabalhar.

A nova relação com ele é verdadeiramente especial para mim, diferente da que tenho com minha mãe. Às vezes, eu e

O TEMPO QUE EU QUERIA

ela nem falamos, porque basta um olhar para nos compreen-
dermos.

Os SMS do meu pai são absurdamente mais poderosos do
que as palavras escritas pela minha mãe em sua carta. Minha
mãe é também mais física: consegue me abraçar. Ao me
escrever aquela carta, fez um gesto extraordinário, comoven-
te e emocionante; mas meu pai, para conseguir escrever
aquelas poucas palavras no celular, fez uma viagem muito
mais longa e inóspita. Para isso, teve de se expor, teve de se
dar conta de muitas coisas. Quando me escreveu *oi lorenzo
como vai ponto de interrogação*, realizou um milagre, sem se dar
conta.

28

Ela (que havia compreendido)

Ela não era ciumenta, não ficava controlando. Seja como for, nunca a traí. Se eu tivesse feito isso, ela descobriria em um segundo. Antes de mais nada, porque não creio ser especialmente competente em mentir, e depois porque ela possuía um estranho talento, um sexto sentido para certas coisas. Por exemplo, no meu escritório havia uma moça que me agradava como tipo. Se eu não fosse comprometido, provavelmente teria tentado alguma coisa. Mas era, e não fiz nada quanto a isso, só mesmo uns papos de vez em quando. Um dia, ela, a mulher que me deixou e que dentro em pouco vai casar, foi me ver no escritório. Em casa, à noite, não me perguntou sobre nenhuma das moças que havia visto no meu trabalho, só me fez perguntas sobre aquela tal. Não sei como conseguiu compreender. Embora eu estivesse em paz com minha consciência, respondi com embaraço. Não sei se ela me fez aquelas perguntas para me avisar que havia percebido; nunca falamos do assunto.

Já eu tinha ciúme, e uma vez, quando ela tomava banho, peguei seu celular e conferi todos os arquivos: mensagens recebidas, enviadas, salvas. Conferi até as ligações feitas e recebidas. Assim que a percebi saindo do banheiro, larguei o telefone, mas a luz do visor continuou acesa. Ela viu e não me disse nada. Nunca falamos disso, embora eu saiba que ela sacou. Sempre me perguntei se terá pensado que fiz aquilo por estar loucamente apaixonado ou por ser doentiamente ciumento. Se é que entre essas duas condições existe alguma diferença.

29

Mas isso não aconteceu

A última campanha na qual eu e Nicola trabalhamos era importante: o lançamento de um novo modelo de automóvel. O típico trabalho que prende você no estúdio até muito tarde. Uma noite, fizemos uma pausa e pedimos na pizzaria duas margueritas. É bom permanecer no escritório quando está vazio. Tudo fica tranquilo, silencioso, e até conversar e comer a pizza diretamente da caixa tem certo fascínio. Abrimos uma garrafa de vinho tinto, dos que sempre temos ali para esse tipo de ocasião.

Naquela noite, Nicola não parava de enviar mensagens pelo celular.

— O que você tanto escreve? — perguntei.

— É para Sara.

— Eu tinha percebido. Com ela, você é assim desde o início.

Antigamente, para cortejar uma mulher, primeiro você devia convencê-la a saírem juntos; depois, tinha de se fazer

O TEMPO QUE EU QUERIA

conhecer o máximo possível, falando durante horas e jogando em todas as direções. Hoje, com os SMS, é possível criar de imediato uma relação e dar a ela uma ideia a seu respeito, de quem você é. Na primeira vez que saem para jantar, se tiver trocado algumas mensagens com ela, você já sabe mais ou menos com quem está lidando. O jantar se torna a final, já não é uma simples partida para se classificar. Trocar SMS pelo celular é suficiente para os dois se sentirem mais próximos, mais íntimos.

Mas é preciso aprender a linguagem dos torpedos, a qual não consiste apenas no que se escreve. Se não conhecer a psicologia dos SMS, você corre o risco de nem sequer chegar ao jantar, é eliminado antes do início do jogo. O valor também é determinado por certas nuanças. A hora, por exemplo. Uma mensagem em plena noite, ou de manhã cedo, provoca mil reflexões: "Ele pensou em mim logo que acordou... Pensou em mim antes de adormecer..." As mulheres, principalmente, prestam atenção nesses detalhes. A quantidade também é importantíssima. Quantas mensagens você recebe ou envia é algo delicado de administrar. Você se arrisca a parecer pouco interessado ou, se exagerar, um homem pesado, invasivo, inseguro. Além disso, é fundamental a interpretação dos SMS: às vezes um escreve uma mensagem brincalhona, o outro entende mal e responde furioso.

— Você regrediu à adolescência — disse eu a Nicola.

— Um pouco, é verdade. Tenho quase quarenta anos e Sara, vinte e cinco. Mas me agrada cada vez mais. Eu me divirto, ela é simpática e inteligente. E é mais madura do que a idade que tem, não é daquelas que usam "ou seja" como uma vírgula. Sua amiga Giulia...

— É amiga sua também.

— Eu sei. Bom, mas um dia desses Giulia me saiu com a frase que todas as mulheres dizem das mais jovens: "Afinal, o que você, aos quarenta anos, tem a dizer a uma garota de vinte?"

— E qual foi sua resposta?

— Para começar, quero deixar claro: eu tenho trinta e sete, e não quarenta; e Sara, vinte e cinco, e não vinte. Aliás, as mulheres são fantásticas: quando falam de si mesmas, dizem que já desde garotas eram mais maduras do que suas coetâneas, ao passo que as outras mulheres, na opinião delas, mesmo aos vinte e cinco anos são tolas e vazias. Como se as de trinta e cinco fossem todas inteligentes, simpáticas e sobretudo interessantes. Além disso, mesmo sexualmente não é garantido que as mais adultas sejam mais desembaraçadas, desenvoltas e capazes. Só para dar um exemplo, Elisabetta estava com trinta e quatro quando precisei lhe explicar como se toca uma punheta num homem. Veja você...

— Eu gostaria de saber como foi essa explicação. O que você disse a ela?

— Nada, apenas esclareci que devia pegar no pau como se segurasse um canário. Não convém matá-lo apertando demais, mas tampouco deixá-lo fugir.

— Bom, admito que essa imagem ajuda. Se eu precisar, vou usá-la. De qualquer modo, percebe-se que com Sara é diferente, que com ela *você* é diferente. Tirando a recaída que teve com Valeria, parou de sair por aí, comendo tudo o que se move. Acho que esta o fisgou de vez.

— Compreendi que, afinal, ficar com muitas mulheres é apenas um bom método para estar sozinho. A sexualidade desenfreada e contínua conduz à não significação do mundo.

O TEMPO QUE EU QUERIA

— Vamos anotar esta, podemos usá-la como *claim*: "A sexualidade desenfreada e contínua conduz à não significação do mundo." Mas como diabos lhe saiu uma frase assim?

— Não é minha. Não me lembro de quem é, mas não é minha. De qualquer forma, gosto de passar o tempo com Sara, até porque, sendo tão jovem, ela tem uma vida ainda cheia de possibilidades e de escolhas a fazer. Ainda não sabe claramente o que vai querer ser. Eu me encontro numa fase perigosa, porque sinto que estou me tornando como o protagonista de *Morte em Veneza*. Como Gustav, sou atraído pela beleza e pela juventude, que já começam a se desvanecer em mim. Você não sabe que alegria quando sugiro um livro ou um filme que ela não conhece. Tenho certeza de que vai gostar, tenho certeza de que estou lhe dando uma coisa que de algum modo irá modificá-la. Quando isso acontece, eu me revejo na idade dela. Ou então quando, fazendo amor, ensino uma coisa nova e descubro que ela gosta, que aquilo a faz gozar. Com as moças mais jovens é tudo mais leve, mais fácil. Gosto de fazer um monte de coisas com ela, ainda consigo até ir a restaurantes que têm fotos dos pratos no cardápio. E, também, ela faz parte de uma geração abandonada, uma geração que precisa ser ajudada porque é mais infeliz do que nós: falam mal, comem mal, trepam mal, se drogam mal. Ah, mesmo não tendo nada a ver: sabia que Sara não tem marca de vacinação no ombro?

— Ela não sabe nem o que é o Commodore 64?

— Não.

— Nunca viu aqueles chaveiros fluorescentes, tipo fio de telefone?

— Não creio. Talvez sim, mas quando pequena. Uma diferença de doze ou treze anos significa que ela nasceu quando nós estávamos no ginásio. Lembra quando, nessa idade, nas tardes de sábado íamos andar no Centro, para lá e para cá, tentando arranjar uma garota? E nossos primeiros namoricos? É como se naqueles anos tivéssemos saído da aula, ido para casa e, depois de tomar uma chuveirada e de passar gel no cabelo, fôssemos paquerar no berçário de um hospital. Percebe? Mas eu sou louco por ela, e ela sabe. Já imaginou quantas vezes a mantenho acordada a noite inteira?

— Você ainda consegue trepar a noite toda? Sorte sua.

— Não, não é trepando... é que eu ronco.

— Ora, vá tomar no cu.

— Bom, mas agora quero lhe dizer uma coisa importante. Esperei um pouco para lhe contar.

— Como sempre. Devo me preocupar? Não sei se posso aguentar outra notícia dolorosa.

— Sim, talvez devêssemos nos preocupar. Nós dois. É uma decisão que tomei.

— Quer que peçamos demissão e mudemos de trabalho para finalmente abrirmos o agroturismo?

— Ainda não.

— Então, desembuche.

— Sabe quando, nas festas, às vezes a gente vê aquele sujeito sozinho, triste e bêbado, com a gravata frouxa, sentado numa cadeira e furando as bolas de soprar com o cigarro?

— Sim, conheço a imagem... mas aonde você quer chegar?

— Pouco tempo atrás, pensei que, dê no que der, eu gostaria de evitar me tornar um desses homens patéticos. Decidi que não quero acabar assim...

— Esta conversa é absurda.

— Não, não é absurda. Eu vivo como se estivesse sempre numa festa e tenho medo de que um dia essa festa acabe, as pessoas interessantes e dignas de ser amadas tenham ido embora com algum outro, enquanto eu continuo ali, sozinho, estourando os balões. Então decidi mudar, tomei uma decisão importante.

— Vai botar a cabeça no lugar?

— Pedi a Sara que vá morar comigo.

— Uau! E teve essa ideia assim? Imaginando você mesmo gordalhão, sentado, bêbado, explodindo bolas de soprar...

— Não, na verdade foi ela que me convenceu.

— Foi ela que sugeriu morarem juntos?

— Não diretamente. Ela me convenceu pelo jeito como se comporta comigo, pelo que me diz, pelo jeito como me sinto em sua companhia. Você sabe que eu jamais quis ser responsável por uma pessoa. Nisso, sou como você. Não pedimos nada aos outros, para que os outros não nos peçam nada. Uma noite eu queria fazê-la fugir de mim, queria que me deixasse para sempre. Queria me livrar dela. Escrevi uma mensagem dizendo que não perdesse tempo ao meu lado e abrisse o olho em relação a um cara como eu. Ela me respondeu e, quando li sua mensagem, senti que alguma coisa havia mudado.

— O que ela respondeu?

— Mandou uma daquelas mensagens tão compridas que, enquanto você lê, continuam chegando: *"Me proteger não é responsabilidade nem tarefa sua. Sei que você me vê como uma garota e talvez tenha razão, porque no fundo eu sou isso mesmo. Mas você também deve abrir o olho: eu também posso mudar de ideia. É um risco que devemos correr. Se um dos dois não aguenta mais, é justo que vá embora. Tampouco você é uma porta fechada. Pelo menos, eu não o vejo assim. Eu te amo. Essa é a única coisa de que tenho certeza agora. A única que importa para mim. Mas, se suas palavras forem pretextos para me deixar, ou se você se cansou de nós dois, então fale logo. Nesse caso, sim, seria uma perda de tempo. Tchau."*

— E depois de uma mensagem dessas, o que você respondeu?

— Fui buscá-la e ela dormiu na minha casa. Naquela noite, decidi que queria conviver com ela. Como aconteceu com você, alguns anos atrás.

— Esqueça, não me tome como exemplo... veja como acabou!

— Justamente. Quero coabitar por esta razão: se ela não for a mulher certa para mim, descubro logo. Com a convivência, acelero os tempos...

— Bem, como projeto, não é muito otimista. Você também poderia ver as coisas ao contrário: quer viver junto porque, se ela for a mulher certa, você antecipa os tempos...

— Encare como quiser...

— E quando pediu a ela?

— Mais ou menos duas semanas atrás.

— E só me conta agora?

— Estava esperando a resposta... se ela tivesse dito não, eu nem contaria a você.

— Então ela aceitou.

— Sim.

— De qualquer modo, em vez de dizer que se decidiu por causa daquela imagem do homem triste na festa, por que não admite simplesmente que está apaixonado, que ama Sara?

— Não sei se a amo... me sinto bem na sua companhia, tranquilo, consigo ser eu mesmo, relaxado. Com ela, é tudo natural.

O TEMPO QUE EU QUERIA

— Byron disse: "A felicidade nasceu gêmea." Você não sente borboletas no estômago?

— Não... por enquanto, sinto só esta pizza! Caralho, era de borracha, parece que engoli um bote de canoagem...

— Sim, minha barriga também se inflou como um toldo de circo.

— A propósito de borboletas no estômago, ontem li uma coisa estranha. Sabe o que eles encontram no estômago das borboletas?

— Eles quem?

— Os cientistas.

— Não... honestamente, quanto ao que os cientistas encontram no estômago das borboletas você me pegou despreparado.

— Esperma...

— Pronto, já melhorei, você não podia ter mudado tão rapidamente. Agora o reconheço.

— Não... me deixe terminar. O esperma da borboleta macho está contido no interior de umas bolinhas. Sempre que se acoplam, o macho solta uma bolinha dentro da fêmea. A casca dessas bolinhas nas quais está contido o esperma permanece no estômago das borboletas para sempre. Assim, quando se abre o estômago de uma borboleta fêmea, percebem-se quantas relações sexuais ela teve...

— Isso me parece um disparate. Mas, afinal, a borboleta macho goza no estômago da borboleta fêmea? Ou seja, eles se reproduzem por sexo oral?

— Sei lá, eu li na Internet, talvez seja mesmo uma babaquice. Mas, se você quiser, em casa eu tenho uma coleção de borboletas... Em todo caso, só sei que, se também fosse assim para nós, humanos, em algumas mulheres eles achariam uma piscina de bolinhas, daquelas em que as crianças ficam pulando!

— Em vez de falar besteira, me diga se está feliz porque ela vai morar com você...

— Claro, embora esteja meio apavorado. Ainda me lembro do que você me dizia sobre a convivência: que havia chegado a odiar até o barulhinho da colher no potinho de iogurte.

— Pois agora sinto falta desse barulhinho como se fosse uma das coisas mais bonitas da vida. Mas eu sou um doente. Também existem muitas coisas boas na vida em comum. Precisa de ajuda para a mudança?

— Não, obrigado, ela disse que não tem muita tralha para carregar.

— Dito por uma mulher, não é exatamente a mesma coisa que nós entendemos.

— Pois é, amanhã de manhã, às oito, eu vou pegar emprestado o furgão de Massimo, para fazermos uma viagem só.

Massimo é o primo dela, a ela que me deixou e foi embora. Ficou nosso amigo, embora nos últimos tempos eu o encontre um pouco menos.

— Caralho, às oito? Não pode ser mais tarde? Você sabe que hoje vamos acabar isso aqui às três da madrugada, se tudo correr bem.

— Às oito e meia ele viaja, vai para a montanha.

— Você não poderia ir esta noite?

— Ele ia voltar tarde... ih, acho que você é quem vai ter de ir amanhã de manhã!

— OK, tem razão. Então, vamos acelerar... onde ficamos?

— Em "nasce-se bom, melhora-se com o tempo".

O TEMPO QUE EU QUERIA

— E como diabos chegamos a esse *claim* para um automóvel?

— Bah, acho que a pizza nos queimou o cérebro.

Naquela noite, voltei para casa às quatro. No carro, percebi estar contente por Nicola, feliz pela notícia de que ele e Sara vão morar juntos.

Eu também desejo conviver de novo com a minha ela. Desejo recuperá-la. Claro, recordo que, quando estávamos juntos, houve momentos difíceis, nos quais eu me sentia sufocado e queria fugir. Às vezes penso que não vou conseguir me corrigir completamente, que talvez seja tarde para mudar e me tornar outra pessoa. Mas quero voltar a conviver. Compartilhar o dia a dia, adormecer e acordar juntos, comer com ela, e todos os outros aspectos de uma coabitação, apesar das minhas dúvidas e dos meus medos, tudo isso continua a me fascinar. Percebo que não tenho as ideias claras: por um lado a convivência me apavora, por outro me atrai. Mas não posso fazer nada. E sei que me restam poucos dias para convencê-la a voltar.

Ao chegar em casa, desejei abrir a porta e encontrá-la dormindo em nossa cama. Mas isso não aconteceu.

30

Ela (e o nosso perfume)

"Agora me deixe abraçá-lo e não seja antipático dizendo que estou grudenta", pediu ela certa vez, na cama. Estava escuro e eu não conseguia vê-la, apenas ouvia sua voz e sentia o calor de seu corpo.

O quarto escuro, os lábios macios, o odor de sua pele, que junto com o meu formava um terceiro perfume, resultante de uma combinação única no mundo. Nós dois misturados. Eu e ela.

Quanto eu não daria para senti-lo de novo!

Sem ela, sou um perfume pela metade.

31

O que eu não sou

Quando Nicola me deu a notícia de que ela ia casar, não entendi exatamente o que sentia por dentro.

— Caralho, vai casar, como assim? Em que sentido? Não, imagine...

Aquela notícia me transtornou como se fosse um luto, quase como se tivessem me avisado da morte de alguém de quem eu gostava.

— E também, convenhamos, há quanto tempo ela está namorando? Pelo que eu sei, há menos de um ano. É possível casar com alguém depois de menos de um ano?

— Massimo me disse que eles estão bem juntos e que o cara quer casar logo, ter filhos...

— Sei, sei... entendi, não quero saber nada sobre os dois. Mas como é ele?

Eu sabia que uma vez Nicola os encontrara por acaso, num bar... por sorte, eu não estava.

— Ora, esqueça isso. Prefiro que me diga: o que posso fazer por você? Chamo uma *escort*? Vamos jogar bingo?

Ficamos em casa e bebi mais vinho do que Nicola. No dia seguinte, no escritório, pedi a ele que me ajudasse a fazer uma coisa idiota, uma coisa que eu nunca imaginaria querer fazer. Olhei-o nos olhos e disse:

— Quero ver como é a cara dele.

— Dele quem?

— Do sujeito que vai casar com ela.

— Você não pode estar falando sério. Isso é piada...

— Não. Você sabe onde ele trabalha, me leve para vê-lo.

— Você também sabe.

— Sim, eu sei, mas não tenho coragem de ir sozinho. Por favor, me acompanhe. Podemos ir agora. Ficamos em frente ao escritório dele e aguardamos que vá almoçar... na esperança de que ele saia.

— De que isso adianta?

— De nada.

— Parece uma boa razão. Vamos.

Ficamos plantados num banco do outro lado da rua, em frente ao trabalho do sujeito. Eram pouco mais de onze e meia. Dele, eu só sabia poucas coisas. Por exemplo, que era o merda de um engenheiro. Não daqueles magrelos e de óculos, tipo nerd, não; era um daqueles esportivos, com tatuagens, simpático e cheio de qualidades lamentavelmente positivas.

Quando Nicola me dissera que havia encontrado os dois juntos, eu o havia enchido de perguntas, mas, quando começou a me falar do cara, interrompi: "OK, OK... Chega, chega... é o suficiente." Depois, coletei mais informações com outras pessoas: juntei tudo e, com minha imaginação, criei um monstro, como Frankenstein. Só que esse engenheiro de merda é cheio de qualidades que me fazem odiá-lo ainda mais. Ele não tem nada a ver, eu sei, mas não o suporto do mesmo jeito.

Nicola controlava atentamente a saída do prédio do sujeito e de vez em quando fazia comentários:

— Isso é coisa de mulher e de gente doente. Como você não é mulher, quero lhe avisar que está doente. Começa-se assim, pensando que é algo estranho. Mas, depois da primeira vez, a coisa parece normal, até que um dia você se vê neste banco, morando e dormindo aqui, tendo um jornal como cobertor.

Depois de falar uma série de besteiras por quase duas horas, finalmente Nicola exclamou:

— Lá vem ele!

Olhei aquele merda de engenheiro: não podia ser o homem com quem ela estava para casar. Mas era ele, sim. completamente diferente de como eu o havia imaginado, completamente diferente de um homem que podia estar com ela. O que teriam em comum? Ele caminhava pela calçada, e eu o acompanhava com o olhar, sem me desviar nem um instante. Dez metros adiante, meteu-se num bar.

Nos anos em que estivemos juntos, descobri muitos segredos que só pertenciam a ela. Houve momentos em que se abria completamente comigo, nos quais pequenos detalhes levavam longe suas lembranças. Assim foi que me revelou fragmentos de sua infância e de sua vida, recordações quase esquecidas. Assim eu soube que, quando criança, ela mantinha no criado-mudo um abajur vermelho, que a luminária de seu quarto tinha desenhos das Aristogatas e que a sela de sua bicicleta era branca. Assim descobri que, quando criança, gostava de banhos de mar porque se imaginava uma sereia. Sei que, quando criança, usava um roupão amarelo. Sei que foi empurrada do escorrega pelo irmão e ao cair se machucou tanto que levou pontos. Sei que assistia a desenhos animados deitada de bruços no sofá. Sei que, quando teve a primeira menstruação, sofreu um pequeno trauma: sua mãe não lhe tinha explicado nada, limitando-se a dizer que aquilo não fazia mal e que bastava se lavar. Quando veio a segunda menstruação, ela se lavou e foi para a escola. No meio da manhã, viu-se diante dos colegas com a saia manchada de sangue. Fugiu apavorada para o banheiro, cheia de vergonha, e não voltou à sala de aula. A professora foi ao seu encontro, tranquilizou-a e lhe explicou tudo. Foi a primeira vez que ela sentiu a cumplicidade feminina em sua vida. Sei que seu quadro preferido é a *Maja nua*, de Goya. Sei que sempre se comove diante do *Cristo morto*, de Mantegna. Sei que, antes de dormir, sempre bebe uma tisana; quando, em vez disso, toma chá de camomila, odeia o fato de o saquinho ficar boiando, sem afundar. Seus filmes prediletos sempre têm como título duas pessoas: *Io e Annie, Harold e Maude, Minnie e Moskowitz, Jules e Jim.** Sei que livros como *Toda a vida pela frente*, de Romain Gary, *Pobre gente*, de Fiodor Dostoievski, ou *Suave é a noite*, de Francis Scott Fitzgerald, ela relê a intervalos de alguns anos e a cada vez se comove.

Eu me pergunto se ele, o homem que estou espiando, sabe todas essas coisas. Se entrou nas dobras da vida dela e, em caso afirmativo, em quais. Tenho um ciúme doentio da sela branca, da luminária das Aristogatas, do abajur vermelho.

---

* Esses foram os títulos adotados na Itália. No Brasil, tais filmes se chamaram, respectivamente: *Annie Hall; Harold and Maude – Ensina-me a viver; Assim falou o amor;* e *Jules et Jim – Uma mulher para dois.* (N.T.)

O TEMPO QUE EU QUERIA

Tenho ciúme daquela manhã na escola, quando ela menstruou, e dos pontos que levou depois que caiu do escorrega. Não quero dividir tudo isso com o tal cara. Eu me pergunto: o que ele sabe e eu não sei? Será que ela também lhe falou de mim? O que terá dito? O que ele sabe sobre mim?

Fui tentado a entrar no bar, me apresentar e dizer: "Caia fora, engenheiro. Essas coisas não são da sua conta. Tire as mãos da sela branca, do abajur vermelho e das Aristogatas."

Em vez disso, me voltei para Nicola e, friamente, disse:

— Ok, vamos sair daqui.

Agora, eu podia finalmente dar um rosto às minhas fantasias.

Não conseguia tirá-la da cabeça. Tinha aceitado, com dificuldade, que ela estivesse com outro homem, mas a ideia de que fosse casar não me parecia verdade. Eu sempre havia pensado: quem quer que ela conhecesse depois de mim, não faria diferença, assim como as mulheres que eu conhecia não faziam. Estávamos destinados a ficar juntos, e ela jamais amaria alguém como me amou. E também, caralho, ninguém casa depois de menos de um ano de namoro! Convém esperar um pouco, se conhecer melhor, não fazer nada às pressas, porque depois a pessoa acaba se arrependendo.

Na noite em que Nicola me contou aquilo, fingi que não era nada, mas, assim que ele saiu de minha casa, tentei imediatamente ligar para ela. Queria dizer que agora falava sério, não estava brincando, que ela não podia casar com outro, que eu me dispunha a vivermos juntos, na mesma casa, e a ter um filho. Só que ela não me atendeu. O telefone tocava inutilmente. Comecei a pensar que ela não atendia porque estava com o cara, seguramente os dois estavam na cama, abraçados, depois de fazerem amor, e imaginavam seu futuro juntos. Ter muita fantasia me ajudou muitas vezes na vida, mas em certas ocasiões é devastador.

Passei aquela noite circulando completamente nu pela casa, entrando e saindo dos aposentos sem tocar em nada. De vez em quando me detinha e olhava pela janela, sem ver coisa alguma. Na manhã seguinte, antes de pedir a Nicola que me acompanhasse para conferir as fuças do engenheiro de merda, recebi no escritório uma mensagem do meu pai pelo celular. O que estava escrito ultrapassava todas as minhas expectativas: *obrigado por tudo o que você fez por mim tchau.*

Aquela mensagem deveria me fazer feliz, mas me deixou num estado de confusão ainda maior. Não sei o que há de errado com a minha cabeça.

Fora necessário muito tempo, mas afinal meu pai estava ali. As coisas evoluem, mudam. Àquela altura, era eu quem tinha de fazer um movimento: deveria lhe agradecer, dizer que havia percebido tudo o que ele estava fazendo por mim, mas não consegui. Ainda não tinha encontrado o momento certo, as palavras e a coragem para isso. E me sentia mal, porque ela ia casar e eu tinha dificuldade com as palavras a dizer ao meu pai.

Justamente naqueles dias, minha mãe me disse que talvez eu o estivesse perdendo para sempre. Como acontecera com ela, a mulher que me deixou: eu estava perdendo as pessoas a quem mais amava.

32

A luz da manhã

Há um instante, durante certos dias, em que algo de suspenso, de abstrato, como que desprendido do tempo, se apodera de mim. É um segundo, uma carícia invisível, como uma batida de asas ou a passagem de um anjo. É um instante que dura pouco, mas que *é.* Como se, ao redor, tudo parasse.

Sempre pensei que essa sensação fosse uma coisa minha, mas me enganava de perspectiva: na realidade, sou eu que lhe pertenço. Na maior parte dos casos, me acontece de manhã, muito cedo, ou então na hora do ocaso. São os momentos em que me comovo mais facilmente, em que até um pequeno detalhe se faz notar, faz ouvir sua voz. Acontece no verão, quando o céu azul começa a se tornar cor de anil e se veem as primeiras estrelas brancas e amarelas. Ou no inverno, quando se acendem as primeiras luzes das casas, dos automóveis, dos postes. Não importa onde estou. Eu me comovo mesmo se me encontrar na autoestrada. E naquele instante, sentado dentro do carro, pode ocorrer que até o percurso de uma gota-d'água me leve, como se estivesse deslizando sobre minha alma.

Em seguida, lentamente, depois dessa suspensão etérea na qual sou sugado, volto a mim. A pele se torna de novo limite, separação, divisão. E volto a ser eu mesmo, meu nome, minha idade. Nesse instante, começo a pensar em mim e na minha vida. No meu momento, no homem que me tornei, que no fundo não é senão a consequência do menino que eu era. Sou, como todo mundo, a soma de um número infinito de pessoas, aquelas que fui ao longo da minha vida. Sinto-me como o homem pintado por Friedrich no *Viandante sobre o mar de névoa*. O quadro preferido de Nicola. Foi ele quem me fez conhecer essa obra.

Pois bem, no dia em que me vi transtornado no sofá de Giulia, depois de receber a notícia dada pela minha mãe, eu estava sentindo algo semelhante.

Meu pai talvez estivesse para morrer. Eu bebia o vinho sem sentir o sabor.

— Meu pai disse hoje à minha mãe, na hora do almoço, que lhe agradaria se eu o acompanhasse amanhã para receber o resultado dos exames.

— Você vai?

— Claro. Meu pai disse que gostaria que eu fosse com ele... nem acredito.

— Agora seu pai o surpreende a cada dia.

— Que loucura... espero realmente que não seja nada grave. Não quero perdê-lo agora. Não estou preparado. Nunca vou estar, eu sei, mas agora não... Meu Deus, por favor. Logo agora que começamos a nos aproximar, que descobrimos aos poucos um jeito de nos comunicar, que estamos começando a nos conhecer... Agora, não, meu Deus... por favor, agora não.

— Não digo para você sossegar ou não pensar nisso porque são frases que nos deixam ainda mais nervosos e preocupados, mas posso tentar distraí-lo...

— Faça um striptease para mim.

— Se isso o ajudasse a melhorar, eu faria mesmo.

— Vou ligar para Nicola, avisando que amanhã não vou trabalhar.

Telefonei e dei a notícia a Nicola. Meia hora depois, ele tocou o interfone de Giulia. Os dois juntos me fizeram companhia até as duas da manhã.

Giulia ia sair com um cara, mas ligou e avisou que tivera um contratempo.

— Está maluca? Vá, não adianta nada você ficar. Eu vou para minha casa com Nicola... se você quiser sair, não há problema.

— Na verdade, para o compromisso que era, não perdi grande coisa. Era só minha enésima tentativa, mas já percebi que com esse cara também não vai dar. Você me conhece, de vez em quando experimento sair com algum homem, dou confiança às pessoas, embora me sinta meio desiludida, mas sempre espero estar enganada. Depois, no jantar, quando os vejo na minha frente, quanto mais eles falam, mais eu os reconheço. O problema é que todos dizem as mesmas coisas. Com certos homens a gente antecipa as palavras, os raciocínios, as ações. Só os que se mascaram melhor no início conseguem enganar, mas depois, aos poucos, se mostram como são. O último com quem saí me disse, depois de algumas semanas: "Não posso ficar com uma mulher que sabe mais coisas do que eu. Você é inteligente demais. Eu me sinto diminuído como homem." Praticamente, eu deveria ser mais idiota.

Giulia é como eu, não encontra ninguém que lhe agrade verdadeiramente. Só que, à diferença de mim, ainda tenta, e de vez em quando sai com alguém.

— Mas o cara desta noite é uma *new entry* ou é o motivo da última *walk of shame*?

A *walk of shame*, ou seja, a caminhada da vergonha, é quando, após uma noitada, uma moça acaba na casa do sujeito, vai para a cama com ele e dorme lá. Na manhã seguinte, antes de ir para o emprego, precisa passar pela própria casa, a fim de trocar de roupa, e se vê caminhando de salto alto e roupa de noite entre pessoas vestidas para o trabalho. Talvez pegue um bonde ou entre num bar para tomar um café, e logo se percebe que ela vem de um longo programa. Os americanos chamam isso de *walk of shame* porque, mesmo que seja só uma impressão, a pessoa sente sobre si os olhares dos outros, como se dissessem: "Já sacamos que você transou a noite toda e, como estava tarde, ficou na casa dele."

— Não, este é um novo. Com ele, apenas tomei um café, mas acho que foi suficiente para eliminá-lo.

— Mas você tem na bolsa uma escova de dentes? Para as noites inesperadas? – perguntou Nicola.

— Se sair com alguém e achar que existe a possibilidade de ir parar na casa dele, eu levo.

— Para as mulheres, a escova de dentes é o equivalente do preservativo para os homens. O cara o leva quando acha que tem chance de trepar; a mulher sai com a escova para o caso de ficar para dormir.

— Em geral eu ando sempre com a escova, mesmo que não pretenda dormir na casa dele.

O TEMPO QUE EU QUERIA

— Eu também ando sempre com preservativos. Aliás, descobri por que as embalagens de preservativos são tão difíceis de abrir.

— E qual é o porquê?

— Parece que serve para dar às mulheres a última possibilidade de mudar de ideia enquanto o homem executa aquela longa e cansativa operação.

— Não me faça rir, Nicola — disse Giulia.

Os dois me fizeram companhia, tentando me distrair. Nicola deu o melhor de si. Depois, cada um voltou para sua casa. Menos Giulia, que já estava na dela.

Passei a noite inteira acordado. Uma daquelas noites em que você tem vontade de chamar alguém, mas estão todos dormindo. Aquelas noites em que você pensa: "Caralho, por que não tenho um amigo no Japão?"

Havia outra coisa, porém, que me incomodava naquela noite: a sensação de que, na realidade, a notícia do casamento dela me agitava e me transtornava mais do que a da doença do meu pai. E isso me envergonhava.

Queria chamá-la e pensei que naquela noite, depois da notícia sobre meu pai, fazer isso seria menos grave e também menos difícil. Eu poderia investir de imediato no fato de meu pai talvez estar prestes a morrer, e ela não me atenderia mal. Até isso eu pensei. Sou um homem miserável.

Telefonei. Ela havia desligado o celular.

Eu não estava bem, não conseguia me tranquilizar. Imaginei que meu pai também não dormia naquele momento. Gostaria de ligar para ele. Queria que a manhã viesse logo. A vida me pesava, eu me sentia só.

Antes do alvorecer, tomei um banho, me vesti e fui buscar o carro. Dei uma volta por Milão, peguei a marginal e depois a autoestrada. Às cinco e meia, estava circulando de carro nos arredores da casa dos meus pais. Estacionei no centro e fiz uma caminhada.

Achei um bar aberto e entrei. O garçom tinha cara de sono. Pedi um *cappuccino*, um *cornetto* e um suco de pêssego. Comprei um maço de cigarros, embora não fumasse havia dez anos. Fiz o desjejum no balcão e depois me sentei lá fora para fumar. Agarrei-me àquele cigarro, não sei por quê. Meu pai, ex-fumante, tinha um problema nos pulmões, e eu, preocupado com ele, estava fumando... Depois da terceira baforada, me senti um idiota e joguei fora o cigarro. O sabor me dava repulsa. Entrei de volta no bar e pedi outro café para tirar da boca aquele gosto. Depois peguei o carro e voltei para perto da casa dos meus pais.

A luz do dia começava a surgir. O céu estava espetacular. As sombras criadas pelas luzes dos postes iam se retirando para deixar espaço às coisas, às formas, aos contornos claros. Por alguns minutos, de um lado o céu ainda estava escuro e viam-se as estrelas, do outro surgia um despertar azul. Eu me sentia envolvido emocionalmente por aquele bocejo da manhã.

Sempre me foi difícil levantar cedo, mas, quando consigo, a luz, o silêncio, o ar me encantam. Há uma paz que me conquista. Ver o sol nascer me emociona sempre. Raramente, porém, isso me acontece por ter acordado cedo: quase sempre, é porque estou indo dormir tarde. Na maioria das vezes, a alvorada significa para mim o fim de uma noite em claro. Às vezes me detenho com os amigos para fazer o desjejum e vou dormir com o sabor do *cappuccino* e do *cornetto* na boca.

O TEMPO QUE EU QUERIA

Naquela manhã, porém, outra luz me comoveu: a da cozinha dos meus pais. No silêncio, aquela luz me aqueceu o coração. Imaginei minha mãe, de robe, coando o café para meu pai, que estaria no banheiro fazendo a barba.

Entrei em casa, sentia-se o perfume do café. De fato, minha mãe estava na cozinha e meu pai se arrumando no banheiro.

— Quer este café para você? Esta manhã, seu pai não parece querer sair do banheiro.

—'Sim, obrigado.

— Quer comer alguma coisa?

— Não, já comi um *cornetto* no bar.

— Aqui está o café... a que horas você acordou?

— Não consegui dormir.

Minha mãe preparou novamente a moka, colocou-a sobre o fogão e depois me pediu para controlá-la, enquanto ela ia separar as roupas para meu pai.

Eu me sentei. Na cabeceira da mesa, em cima de um guardanapo, minha mãe havia colocado uns comprimidos. Enquanto eu bebia o café e controlava o do fogão, meu pai entrou na cozinha de cueca e camiseta regata. Banhado, barbeado e penteado.

— O que você veio fazer aqui tão cedo?

— Tem um pouquinho de espuma de barbear na sua orelha...

Com a mão, ele tentou removê-la.

— Nessa, não, na outra.

— A que horas você se levantou?

— Por volta das cinco — menti.

— E já está aqui? Cuidado, vai perder pontos, se for flagrado pelo pardal eletrônico...

— Tomei seu café, mas está saindo outro, aí no fogão.

— Fez bem. Vou me vestir.

Minha mãe, quando voltou à cozinha, me deu um monte de papéis para entregar ao médico:

— Não sei se vão precisar, mas leve mesmo assim, nunca se sabe.

Deixou tudo comigo porque meu pai não é muito prático nessas coisas. Minha mãe é mais autônoma e, se aquilo tivesse acontecido com ela, eu só deveria acompanhá-la, ao passo que ele tem de ser fiscalizado em tudo. Ela, se precisar fazer exames ou consultas, vai sozinha; no máximo, se estiver chovendo, pede carona ao meu pai, o qual no entanto fica esperando por ela no carro. Não sobe junto para ver o doutor.

Meu pai prefere manter distância de hospitais, ambulatórios e médicos, e mandá-lo fazer exames ou consultas é sempre uma trabalheira. Afirma que se entende melhor com os doutores assim como está, e que, se a pessoa der muita atenção a eles, aí é que adoece mesmo.

Peguei os papéis e esperei pelo meu pai. Era cedo. Sentei no sofá, enquanto ele descia ao porão por um instante.

— O que ele vive fazendo lá embaixo? — perguntei à minha mãe.

— Todas as suas coisas estão lá... então ele as muda de lugar, conserta, faz e desfaz. Você sabe como ele é, gosta de ficar no meio da confusão.

Quase adormeci no sofá. Um SMS de Giulia me acordou do torpor: *Boa sorte!*

Minha mãe se sentou ao meu lado. Olhei-a e perguntei:

— Está com medo?

— Um pouco, sim, mas tento não pensar nisso enquanto não soubermos o resultado.

O TEMPO QUE EU QUERIA

Seus olhos brilhavam, quando ela me disse essas palavras. Por volta das oito, meu pai e eu saímos. Não falei muito. Eles pareciam mais tranquilos. Minha mãe até perguntou o que queríamos para almoçar.

No carro, meu pai ironizou:

– Sempre digo que não é bom fazer esses exames, viu como eu tenho razão? Agora, desde que me falaram desse troço, comecei a não me sentir muito bem. Eles condicionam a gente... Sempre digo que convém manter distância dos médicos.

Eu gostaria de rir, mas não conseguia. Fiz um sorriso de mentira, soltando o ar pelo nariz, como um suspiro.

33

Ela (a coisa mais bonita do mundo)

Numa tarde de sábado de inverno, nos deitamos depois do almoço. Recordo os lençóis cor de avelã e os dois abajures acesos. Havia silêncio. Lá fora, um dilúvio. Ouvia-se apenas o ruído da chuva sobre as persianas abaixadas. Fizemos amor e depois adormecemos.

Quando despertei, fiz um café e o levei também para ela. Antes de acordá-la, fiquei olhando-a um pouquinho. Gosto de escutar sua respiração enquanto ela dorme. Gosto de ver suas mãos desaparecendo embaixo do travesseiro. São aqueles momentos em que você se pergunta como é possível que ela esteja toda ali, para você. Sentei na beira da cama e afastei seus cabelos do rosto. Ela abriu os olhos. Dei-lhe um beijo na testa.

Ela se reergueu e sua face não era a que preferiria mostrar, estava toda amarrotada. Nisso, não concordamos. Porque, para mim, é a coisa mais bonita de se ver. Sempre me enternece, e não sei se poderia amá-la sem aquela face que ela tem quando acorda.

Meti-me de novo na cama. Quando terminou de tomar o café, ela deslizou de volta para o colchão e ficamos abraçados mais um pouco, enquanto ela me acariciava a cabeça.

São essas as pequenas lembranças que me mantêm continuamente ligado a ela. Sou prisioneiro dessa beleza.

34

Sentado na ponta dos pés

No hospital, a sala de espera era, na realidade, um corredor. Havia muita gente aguardando. Ficamos sentados longe de todos. Sem sequer ter combinado. Nisso, somos iguais. Precisávamos de silêncio, de nos isolar daquele grupo para o qual tínhamos sido repentinamente catapultados. Tudo era branco, até as cadeiras. Na parede, fotografias de cidades italianas: a Torre de Pisa, as gôndolas, o Coliseu.

A certa altura, por uma porta saiu uma enfermeira que começou a enumerar os sobrenomes das pessoas à espera, como numa chamada. Em nenhum momento levantou a vista do papel, não olhou para ninguém, mas não parecia mal-educada; simplesmente, dava a impressão de ter muitas coisas a fazer.

Quando ela entrou de volta, todos recomeçaram a falar. Muitos, como eu, acompanhavam um genitor, outros a esposa

O TEMPO QUE EU QUERIA

ou o marido. Com frequência, nessas situações a família mostra sua verdadeira face.

Meu pai, apontando um homem que estava chegando, me disse:

— Aquele é o doutor que estamos esperando.

Levantei, fui até o médico e me apresentei.

— Ah, o senhor é o gênio da publicidade, meus parabéns.

— Como sabe qual é o meu trabalho?

— Seu pai me disse. Durante a consulta, não fez mais do que falar do senhor, dizendo que tem um filho mais ou menos da minha idade que é competentíssimo e trabalha em publicidade... Considere-se um felizardo por ter um pai tão orgulhoso do senhor; o meu acha que eu sou um inútil. Podemos nos tratar por você?

— Claro. Somente ontem eu soube deste problema, porque eles não queriam me deixar preocupado... Gostaria apenas de saber o que devemos esperar.

— Vou lhe falar francamente... — disse ele, e repetiu o que Giulia me dissera na véspera. Numa das hipóteses, bastaria uma pequena intervenção; na outra, seria necessário fazer químio, mas só como paliativo. Era uma questão de meses. — Assim que me trouxerem os resultados dos exames, eu os chamo logo — concluiu e se afastou. Caminhava rápido, e seu jaleco ondulava a cada passo, como o manto de um super-herói.

Voltei a me sentar junto ao meu pai, à sua esquerda. Diante de nós havia uma janela muito grande, escancarada. Lá fora se via a copa de uma árvore que se movia impelida pelo vento. Reclinei a cabeça na parede e comecei a olhar para o alto, com o desejo profundo de ver um cantinho de céu, um pedaço de azul no qual pudesse me jogar e me perder. Mas o teto era um espesso papel branco que não me deixava passar. Meu pai, ao contrário, continuava sentado com as costas retas. Em silêncio. Olhava para fora, pela janela.

Estava vestido com uma calça bem-passada, uma camiseta limpa e um paletó bege que ele não usa quase nunca. Minha mãe havia separado as roupas dele naquela manhã, como, aliás, faz diariamente. Os sapatos marrons eram novos, comprados como sempre por ela, no mercado, alguns dias antes. Era o traje de festa, como se dizia antigamente. Quando meus pais vão a um médico, a um advogado, à casa de algum amigo, se vestem bem. É um hábito deles. Uma questão de educação.

Fechei os olhos. Ouvia todos os rumores do hospital: gente falando baixo, enfermeiras rindo, passos, carrinhos, portas se fechando. Depois os reabri, afastei da parede a cabeça, me inclinei para a frente e tirei do bolso do paletó um pacotinho de bombons. Ofereci-os ao meu pai, que pegou um. Guardei o pacote e abri a mão para ele, a fim de pegar o papel da embalagem. Ele fez uma bolinha e colocou-a na minha palma; depois me olhou e disse:

– Obrigado.

Fizemos todos esses gestos com a expressão típica de quem está pensando em outra coisa. Observei-os com a avidez de quem teme que possam ser os últimos. Enquanto ainda me ecoava na cabeça o agradecimento de meu pai, me levantei para jogar fora o papel dos bombons e me flagrei demorando a descartar o dele. Fiquei girando-o entre os dedos, imóvel, diante da lixeira. Eu hesitava. Por fim, joguei o papelzinho na cesta e voltei a me sentar.

Ouvia o ruído do bombom entre seus dentes. Não apoiei mais a cabeça na parede. Também mantive as costas retas e fiquei olhando pela janela. Meu pai interrompeu o silêncio dizendo que o céu estava ficando escuro. Respondi laconicamente:

— É. Acho que vai chover.

Depois, mais silêncio. Um silêncio longo, na ponta dos pés, que meu pai interrompeu de novo:

— Quando seu avô morreu, eu estava lá, junto do leito.

Eu me virei para olhá-lo. Então era nisso que ele estava pensando durante aquele silêncio.

— Morreu na hora do almoço e casualmente eu tinha ficado sozinho no quarto, porque sua avó tinha descido com sua tia e outras duas pessoas para comer alguma coisa. Ele havia piorado muito no último mês. Quando deu o último suspiro, eu estava olhando para ele. Começou a respirar de um jeito estranho, depois teve um longo e ruidoso estertor e morreu.

— Você sentiu medo?

— Não, medo não. Fiquei impressionado. — Calou-se por um instante, como se estivesse revendo dentro de si as imagens daquela lembrança, e acrescentou: — Mas fiz uma coisa estranha. Nunca contei a ninguém, estou contando agora a você pela primeira vez.

— O quê?

— Eu me levantei e, em vez de ir logo avisar que ele tinha morrido, fechei a porta do quarto com chave. Eu me tranquei lá dentro com ele. Sentei de novo ao seu lado e o fitei. Acho que fiquei ali, olhando-o por um tempão. Depois me levantei, abri a porta e desci para avisar. Não sei por que me fechei ali com ele.

— Talvez seu pai sempre tivesse lhe fugido, e finalmente você podia estar um pouco sozinho com ele... Chorou?

— Não, quase não consigo chorar. Mesmo quando criança, eu praticamente não chorava.

— Não chorava nem quando criança, como assim?

— Chorei até os cinco, seis anos, depois não chorei mais. Na verdade, sua avó, quando me dava uma surra, continuava batendo porque eu não chorava, e isso a deixava ainda mais nervosa. Lembro que certa vez ela me botou no chão, de bruços, e subiu nas minhas costas com um pé, dizendo que eu tinha de chorar.

— A vovó?

— Sim. Perdia a paciência quando não me via chorar.

— E você nunca mais chorou, desde quando tinha seis anos?

— Nunca mais, não exatamente. Quando adulto, isso chegou a acontecer. Duas ou três vezes. Numa das últimas em que chorei em criança, meu pai me agarrou pelos braços e me manteve suspenso acima da estufa, dizendo que me deixaria cair se eu não parasse. Até hoje me lembro das chapas incandescentes. Tive tanto medo que nunca mais vou esquecer. Ele me mandava parar e eu chorava ainda mais, e quanto mais medo tinha mais chorava. Depois, durante quase um ano fiquei gago. Para conseguir falar, precisava dar um soco forte na mesa, ou então quebrar alguma coisa... até me davam umas pedrinhas para manter na boca.

— Imagino como foi difícil. Eu nunca imaginaria que a vovó lhe batesse.

— Sua avó e seu avô. Ela, quando me batia, dizia que pancadas de mãe sempre faziam bem, mas o terrível era quando ele se enfurecia e me surrava, às vezes até com o cinturão. Batia para valer, e depois dizia: "E agora vá para o seu quarto

O TEMPO QUE EU QUERIA

e não saia até eu mandar." Depois, esquecia e me deixava lá o dia inteiro.

— Eu não sabia que o vovô era tão mau.

— Ele não era mau. Naquela época, as coisas funcionavam assim.

— Funcionavam assim, como?

— Era normal, todo mundo fazia isso. Ensinavam tudo a você aos tapas, não havia muitas alternativas, ninguém esquentava muito a cabeça. Estavam habituados: com os animais e com os filhos, era igual. Se você tivesse sorte, lhe davam quatro tabefes; se não, tiravam o cinturão e faziam você correr ao redor da mesa. Seu avô me espancava porque havia sido espancado pelo pai, que por sua vez havia apanhado do pai dele.

— Você nunca me bateu, mas...

— Nunca fui capaz, sempre fui diferente do seu avô. Menos forte.

— Acha mesmo que é uma questão de força? Talvez você simplesmente não quisesse se parecer com ele.

— Bah, não sei. De qualquer modo, nunca consegui. Na verdade, uma vez eu lhe dei umas duas palmadas na bunda, mas isso me doeu mais do que qualquer outra coisa.

— Não me lembro. O que eu tinha feito?

— Tinha respondido mal à sua mãe... acho.

— Mas, afora as surras, que lembranças você tem do vovô?

— Que era um homem forte, vivia trabalhando e não tinha muito tempo para mim. Mas imagine que uma vez me construiu com as próprias mãos um furgãozinho, com vidros de verdade nas janelas e uns faroizinhos que se acendiam com bateria. Ele falava pouco conosco.

257

— Falava pouco com vocês, como assim?

— Fora de casa, falava sempre com todo mundo, era brilhante, até conversador, ao passo que em casa era de poucas palavras. Comigo, não falava praticamente nunca. Se eu estivesse sozinho com ele, podia ficar horas sem me dirigir a palavra, como se eu não existisse. Só se dirigia a mim quando estava com raiva ou para me dar um sermão.

— E o que dizia?

— As coisas de sempre: que eu era sortudo por não ter precisado levar a vida que ele tinha levado, que havia começado a trabalhar ainda criança, que eu sempre havia encontrado tudo pronto e podia ter boa vida graças aos seus sacrifícios. E que ele tinha começado a trabalhar em troca de um litro de leite por dia.

"Ou então me dizia que eu devia acordar e aprender as coisas, senão me tornaria um inútil. Dizia sempre que eu fazia tudo muito devagar e não chegaria a lugar nenhum. Tinha razão, porque minha vida correu exatamente como ele havia previsto."

— Depende do ponto de vista. Talvez você precisasse de um pouco mais de estímulo.

— Pode ser, mas afinal foi isso mesmo, ele tinha razão. Eu falhei em tudo e, se não tivesse você para me dar uma mão com o dinheiro, não sei como teríamos acabado.

— Mas, papai, para mim a melhor coisa que você pode me dar é pedir... qualquer coisa, até uma simples ajuda. Como essa de acompanhá-lo hoje.

— Imagine. Então eu lhe dei muito, porque você me ajuda há um tempão.

Sorrimos.

O TEMPO QUE EU QUERIA

— Sua mãe é o único sonho bonito da minha vida. O único que eu realizei. Sua mãe e você. Mas você o é por mérito seu.

— Não me repita que eu sou filho dela e que você apenas colaborou, como sempre dizia quando eu era pequeno. Eu me sentia mal, todas as vezes.

— Você se sentia mal? Mas eu estava brincando. Era uma piadinha.

— Uma piada de merda... eu era criança demais para entender.

— Nunca percebi que isso o deixava mal. Nunca percebi um monte de coisas.

"Sua mãe é uma grande mulher. Tive realmente muita sorte. Você sabe, com a vida que dei a ela, sua mãe poderia me largar e ir embora, mas sempre ficou ao meu lado. Quando nos casamos, as coisas já não iam bem com o trabalho. Nós nos casamos no pior dos momentos. Depois ela engravidou. A ideia de não conseguir dar segurança econômica a vocês me preocupava. Sua mãe, em vez de se enfurecer, me tranquilizava, dizendo que tudo se arranjaria. Nunca se queixou. Até mesmo os pais dela, seus avós, poderiam reclamar de algo. Em vez disso, eram pessoas discretas e compreendiam a situação. Muitas vezes nos ajudaram.

"Quando você passava férias com eles e sua mãe ia vê-lo aos domingos, eu sempre dizia que precisava trabalhar. Em parte, era verdade, mas o motivo real era que eu me sentia constrangido com eles, embora nunca me dissessem nada. Eram boa gente.

"Meu pai me perguntava como iam as coisas, já que, ainda por cima, ele próprio tinha me emprestado dinheiro para iniciar o negócio, e eu mentia sempre, respondendo que estava tudo bem. Deveria ter pedido logo uma ajuda a ele, antes que fosse tarde demais, mas não consegui. E, para não admitir perante mim mesmo que estava falindo, fingia que não havia problema, mas os negócios não paravam de piorar. Quando, afinal, fui obrigado a falar disso com ele, você não sabe o quanto me custou. Ele gritava que eu tinha desperdiçado seu dinheiro, que eu era um incapaz, que devia arrumar um emprego como subalterno: 'Bem que eu avisei, seria um dinheiro jogado fora...' Agora, ligue para sua mãe, diga que ainda não entramos, estamos esperando."

— Tudo bem.

Enquanto eu estava ao telefone, meu pai estendeu a mão para pegar o aparelho.

— Espere aí, que o papai quer falar com você.

— Alô... não, não sabemos nada, ainda não fomos chamados. Assim que sairmos, ligamos para você... tchau.

Praticamente repetiu minhas palavras e não acrescentou nada. Sentia-se chateado porque minha mãe estava preocupada. Depois de me devolver o celular, voltou a ficar em silêncio. Os minutos passavam, pareciam dias. Comecei a pensar no meu pai: nele sob o risco de morrer, nele deitado no chão com minha avó pisando em suas costas, nele em silêncio ao lado do meu avô moribundo.

Em seguida meu pensamento deslizou para ela, a mulher que me deixou, que foi embora e que daqui a pouco vai casar. Mesmo diante de um problema tão importante como o do meu pai, ela continuava ocupando de maneira prepotente os meus pensamentos. Tive vontade de que estivesse me esperando em casa, depois de um dia assim.

Voltei a observar cada pequeno detalhe. De repente me dei conta de que o silêncio que estávamos vivendo era cheio de apelos, cheio de um desejo de pertença. Justamente nesse momento, meu pai pousou a mão esquerda no meu ombro, como se quisesse se apoiar para se levantar. Mas não se levantou. Deixou a mão ali, sem dizer nada. Eu sentia seu calor. Sentia também que, se me virasse para olhá-lo, começaria a chorar. E não devia, não naquele momento. Eu devia ser forte, estava ali para ficar perto dele, para sustentá-lo, e tinha de me comportar à altura. Mas sentia como se meus olhos fossem um dique que continha um mar de lágrimas. E naquele momento o dique era frágil, tinha pequenas rachaduras. Então me concentrei permanecendo imóvel, a fim de bloquear a sensação que vinha crescendo dentro de mim.

Queria me voltar para olhá-lo. Gostaria de abraçá-lo, mas não podia e não conseguia. Jamais consegui. Em certo momento, porém, não sei de onde tirei forças, mas consegui fazer uma coisa: coloquei a mão direita sobre sua perna. Não nos olhamos e não dissemos nada. Eu estava cada vez mais frágil e prestes a desabar, a cair num longo pranto libertador. Mesmo não querendo.

Meu pai tirou a mão do meu ombro e segurou a minha. Eu não tocava a mão do meu pai desde quando era criança.

Não aguentava mais, estava quase perdendo o controle e desmoronando, quando inesperadamente comecei a experimentar dentro de mim uma sensação estranha. Como se minha fragilidade fosse substituída por uma força. Não tinha mais vontade de chorar. Até aquele momento, eu tinha acompanhado meu pai me sentindo um genitor. A partir do instante em que ele segurou minha mão, comecei a me sentir filho. Eu tinha precisado dele, e ele viera em meu socorro, compreendera e se aproximara. Eu me senti bem, ali, em silêncio, com minha mão na sua. Nunca estive tão em intimidade com ele.

Algum tempo antes, ficaria embaraçado por um gesto daquele tipo. Mas, naquele momento, não.

De vez em quando, meu pai movia o polegar sobre as costas da minha mão, como que para lembrar sua presença e renovar o contato.

Quando ele tirou a mão, senti necessidade de me afastar um instante.

– Vou ao banheiro e depois dar um telefonema. Se o médico chamar, me avise. Ou será que você prefere entrar sozinho? Se for o caso, eu espero aqui fora, do contrário vou ao seu encontro.

– Não, eu o chamo: quero que você entre comigo.

Fui ao banheiro e me olhei no espelho. Lavei o rosto e saí. De longe, via meu pai sentado. Seus pés, sob a cadeira, estavam apoiados no chão só com a ponta. Ele mantinha as mãos unidas, entre os joelhos, com os dedos entrelaçados. Enquanto olhava aquele homem dobrado sobre si mesmo, diante de sua vida, diante daquele dia que parecia não acabar nunca, afinal comecei a chorar. O pranto de antes voltara a me transtornar. Debrucei-me numa janela e procurei rapidamente enxugar as lágrimas.

Fiquei ali na janela, tentando pensar em outra coisa. Precisava esperar que meus olhos não revelassem o que acontecera.

Naquele momento, decidi telefonar para ela. A mulher que eu amo. Teclei o número com a função "anônimo". Olhei meu pai, em seguida o visor do aparelho com o número escrito, depois novamente meu pai. Por fim, mantendo a vista fixa sobre ele, apertei "enviar".

Depois de dois toques, já não ouvi meu coração batendo, mas sim a voz dela:

O TEMPO QUE EU QUERIA

– Quem é?

Justamente naquele instante de emoção profunda, meu pai se levantou e me acenou para que eu me aproximasse, porque havia chegado a nossa vez.

– Quem é?

Desliguei sem dizer nada e, antes de guardar o celular no bolso, limpei-o no paletó.

35

Ela (escondida entre os biscoitos)

Na noite daquele mesmo dia, depois de ter sabido o que meu pai tinha, quando saí do escritório fui até o prédio dela. Precisava vê-la e lhe falar, convencê-la a não casar com o engenheiro de merda e a voltar para mim. Depois do telefonema daquela manhã, eu não tinha mais conseguido ouvi-la. Ela havia desligado o telefone para não ser incomodada por mim. Fiquei em frente ao seu edifício até as três da manhã. Fiz isso por três noites seguidas. Ela havia mudado de emprego pouco antes, e eu não sabia onde ficava o novo. Para casa, naquelas três noites, não voltou. Provavelmente já dormia na dele. Além de ficar por ali durante três noites, eu também passava por lá na ida para o escritório e na volta. Na verdade, sempre que devia ir a algum lugar, eu passava por lá, mesmo que não fosse caminho. Tocava o interfone, mas sem obter resposta. Segui assim por mais de uma semana.

O TEMPO QUE EU QUERIA

Para reagir à tristeza que estava experimentando naqueles dias, certa tarde fui à sorveteria que tem o melhor creme do mundo. Pedi um potinho de creme, flocos e nozes. Quando ia saindo, vi que do outro lado da rua havia um supermercado.

— Vocês podem guardar meu sorvete enquanto eu faço as compras? Volto daqui a dez minutos...

— Sem problemas.

— Obrigado.

Eu não tinha muitas compras a fazer. Cestinha, senha do balcão de fatiados: número trinta e três.

— Estamos atendendo ao vinte e oito.

Ótimo.

Iniciei meu costumeiro vaivém pelas gôndolas. A certa altura, meu coração parou: entre meus biscoitos preferidos e as torradas, estava uma mulher com rabo de cavalo, vestido azul, sandália de salto e um fio de pérolas no pescoço. Era linda. Fiquei paralisado, jamais imaginaria encontrá-la justamente naquele lugar. Ela, a mulher que me deixou, que foi embora, que está para casar, a ela que eu amava.

Caminhava à minha frente e dobrou à esquerda. Recuei, para mudar de gôndola e ir ao seu encontro fingindo não tê-la visto. No meio do percurso, ela me viu.

— Lorenzo — disse-me com uma expressão de estupor.

— Oi, tudo bem? — respondi, tentando acentuar a minha para fazê-la parecer verdadeira. E acrescentei: — O que você está fazendo aqui?

Claro: nos corredores de um supermercado, com uma cestinha na mão, minha pergunta não deve ter parecido muito inteligente.

— Compras para casa.

— Eu também.

— Foi o que pensei... Como vai?

— Pois é... tudo bem... e você?

— Bem, obrigada.

— Que incrível, é a primeira vez que venho fazer super-mercado aqui... eu tinha parado em nossa sorveteria.

Quando digo essa frase, o som da palavra *nossa* é diferente do das outras.

— Liguei para você um dia desses.

— Eu sei... tempos atrás eu até atendi para lhe pedir que não me telefonasse mais.

— Por que você está com raiva de mim?

— Não estou com raiva.

— Então, por que me evita?

— Evito seus telefonemas não porque esteja com raiva, simplesmente não estou disposta... não creio que você queira me perguntar como vou.

— Isso também... mas eu ligo sobretudo porque preciso lhe dizer umas coisas.

— Pois é, justamente por isso é que eu não atendo.

— Não compreendo... afinal, sou eu, por que você me trata assim? Não sou um estranho...

— Justamente.

— Só preciso que a gente converse um segundo.

— O que eu devia lhe dizer já disse dois anos atrás. Não estou com raiva e não quero parecer dura ou vingativa. Não é uma desforra: simplesmente, agora não tenho mais interesse nas coisas que você quer me dizer. Para mim são águas passadas.

— Mas são coisas importantes, acredite... coisas sobre nós.

O TEMPO QUE EU QUERIA

— São importantes para você, Lorenzo... e também não existe mais um *nós*.

— Deixe-me falar desse jeito pelo menos uma vez.

— Realmente, acredite... não quero que você pense que estou com raiva ou algo assim. Simplesmente, para mim é um capítulo encerrado. Se você está mal, lamento, e se eu pudesse lhe evitaria isso. Até por essa razão é que não o atendo, porque, embora o tempo tenha passado, embora não haja mais nada entre nós, me desagrada que você esteja mal...

— Sinto sua falta... quero que você volte para mim. De verdade.

Ela me fitou nos olhos por um segundo a mais, como não tinha me fitado até aquele momento. Seus lábios se contraíram numa careta, que talvez pretendesse ser apenas um meio sorriso.

— Como vão seus pais?

— Não mude de assunto...

Alguns segundos de silêncio. Sempre me fitando nos olhos.

— Você é de enlouquecer.

— Por quê?

— Sempre faz isso. A cada vez que eu tento construir alguma coisa, você reaparece e destrói tudo aquilo que eu, com dificuldade, havia conseguido montar. A cada vez me despedaça, e a cada vez que, com muito trabalho, eu me levanto, você volta.

— Mas agora é diferente.

Ela me encarou e não disse nada. Eu sabia em que ela estava pensando. Eu também pensava a mesma coisa: já repetira aquelas palavras muitas vezes. Ela sorriu com ternura. Não estava rancorosa ou ressentida enquanto falava comigo.

Estava tranquila. E ali, naquele momento, pela primeira vez tive a sensação de que a perdera para sempre. Eu queria insistir, mas aquela expressão era muito clara.

— Lamento, se você está mal... sei o que isso significa, mas, repito, não estou com raiva. Falo sério.

A tristeza deve ter surgido com toda a evidência no meu rosto, porque ela parecia lamentar por mim. Talvez por isso, acrescentou:

— Se você quiser, quando acabarmos de fazer as compras, podemos ir tomar um café.

Acenei que sim com a cabeça e saímos do supermercado. Eu não conseguia dizer mais nada. Até sua tranquilidade me perturbava. À parte a surpresa inicial, ela havia administrado nosso encontro calmamente, sem digressões, sem imperfeições. Não havia dito uma só palavra equivocada, sua voz não tremia, ela não parecia envolvida emocionalmente. Pelo menos, não muito. Realmente dava a impressão de que havia conseguido deixar para trás a nossa história, encerrá-la para sempre.

Todas as minhas convicções de que ela me pertencia, e eu a ela, estavam só na minha cabeça. Naquele momento, me dei conta disso. Ficou tudo claro.

— Preciso ir pegar meu sorvete... Você se lembra daquele de creme que eles fazem?

— Sim, vou muitas vezes lá. Agora eu moro por estas bandas.

— Não mora mais na outra casa?

— Continua sendo minha casa, mas de uns tempos para cá fico por aqui. Imagino que você saiba que vou casar.

— Sim, eu soube.

O TEMPO QUE EU QUERIA

— Estamos morando aqui, na casa de Fabrizio. Vou deixar a minha.

Que alfinetada, ouvir aquele nome! Ela não tinha simplesmente dito *ele*. Por que lhe dar toda essa importância? Evitei contar que eu até tinha ido aos arredores do trabalho do sujeito para ver como *ele* era... e também, inutilmente, ao prédio dela, para esperá-la.

Sentia-me despedaçado. Fingia uma tranquilidade que não sentia, estava mal, não conseguia dizer mais nada sobre nós. Não sei de onde tirei coragem, mas me saiu:

— E se, em vez do café, pegarmos o sorvete e formos tomá-lo na minha casa?

Ela não recusou de imediato. Esperou uns segundos.

— Prefiro um café... tenho de voltar para casa.

— O que você tem a fazer?

— Nada em especial...

— Ora, vamos, assim você também vê minha casa. Mudei um monte de coisas. A gente toma o sorvete, eu lhe faço um café e depois você vai embora... e prometo que não lhe telefono mais, que a deixo sossegada.

Ela me encarou.

— Isso, você tem de me prometer, mesmo que eu não vá. Se realmente me quer bem, me deixe em paz.

Não respondi nada. Esperei a resposta à minha pergunta. Sabia que ela não aceitaria nunca, mas àquela altura já a sentia tão distante que não tinha mais nada a perder.

— Tudo bem... eu vou.

Um segundo depois, no assento traseiro do carro estavam as minhas sacolas de compras e as delas. Agora, destinadas a casas diferentes. Dirigir com ela sentada ao meu lado me dava vontade de dirigir até o fim do mundo. Com o canto do olho, eu via suas pernas e seus pés. Nas mãos, ela segurava o pote de sorvete. Eu temia que me mandasse parar por ter mudado de ideia. No entanto, ela estava tranquila. Não fez isso.

— Como vai Nicola?

— Bem. Agora está morando com uma moça.

— Nicola, morando com alguém?

— Pois é...

Subir a escada com ela era passear pelas recordações. Lembrei-me de quando havíamos subido à minha casa pela primeira vez depois daquele jantar. A primeira vez que fizemos amor.

Naquele momento, era tudo diferente. Não tanto por mim quanto por ela. Para mim, nada havia mudado. Eu a desejava também naquele momento, faria a mesma coisa da primeira vez: eu a seguraria com força e a beijaria apertando-a contra a parede.

Agora, porém, a parede estava entre nós.

36

Os silêncios interrompidos

Eu e meu pai estávamos sentados diante do médico.

– Aqui está ele, finalmente conheço seu filho... que honra – disse o doutor. Depois, olhando para mim e esquecendo que pouco antes me pedira para nos tratarmos por você, acrescentou: – Se precisar de uma participaçãozinha em algum comercial, o senhor me avise que eu vou... até cobro pouco.

– Depende da notícia que o senhor vai nos dar – ironizei também.

Ele pegou os resultados e começou a ler.

– Vejamos do que se trata.

Ficamos em silêncio. Todos, inclusive o médico. Eu observava as mãos com que ele segurava os papéis. Eram bronzeadas, e o jaleco branco acentuava a cor. Diante da notícia que estávamos esperando e daquilo que estávamos vivendo, seu bronzeado tinha um sabor de injustiça. Tentei interpretar cada ruga de seu rosto. Olhava para ele e não conseguia compreender se sua expressão era um sorriso ou uma careta de desprazer.

Enquanto aguardávamos as palavras do médico, meu pai quebrou o silêncio.

— Doutor, eu gostaria que o senhor fosse muito sincero. Quero saber a verdade, sem meias palavras.

— Não se preocupe, vou lhe dizer tudo, de modo claro e direto.

— Obrigado.

Após uns segundos de silêncio, que nos pareceu uma eternidade, o médico suspirou e disse:

— O que encontramos é maligno.

O mundo parou. Só consegui pensar que meu pai estava para morrer. E, naquele momento, eu também, um pouco.

O médico não parecia chateado. Em suas palavras não havia nenhum toque emocional.

Instintivamente, pousei mais uma vez a mão sobre a perna do meu pai, mas de novo não tive coragem de me virar para olhá-lo.

Eu o estava perdendo. Dessa vez para sempre.

Dizem que, quando você está para morrer, a vida toda passa à sua frente. Naquele caso, embora fosse meu pai que estava morrendo, pela minha mente passava uma série de imagens: eu menino com ele, eu adulto com ele, minha mãe...

— Felizmente, porém... — continuou o doutor — ... não há metástases.

— O que significa?

— Significa que o senhor é realmente sortudo, a rapidez com que foi submetido a estes exames, embora de modo totalmente casual, vai lhe permitir enfrentar a doença sem preocupações. Se tivesse demorado apenas alguns meses para fazê-los, então a situação seria muito diferente, e talvez não houvesse esperança. Pela biópsia pudemos descobrir que se trata, como eu lhe disse antes, de um adenocarcinoma, mas sem metástases.

– E então? – perguntei. Queria respostas mais claras e precisas.

– Ele deve ser operado. Não peço que leia este laudo porque, dada a terminologia técnica, é complicado de entender. Digo apenas que ele deve ser operado.

– Mas não corre risco de morte, não é? – insisti, cada vez mais ansioso por uma tranquilização explícita, sem terminologia técnica.

– Não, não corre risco de morte.

Olhei meu pai e lhe dei um tapinha no ombro, como se faz com um velho amigo. Eu estava felicíssimo. Em um instante, havia passado do inferno ao paraíso.

Àquela altura meu pai fez uma série de perguntas:

– Quando devo ser operado? Vão me tirar um pulmão? É uma cirurgia arriscada? Tem certeza de que estou fora de perigo? Vou ter de fazer quimioterapia ou radioterapia? Vou precisar ficar ligado no oxigênio e passar o resto da vida com aquele tubo?

O médico o interrompeu.

– Deixe-me responder, uma pergunta de cada vez. Repito, trata-se de um adenocarcinoma sem metástases. Vamos operá-lo, mas não será necessário remover todo o pulmão, só uma pequena parte; não é perigoso, o senhor não deverá fazer nenhuma quimioterapia nem radioterapia. Nada de oxigênio. Só um pouco de repouso, e tudo se resolverá. Se o senhor só tivesse nos procurado daqui a alguns meses, a história seria outra... mas, tendo vindo logo, não corre nenhum perigo.

Relaxei no encosto da cadeira e dei um suspiro de alívio, tentando não me fazer notar. Nos despedimos do doutor com um aperto de mãos. Com a secretária dele, marquei as consultas seguintes. Quando estávamos na saída, olhei as pessoas sentadas no corredor e desejei que aqueles desconhecidos pudessem receber a mesma notícia que acabávamos de receber.

Eu e meu pai fomos tomar um café no bar. Ele pediu também um *cornetto*. Enquanto comia, lembrou:

— Ligue para sua mãe.

Telefonei e disse a ela que papai estava fora de perigo, que iria ser operado, mas o problema não era grave.

— Quer falar com ela? — perguntei ao meu pai. Ele fez sinal de não com a cabeça, tentando não se sujar com a geleia.

Ficamos sentados ali como se precisássemos repousar depois de uma grande fadiga. Olhei meu pai e percebi que ele não era mais aquele de antes. O homem que eu estava olhando era um pai novo, que eu acabava de ganhar. Justamente quando temia perdê-lo, eu o encontrei, ele estava ali comigo. Ele e todo o tempo recuperado que trazia consigo. Um tempo do qual pela primeira vez tive plena consciência e que me apareceu em toda a sua preciosidade. Um tempo que valia o dobro, porque eu pensava não tê-lo mais, imaginava tê-lo perdido para sempre. Um tempo que seria ao mesmo tempo breve e desmesurado. Naquele instante, desejei não mais me deixar arrastar pela vida. E compreendi que também com ela, a minha ela, não podia desperdiçar mais tempo. Passaram-se dois anos: uma eternidade. Em dois anos, perdi uma infinidade de emoções que não vão voltar. Com meu pai e com ela, joguei fora muitas oportunidades. Esse era o tempo que eu queria.

— Percebe que foi uma questão de tempo, papai? Você, que não quer nunca fazer exames...

— Tem razão.

Voltamos para casa. Minha mãe estava felicíssima e me abraçou logo.

— É ele que você deve abraçar...

— Eu sei... mas me deixe abraçar você também.

Almocei com os dois. O almoço mais saboroso de toda a minha vida. Expliquei à minha mãe o que ela devia fazer, as consultas e todo o resto.

— De qualquer modo, quando for a hora de ele se internar para a operação, venho de novo.

Agora eu queria estar perto dele o máximo possível. Depois do café, porém, senti o desejo de ir embora. Precisava ficar sozinho. Despedi-me. Minha mãe foi lavar os pratos, meu pai e eu saímos juntos: ele desceu ao porão, eu entrei no carro.

Já havia telefonado a Nicola e Giulia para dar a boa notícia. Dirigi em silêncio, mantendo quase sempre o vidro abaixado. Queria ver o céu, que antes eu não via, e respirar um pouco de ar fresco.

37

Nós

Ela, a mulher que me deixou, que foi embora e que vai casar, está circulando pela minha casa e eu a olho, observo seu modo de caminhar, que conheço bem; observo suas mãos que se apoiam nas ombreiras das portas quando ela se detém um instante antes de entrar nos aposentos.

— Quer um copo-d'água?

— Quero, obrigada.

Vou até a cozinha e percebo que estou emocionado. Enquanto sirvo a água, o celular dela toca. Tenho medo de que alguém ou alguma coisa possa interromper este nosso momento. Ela olha o aparelho, mas não atende. Coloca na função "silencioso": o telefone continua chamando, mas sem som. Fica piscando e só.

De minha boca escapa um:

— Era ele?

— Sim.

O TEMPO QUE EU QUERIA

— Quer atender? Eu saio de perto se estiver incomodando.

— Depois eu ligo de volta.

Como me irrita que aquele merda de engenheiro lhe telefone! Como me emputece que seja ele, agora, o seu homem! Não sei se neste momento ele está aborrecido porque ela não atendeu. A mim esse telefonema incomodou muito.

— Ele é ciumento?

Ela não responde. Em vez disso, comenta que eu aprendi a cuidar bem das plantas.

— É meu pai que está me ajudando.

— Seu pai?

— Sim, na primeira vez ele veio para dar um jeito nelas e as salvou. De vez em quando volta para dar uma olhada.

Observo-a enquanto bebe água. Parece ainda mais bonita.

— Você está bem, está linda... como sempre.

Ela se senta no sofá. Sem me dizer nada.

— Não tem mais televisão?

— Agora tenho um projetor. Praticamente, a parede é minha tevê.

— Ah... então é grande?

— Mais ou menos como toda a parede.

Baixo a persiana.

— O que você está fazendo?

— Se não ficar escuro, não se vê bem.

— Não, não... não precisa.

— Era só para lhe mostrar.

— Não importa, já entendi...

Cai um silêncio entre nós, um silêncio que nos separa.

— Tenho aí umas coisas que você esqueceu...

— Que coisas?

— Um livro, uma calcinha...

— Pode ficar.

Preparo para ela uma taça de sorvete.

— Tome, este é seu. Creme e flocos, seus sabores preferidos.

Sento-me no sofá, ao seu lado.

Instantes depois, ela se levanta e vai até a estante.

— Acho que os livros agora são o dobro.

— O dobro, não, mas muitos mais, sim. Preciso comprar uma prateleira nova, porque não gosto de deixar uns por cima dos outros.

Aproximo-me, estou atrás dela. Sinto seu perfume. Alongo um braço para pegar um livro; fico praticamente grudado, tanto que ela se afasta. Sinto-me caminhando sobre um terreno frágil. Tenho medo de errar uma palavra, um movimento, um pequeno gesto. Temo que meu rosto me traia, que mostre meus medos, meus desejos. Decido colocar música, ou não, é melhor não: ela pode pensar que seja uma tentativa de criar um clima. Não compreendo se está realmente tranquila ou se está fingindo. Se estiver fingindo, é competentíssima nisso, porque não se percebe nada. E, sobretudo, parece à vontade.

— Gostei dos móveis novos que você comprou. Ficaram bem... sempre gostei desta casa.

— Então, por que não volta? Esta casa ainda fala de você, minha vida ainda fala de você, eu ainda falo de você. Olhe ao redor: você está aqui, entre estes móveis, estes pratos, estes lençóis. Muitas destas coisas foi você quem comprou. Volte... você já está aqui, sempre esteve aqui, só falta seu sim para juntar tudo de novo.

O TEMPO QUE EU QUERIA

Ela sorri, toma uma colher de sorvete e nem sequer me responde. Vou buscar um prato na cozinha.

— Está vendo isto? Eu o uso sempre, para comer. Veja a que ponto cheguei: usar um prato quebrado, só porque foi você que o rachou... lembra?

— Sim, lembro.

— Não quero um prato novo, prefiro o seu, mesmo rachado. E, quando o lavo, gosto de sentir com o dedo a parte áspera; tenho a ilusão de que, se o esfregar, como a lâmpada de Aladim, você voltará. Não o trocaria por nenhum prato no mundo. Volte e me salve dessas coisas patéticas que faço para me sentir perto de você. Estou de dar pena. Me ajude, me livre desta condenação — digo, sorrindo. Ela ri também. Estamos rindo juntos. Quando ela ria, o mundo parava. Sempre. E ainda é assim.

— Você me diz essas coisas, e eu fico achando que devo mesmo fazer alguma coisa para salvá-lo...

Brincamos mais um pouco, recordando todos os objetos que ela derrubava regularmente ou esquecia pelos cantos.

A certa altura, ela me pergunta:

— Posso ir ao banheiro?

— Nem precisa pedir, você sabe onde é.

Enquanto está no banheiro, tento descobrir o que devo fazer, o que é melhor dizer, como devo me comportar. Abro a porta-balcão que dá para a varanda e saio para tomar um pouco de ar fresco. Penso que este é o momento certo para convencê-la a voltar, embora a sinta distante. Tínhamos acabado de rir juntos, e minha sensação era de que tudo estava melhorando. Preciso conseguir fazê-la rir mais, preciso ser alegre, divertido, leve.

Enquanto penso no que dizer, ela sai do banheiro e me antecipa:

— Agora é melhor eu ir embora.

Por sorte, eu imaginava que as coisas estavam indo bem.

— Não, não vá.

— Vou, sim, é melhor.

— Mais cinco minutos.

— Ora, não seja patético. Preciso mesmo ir. Foi realmente um prazer voltar aqui e ver a casa. E também encontrar você.

— Eu a levo de carro.

— Não, obrigada.

— Mas e suas sacolas do supermercado?

— São leves, não se preocupe.

Pega o blazer e suas coisas e se encaminha para a porta. Sinto como se eu fosse morrer. Ela está diante da porta como naquela vez em que foi embora, quando não fui capaz de dizer nada. A vez em que a perdi. Nós nos olhamos, ela me abraça e me dá dois beijos de circunstância no rosto.

— Tchau, Lorenzo.

Não consigo me despedir. Não consigo sequer dizer um simples "tchau". Finalmente, arrisco:

— Na outra vez, quando foi embora daqui, você implorou que eu dissesse alguma coisa... lembra? Você estava aí, onde está agora, dizendo que eu não me comportasse daquele jeito, paralisado, em silêncio. Lembra?

— Sim, lembro.

— Dessa vez, estou lhe pedindo para ficar... Por favor, fique. Volte para mim e fique aqui para sempre.

— Dessa vez é diferente. É tarde demais, Lorenzo.

— Não é tarde demais. Escute, eu sei que para viver comigo você teve de renunciar a muitas coisas, mas agora estou aqui e sou diferente, eu mudei.

O TEMPO QUE EU QUERIA

— Agora não dá mais. É muito tarde, Lorenzo... estou indo. Deixe-me sair, por favor.

— Você tem de vir para cá. Tem de se mudar para cá. Quero amá-la, quero que você se sente ao meu lado, quero poder me virar e saber que você está ali. Quero apoiar a mão na sua perna quando estivermos jantando com outras pessoas. Quero voltar para casa de carro com você, comentar com você, criticar com você. Quero adormecer, acordar, comer, falar com você. Por favor. Quero falar olhando-a nos olhos ou gritando de outro canto da casa. Quero vê-la todos os dias, observá-la caminhar, observá-la abrindo a geladeira. Quero ouvir o barulho do secador de cabelos vindo do banheiro. Quero poder lhe dizer todos os dias o que você é para mim. Quero poder brigar com você. Quero ver seus sorrisos, quero enxugar suas lágrimas. Quero que, durante um jantar, você me peça para voltar para casa porque está cansada e com sono. Quero estar presente quando você precisar de ajuda para fechar o vestido. Quero estar sentado na sua frente quando você estiver de óculos escuros enquanto tomamos o desjejum na praia, quero lhe oferecer a melhor fatia de fruta. Quero poder lhe escolher uns brincos numa loja, quero lhe dizer que você ficou bem com o novo corte de cabelo, quero que se agarre em mim quando tropeçar. Quero estar presente quando você comprar um sapato novo. Quero esquecer estes dois anos sem você, porque não tiveram sentido.

"Vamos recomeçar, imaginando que foi só ontem que você estava indo embora, e que naquele momento eu a detive. Que as palavras que lhe digo agora foram ditas dois anos atrás. Vamos fazer com que estes dois anos tenham sido dois minutos. Nós podemos. Podemos tudo. Podemos voltar ao ponto onde já estivemos e descobrir muitas coisas novas. E vai ser ainda mais bonito.

"Mas, principalmente, quero um filho com você. Quero uma criança que se pareça com você, que tenha os seus olhos. Quero que, nas manhãs de domingo, nosso filho se meta entre nós dois na cama. Quero fazer festinha nele junto com você.

"Esta é você. Este sou eu. Somos sempre nós. Nós. Esta é a novidade. Por favor, fique."

— É tarde demais, Lorenzo... tarde demais.

— Não é tarde demais, por favor, volte para mim, volte, volte, volte...

Ela se aproxima, fazendo *sshhhhhhhhhhh* com a boca e pousando um dedo sobre meus lábios.

— Chega, Lorenzo.

Paro de falar. Fito-a nos olhos, seguro seu dedo e o beijo. Imagino que ela o tire logo. Mas não: deixa que eu pegue sua mão e lhe dê beijinhos contínuos. Depois beijo o pulso e o braço. Ela não diz nada. Talvez eu devesse parar e tentar convencê-la a ficar ainda mais um pouco, mas não consigo me deter e já cheguei ao cotovelo e depois ao ombro e do ombro à ombreira, que, como uma ponte, me leva ao pescoço. Sinto o cheiro de sua pele. Continuo a beijá-la e, quanto mais o faço, mais sei que estou me aproximando do fim. Sei que a estou beijando pela última vez. Por alguns segundos ainda. Pelo pouco tempo que ela ainda me concederá.

Não tenho mais medo de me enganar. E a beijo. Beijo-a na boca. Meus lábios sobre os dela fazem meu coração explodir de alegria. Não vou me desgrudar nunca. Ela abre a boca. Sinto sua língua macia na minha. Nem mesmo a primeira vez foi tão potente. Nem mesmo na primeira vez tive esta sensação inebriante. Não posso acreditar, parece impossível. Estou

O TEMPO QUE EU QUERIA

enlouquecendo de amor. O coração me bate na garganta. Não compreendo mais nada.

Continuo a beijá-la mantendo seu rosto entre as mãos. Ela deixa cair o blazer que estava segurando. Empurro-a contra a parede. A mesma parede contra a qual fizemos amor na primeira vez. Deslizo a mão pelo seu dorso, sinto o fecho ecler, baixo-o e faço cair seu vestido. Abro o sutiã. Reconheço logo a forma dos seios, os mamilos, o sinalzinho que há no meio. Pego um seio com toda a mão, começo a beijá-lo e a espremê-lo. Seguro os cabelos dela atrás da nuca, pouco acima do pescoço, e puxo com um gesto brusco. Seu rosto está voltado para o alto, e o pescoço parece feito para ser mordido. Ela começa a me desabotoar a camisa enquanto minhas mãos acariciam suas coxas.

Qualquer dúvida, qualquer hesitação, qualquer incerteza desapareceu. Deslizamos para o chão. Minha boca abre caminho entre suas pernas. Suas mãos em minha cabeça. Beijo-a enquanto seus dedos começam a me apertar com força. Ela sempre fez isso, reconheço até esse gesto. Reconheço tudo, e tudo me transtorna. Tudo é ainda mais forte do que na primeira vez. Cada arquejo, cada respiração, cada toque, cada beijo tem algo familiar e, ao mesmo tempo, novo. Ela pressiona minha cabeça contra seu corpo, está crispada, ofegante, e depois começa a tremer. Sei que, quando ela faz assim, depois de alguns segundos sentirei seu sabor de maneira mais forte. Conheço-a de cor. Depois de alguns minutos, ela goza. Nos meus lábios, na minha boca. Ela. A minha mulher.

Sei que agora quer me empurrar e, como sempre, também dessa vez, assim que ela começa a me afastar eu oponho resistência. Porque, como sempre, quero beijá-la mais. Enquanto ela tenta se recuperar, eu baixo minha calça e lhe tiro a calcinha.

Tudo é rápido, intenso, cheio de arquejos. Assim que entro nela, é como se nos acalmássemos, como se tivéssemos chegado de algum lugar. Chegado a nós mesmos. Nos fitamos nos olhos como se não houvesse estes dois anos, como se não tivesse existido nada. Sinto sua pele quente, os seios esmagados sob o peso do meu corpo, as pernas que me envolvem.

— Eu te odeio — ela me diz de repente.

— Não, não me odeia. Você me ama — respondo.

— Não, não amo. Te odeio.

— Você me ama, diga que me ama.

Sinto suas unhas pressionando minhas costas.

— Diga que me ama. Eu sei que você ainda me ama... diga.

As unhas já entram em minha carne.

— Está me machucando.

— Eu sei.

— Diga que me ama.

— Eu te odeio, te odeio, te odeio.

Ela tenta me repelir, se livrar de mim.

— Chega, saia, me solte... me deixe ir, eu já disse.

Ela me empurra com violência. Pego-a pelos cabelos e puxo.

— Está me machucando.

— Eu sei.

— Me solte.

— Diga que me ama.

— Pare com isso, me deixe ir! Eu te odeio, já disse que te odeio.

Dou-lhe um tapa.

O TEMPO QUE EU QUERIA

— Diga que me ama.

— Pare... Eu não te amo, te odeio.

Tento entrar nela de novo. Suas pernas estão rígidas, não se abrem. Dou-lhe outro tapa.

— Abra as pernas.

— Me solte.

Mais um tapa, depois outro... Ela já não opõe resistência, eu me aproximo e entro. Pego seu rosto entre as mãos e a fito nos olhos. Aperto-a fortemente, com os polegares em suas bochechas. Ela move a cabeça para a direita e para a esquerda, tentando se livrar. Eu a bloqueio, obrigando-a a me olhar. Ela tenta me morder.

— Pare de me morder! Diga que me ama.

Ela me fita, e neste olhar está inteira. Neste olhar, eu reencontro a mulher a quem amava.

— Diga que me ama.

Seus olhos se enchem de lágrimas:

— Eu te amo... te amo... te amo...

Ela me abraça.

— Eu também te amo. Nunca te amei como agora.

Ela me aperta com força, com tanta força que tenho dificuldade de respirar. Ficamos parados, abraçados, por uma eternidade. Depois fazemos amor. Nos fitamos nos olhos, eu afasto seus cabelos e lhe acaricio o seio; ela mete os dedos entre meus cabelos e me beija por toda parte: boca, face, testa, pescoço. Não há mais raiva.

Não trocamos nem uma palavra, mas nossos olhares, quando se encontram, se declaram amor. Eu me mexo imperceptivelmente dentro dela, e depois com movimentos lentos e longos. Seu dorso começa a se enrijecer, os músculos a se tensionar. Sinto que ela está prestes a gozar. Seguro sua mão. Meus dedos se entrelaçam com os seus. Minha palma sobre a sua. Apertamos com força.

Sussurro para ela:

— Espere, meu amor, não goze... espere um instante, espere ainda um segundo. Goze comigo.

Desejo que aquilo que estou sentindo neste momento dure o máximo possível. Paro um instante. Imóvel dentro dela. Depois começo a me mexer ainda mais devagar, para dentro e para fora.

— Espere por mim alguns instantes ainda — digo. — Só um pouquinho... só mais um pouquinho...

Ela me olha e faz sim com a cabeça, sem falar. Emite apenas pequenos sons abafados.

Eu me sinto potente. Sinto que a possuo depois de muito tempo, depois de tê-la desejado tanto. Olho-a enquanto está prestes a explodir. O rosto está corado e, em sua testa ligeiramente suada, vejo despontarem as pequenas veias que conheço tão bem. Inclino-me sobre ela e sussurro:

— Meu amor, eu te amo... sabia que eu te amo? Quero um filho com você agora... diga que também quer. Estou pronto.

Ela baixa as pálpebras, apertando-as com força por alguns segundos, depois as reabre e me fita nos olhos.

— Diga que também quer — repito.

Ela continua a me fitar. Os lábios apertados, como quando a gente resiste a uma dor. Depois começa a dizer que sim, movendo lentamente a cabeça. Os olhos cada vez mais brilhantes.

Estou feliz como nunca estive. Cada célula do meu corpo está cheia de força. Sinto meu orgasmo avançar, poderoso.

— Eu te amo, meu amor... não pare de me olhar nos olhos, me olhe bem... e agora... se solte, libere tudo, agora... agora, meu amor, agora... vamos... venha comigo... agora... agora!

O TEMPO QUE EU QUERIA

Sinto seu prazer partir de muito longe, chegar ao auge e explodir junto com o meu. Gritamos, nos apertando com força, com todo o corpo em tensão, em um orgasmo longo, um orgasmo infinito.

Eu me sinto numa dimensão suspensa, no vácuo. Levo alguns minutos para voltar a mim, para compreender onde estou e o que aconteceu. Estou deitado no chão, nu. Ao meu lado, a mulher da minha vida. Ela, que acabou de confessar que ainda me ama.

Fito o teto em silêncio, depois me volto para ela. Está me olhando. Ela me sorri e me acaricia. Seus olhos estão vermelhos, ainda cheios de lágrimas. Aproxima-se lentamente de mim e me dá um beijo na ponta do nariz, e em seguida nos lábios. Continua a me acariciar. Também começo a acariciá-la, sempre em silêncio. Depois digo:

— Nunca mais vá embora daqui.

— Nestes dois anos, pensei que a ideia que sempre tive do amor fosse uma ideia que na realidade não existe. Mas, hoje, você me fez sentir que existe, sim. Esse amor é você, agora.

— Por isso é que você deve voltar. Estamos destinados a ficar juntos. Se ainda hoje você me olha com estes olhos, significa que eu também lhe dei alguma coisa. Estou aqui para você. Estou aqui para nós. Tenho certeza de que você também entende isso. Não preciso convencê-la. Sei que você sente o que estou dizendo.

— Claro que sinto, mas não podemos voltar atrás. É tarde demais.

— Não é tarde, nunca é tarde. O que a impede de voltar para mim: a cerimônia e o restaurante reservado? Os brindes?

Silêncio... Ela começa a me beijar o rosto: nariz, olhos, sobrancelhas, faces, queixo. Eu fecho os olhos.

— E se eu lhe dissesse que estou grávida?

— Como, grávida? — pergunto, abrindo de repente os olhos.

— Sim, e se eu lhe dissesse que estou grávida? Por isso é tarde demais, e não por causa do restaurante, da cerimônia e todo o resto...

Eu me reergo, apoiando-me num cotovelo para olhá-la no rosto, para ver se ela está brincando.

— Olhe bem para mim: você está grávida mesmo ou diz isso porque quer que eu a deixe em paz?

— Escolha.

— Não está. Só diz isso porque não confia em mim e quer me afastar. Mas não vai conseguir. Nem mesmo se estivesse grávida de verdade, mas não está. Do contrário, não teria feito amor comigo.

— Talvez você não me conheça como pensa.

— Não acredito, mas de qualquer jeito quero você, mesmo com um filho na barriga. Se duas pessoas se amam, estão destinadas a ficar juntas.

— Seria lindo se fosse verdade, só que às vezes as pessoas se amam mas os momentos estão errados. Nossos momentos ficaram defasados.

— Você é quem está errada. Não é tarde. Nós nos reencontramos antes que você casasse com outro. Bem a tempo. E também, quando fizemos amor, disse que ainda quer um filho comigo. Talvez tenhamos acabado de concebê-lo.

— Lorenzo, eu sempre te amei. Eu te amo agora como da primeira vez. Eu te amo como sempre, como quando fui embora, como quando voltei. Eu te amo como te amei até nestes dois anos... não consigo amar nenhum outro como a você. Tentei, mas não consigo. Gosto de estar com você

O TEMPO QUE EU QUERIA

porque gosto do jeito como você me olha, como me paparica, como me fala, como me toca, como fazemos amor. Gosto de suas vulnerabilidades, aquelas que obstinadamente você mantém escondidas. Gosto de descobri-las. De reconhecê-las. De compreendê-las. Gosto de você, embora você sempre tenha sido um preço alto a pagar. Você venceu. E, sempre que pensei em um filho, sempre quis que fosse seu. Só com você desejei tê-lo, porque sei que você será um bom pai e porque nunca amei nem amarei ninguém como a você. Eu te sinto. Sinto sempre, mesmo em sua ausência. Isso não me aconteceu com nenhum outro homem. Não sinto por nenhum o que sinto por você. Nem mesmo pelo homem com quem vou casar. Vou amar você sempre.

— Eu também te amo. E também quero que seja você a mãe do meu filho. Nenhuma outra. Do contrário, ele não seria meu filho. Por um instante, tive medo de tê-la perdido, mas, agora que você está aqui, sinto que não nos deixaremos nunca. Reencontrá-la foi a coisa mais bonita que me aconteceu. Eu te amo e amarei para sempre.

— Para sempre? Está falando sério?

— Nunca tive tanta certeza em minha vida.

Nós nos abraçamos e permanecemos assim por mais um pouco. Mais belos do que o eterno são os instantes de eternidade. Como este. Depois me levanto e vou ao banheiro. Antes, porém, pergunto se ela está feliz. Seus olhos começam a brilhar e uma lágrima desce pela sua face; ela baixa a vista e me responde:

— Sim, estou feliz. Quando você sair de lá, posso tomar um banho?

— Você sabe que a casa é sua, não precisa perguntar.

— Eu sei. E é também por isso que estou feliz agora.

No banheiro, me observo no espelho. Meus olhos estão cheios de luz. Lavo e enxugo o rosto. Antes de sair, abro a água do chuveiro para ela e tiro do armário uma toalha limpa. Foi a primeira vez que tive um orgasmo sentindo o desejo de conceber um filho. E, se não tiver sido dessa vez, continuarei até que isso aconteça.

— O que acha de irmos esta noite ao nosso restaurante para comemorar? — pergunto com o coração cheio de alegria, enquanto volto para ela. Ela que finalmente retornou, ela que me disse que não amou, não ama e nunca amará ninguém como a mim, ela que quer ter um filho comigo, ela que me pertence e a quem eu pertenço. Para sempre.

Chego ao corredor e só encontro a porta fechada.

Federica foi embora.

Impresso no Brasil pelo
Sistema Cameron da Divisão Gráfica da
DISTRIBUIDORA RECORD DE SERVIÇOS DE IMPRENSA S.A.
Rua Argentina 171 – Rio de Janeiro, RJ – 20921-380 – Tel.: 2585-2000